Albrecht Gralle

Der dritte Tempel

ALBRECHT GRALLE

DER DRITTE TEMPEL

ROMAN

Brendow
VERLAG + MEDIEN

Bibliografische Information Der Deutschen Bibliothek
Die Deutsche Bibliothek verzeichnet diese Publikation in der Deutschen Nationalbibliografie; detaillierte bibliografische Daten sind im Internet über http://dnb.d-nb.de abrufbar.

ISBN 978-3-86506-188-1

Einbandgestaltung: Miriam Gamper, www.dko-design.de
Titelfoto: dreamstime
Satz: Hans Winkens, Wegberg
Druck und Bindung: Bercker Graphischer Betrieb, Kevelaer
Printed in Germany

www.brendow-verlag.de

Die Personen und die Handlung in diesem Roman sind frei erfunden, die politischen, kulturellen und religiösen Verhältnisse und Hintergründe sowie die im Buch genannten Institutionen existieren wirklich.

Diese Geschichte könnte also eines Tages Wirklichkeit werden.

PROLOG

96 N. CHR., DAMASKUS, PROVINZ SYRIA

Die alte Frau tastete nach der Tischkante. Der rasche Wechsel vom grellen Nachmittagslicht in das kühle Dämmerlicht des Lehmhauses ließ die Gegenstände im Dunkeln verschwimmen. Sie hatte diesen Zeitpunkt gewählt, weil alle draußen auf ihrem Stück Land vor der Stadt arbeiteten und sie in Ruhe ließen. Denn Ruhe brauchte sie bei dieser Arbeit.

Hoffentlich ist noch niemandem aufgefallen, dass mein Name auf der Liste fehlt!

Sie setzte sich. Ihre Augen gewöhnten sich allmählich an das Zwielicht.

Langsam atmete sie aus und ein, als wappnete sie sich für eine wichtige Handlung.

»Ich habe das viel zu lange hinausgeschoben«, murmelte sie, stand auf und kniete sich ächzend neben die Wand, vor der eine einfache Strohmatratze lag.

Sie schob sie zur Seite, hob den Bastteppich an und wischte mit der Hand über den Boden. Unter dem Lehmstaub wurde etwas Rundes sichtbar: ein verrosteter Metalldeckel, den sie jetzt hochhob. Darunter stand in einem quadratischen Loch ein Holzkästchen, so groß wie eine Männerfaust. Sie hob es heraus, blies den Staub vom Deckel und stellte es auf den Tisch.

Im Ofen, der zwar von außen befeuert wurde, aber eine Öffnung nach innen hatte, fand sie noch Glut und zündete damit die Öllampe an, die an einer Kette von einem Deckenbalken hing.

Sie setzte sich wieder, öffnete das Kästchen und entnahm ihm ein schmales Goldblech, so dick wie ein Stück Pergament, eine Scherbe geschliffenes Glas und eine Eisennadel. Sie legte das Gold vorsichtig auf den Tisch, hielt das Glasteil vor ihre Augen und fing an, winzige Buchstaben in das Blech zu ritzen, während sich ihre Lippen bewegten.

Von draußen hörte sie Lärm, laute Männerstimmen. Sie horchte erschrocken auf.

Ob sie jetzt kommen?

Leise stand sie auf und schob den Riegel von innen vor. Sie musste zuerst ihre Arbeit zu Ende bringen.

Hastig schrieb sie weiter, las halblaut die Worte, die sie in das Gold geritzt hatte, und nickte dabei. Mit der rechten Hand griff sie sich an den Hals und zog ein Schmuckstück unter dem Brusttuch hervor, das an einem Lederband hing. Mit zitternden Händen löste sie die Lederschnur und betrachtete die blinkende Silberkapsel, die so lang war wie ihr Zeigefinger. Wachs verschloss die untere Seite des Kleinods. Am oberen Teil war eine Öse für die Schnur angebracht. Rings um die Kapsel zogen sich feine Verzierungen.

Sie kratzte das Wachs ab, holte eine kleine Kugel aus Blei heraus, schob das leicht eingerollte Goldblech in die Kapsel hinein, das den Innenraum ganz ausfüllte, hakte die Öllampe aus und stellte sie auf den Tisch.

Plötzlich hämmerte jemand gegen die Tür. Die alte Frau zuckte zusammen und arbeitete fieberhaft weiter: Sie nahm die Bleikugel, klopfte sie mit einem Stein etwas breiter und drückte sie mit zitternden Händen in die Öffnung der Kapsel.

Mit dem Zipfel ihres Kopftuchs am einen Ende drehte sie das andere Ende der Kapsel mit dem Bleiverschluss so lange über der Flammenspitze, bis der Pfropfen schließlich mit der Kapsel verschmolz.

Gott segne meinen Vater, den Silberschmied, der mir dieses Gold überlassen und mir einiges beigebracht hat!

Das Klopfen wiederholte sich und wurde drängender.

Hastig fädelte sie die Lederschnur durch die Öse und hängte sich die Kapsel um den Hals.

»Reclude!«, brüllte jemand auf Latein.

»Ja, ja, ich schließe gleich auf!«

Die Nadel legte sie in den Holzkasten und stellte das Ganze wieder in das Versteck, über das sie den Teppich und die Matratze legte.

»Geschafft«, sagte sie zu sich selbst, blies die Lampe aus und ging zur Tür.

Ich muss so tun, als ob ich keine Angst hätte.

Grelles Licht empfing sie. Für einen Augenblick war sie geblendet und sah nur den Umriss zweier Gestalten. Bevor sie etwas sagen konnte, rief der eine schon auf Latein: »He! Frau! Heißt du Rabea?«

Sie richtete sich auf und sah den Mann an. Er war ein römischer Soldat. Auf seiner roten Stirn unter dem Lederhelm standen Schweißperlen. Er war es wohl, der die Sätze geschrien hatte. Der andere, ein Mann mit zwei Papyrusrollen unter dem Arm, war einen Kopf kleiner und blickte zu Boden. Ein paar Nachbarn mit halbwüchsigen Kindern hatten sich eingefunden.

Sie nickte, sagte: »Rabea sum«, und trat aus dem Haus.

Mein Gott, das sind sie. Sie haben es also doch gemerkt!

»Du fehlst auf der Opfergabenliste für den Kaiser und ein paar andere auch. Wahrscheinlich hast du es vergessen?«

Nun ist es also so weit, Herr!

Ihr Unterkiefer zitterte und sie musste gewaltsam die wenigen Zähne, die ihr geblieben waren, aufeinanderbeißen.

»Wir haben hier deinen Namen, Rabea, aber es fehlt das Zeichen auf der Liste, dass du ordnungsgemäß im kleinen Tempel oberhalb der Stadt dem Kaiser geopfert hast. Wenn du mit uns zum Tempel hinaufgehst, dann kannst du das Versäumte nachholen.«

Das Latein war zu schnell für sie und der andere Mann musste es ihr ins Aramäische übersetzen.

»Non ascendo«, sagte die alte Frau leise, aber bestimmt.

»Was? Wie? Du gehst nicht mit hinauf? Sollen wir dich etwa hintragen?« Der Soldat stieß ein bellendes Lachen aus, bei dem Rabea zusammenzuckte.

»Ich opfere dem Kaiser nicht, weil ich Christin bin.«

Der Satz kam langsam, stockend, aber deutlich auf Latein, damit es keine Missverständnisse gab.

Einer der Jungen, die dabeistanden, drehte sich um und rannte zielstrebig in eine Richtung davon.

Der Mann mit den Papyrusrollen unter dem Arm, offenbar ein Schreiber, stöhnte. »Schon wieder jemand! Es werden immer mehr.« Er beugte sich zu Rabea hinüber und sagte schnell auf Aramäisch: »Hör mal, ich bin auch Christ. Das ist ein neues Gebot unseres Kaisers. Es ist doch nur ein kleiner, formeller Akt, nichts weiter. Was du in deinem Herzen glaubst, bleibt dir überlassen und geht niemanden etwas an.«

»He, Mann! Was flüsterst du da?«, rief der Soldat und stieß den Schreiber in die Seite.

»Ich habe ihr nur gut zugeredet, sonst nichts.«

»Also!«, der Soldat sah Rabea an. »Willst du nun die Opferung durchführen oder nicht? Es dauert so lange, wie du brauchst, um deinen Bauch zu erleichtern.«

»Nein. Ich werde nicht opfern.«

»Dann müssen wir dich festnehmen.«

Er nickte dem Schreiber zu, der Rabeas Hand ergriff und sie festhielt. Offenbar dachte er, es sei überflüssig, eine alte Frau zu fesseln.

»Tut mir leid, aber es geht nicht anders.«

»Ich möchte mich noch von meiner Familie verabschieden«, sagte Rabea langsam.

»Bei Mercurius, wir können uns hier nicht tagelang aufhalten«, brummte der Soldat. »Wo sind deine Leute?«

Rabea blickte sich hilfesuchend um, da sah sie ein paar Menschen, die auf sie zukamen. Ihr Gesicht hellte sich auf. »Da kommen sie schon!«

Der Junge hat wohl allen Bescheid gesagt.

Bald waren die beiden Männer von wild gestikulierenden Menschen umringt, die alle durcheinanderredeten. Der Schreiber ließ Rabeas Hand los, weil er nicht damit rechnete, dass sie weglaufen würde. Es wäre sowieso sinnlos gewesen.

In der allgemeinen Aufregung machte Rabea einem jungen Mädchen ein Zeichen und es trat schüchtern neben sie.

Unter ihrem Gewand holte Rabea ihre kleine Kapsel am Lederband hervor und drückte sie mitsamt dem Lederriemen ihrer Enkelin in die Hand. Dann blickte sie sie durchdringend an und flüsterte: »Bewahre den Schmuck gut auf und gib ihn deiner Tochter, bevor du stirbst, und sage ihr, sie solle ihn dann ihrer Tochter geben, bevor sie stirbt. Er soll unter den Frauen von Generation zu Generation weitergegeben werden. Verstehst du mich? Das ist wichtig.«

Das Mädchen nickte ernsthaft ein paar Mal, dann ging es zu den anderen.

Seufzend fuhr sich der römische Soldat über die schweißnasse Stirn.

»Ich glaube, Krispus, wir haben es hier mit Verrückten zu tun. Sie wollen alle nicht dem Kaiser opfern. Wegen einer lächerlichen Opfergabe setzen sie ihr Leben aufs Spiel. Was ist das für eine Religion, die so etwas fordert?«

Er nahm seinen Helm ab, fuhr sich über die feuchten Haare und setzte lachend hinzu: »Bevor sich die neue Religion durchsetzt, sind ihre Anhänger ausgestorben! Aus lauter Korrektheit. Komisch, nicht?«

Krispus, der Schreiber, verzog den Mund zu einem Lächeln, aber seine Augen lachten nicht mit.

»Stupidi sunt!«, brummte der Soldat und setzte seinen Helm wieder auf.

1

JERUSALEM, 11. APRIL 2002

Rabbi Aharon Gildenau und Rabbi Jaakov Rekinski kämpften sich durch die Altstadt von Jerusalem. Sie brauchten dazu keine Waffen, sondern nur ihre Hände und Schultern. Der Kampf bestand in dem schwierigen Unterfangen, sich durch eine entgegenkommende Menschenmasse zu drängen. Die Stände an den Seiten, die sie für ein Ausweichmanöver hätten nutzen können, waren mit Körben, Geschirr und jetzt sogar mit herabhängenden Fleischstücken versperrt, auf denen sich Schmeißfliegen niedergelassen hatten.

Um die beiden Männer herum erklang ein Akkord, der aus Eselsgeschrei, dem kehligen Rufen der Händler und dem Quaken eines Transistorradios bestand. Und jetzt war auch das scheppernde Geräusch von Blech zu hören. Wahrscheinlich war ein Turm aus Töpfen umgefallen.

»Warum sind die Straßen der Altstadt nur so irrsinnig schmal?«, fragte Aharon. Und es war klar, dass er keine Antwort erwartete.

Aber er bekam trotzdem eine: »Damit die Diebe nicht so schnell durchkommen«, lachte sein Kollege und fuhr fort: »Zum Glück dauert es nicht mehr lange.«

Das Machon Hamikdasch, das Tempelinstitut, zu dem sie unterwegs waren, befand sich nicht weit von hier im jüdischen Viertel der Altstadt. Sie würden zu spät kommen, aber die Nachricht, die sie mitbrachten, war einfach sensationell. Was machte es da schon aus, verspätet einzutreffen? Sie würden von einem historischen Ereignis berichten! Oder noch besser: von einem Wunder!

Den Geruchsmix aus Schweiß, Olivenöl und ausgelaufenem Benzin, der von einem süßlichen Duft gekrönt wurde, nahmen sie kaum noch wahr. Vermutlich wäre ihnen die frische Luft am Meer bei Aschkelon seltsam leer vorgekommen.

Rabbi Aharon bog als Erster in die Tiferet-Jisrael-Straße ein, die etwas ruhiger war, ließ den Bagel-Shop, von dem es verführerisch duftete, rechts liegen und wandte sich am Ende der Straße nach links in die Misgav-Ladach-Straße. Eine Gruppe von amerikanischen Touristen, unvermeidlich in Jerusalem, die von einem Mann mit einer schmalen Fahnenstange in der Hand angeführt wurde, drängte sich an ihm vorbei.

Bei der Nummer 36, die schon leicht angeschlagen war, prangte ein Schild, auf dem auf Ivrit, dem modernen Hebräisch, und auf Englisch *Tempelinstitut* stand.

Er wartete, bis Jaakov ihn eingeholt hatte, dann betätigte er die altersschwache Klingel. Als sich nichts rührte, ließ er den Metallklopfer gegen die Holztür fallen.

Schließlich öffnete ein Mann die Tür, nickte, als er die beiden Männer sah, murmelte »Schalom« und ging den Flur entlang, die Treppen zum ersten Stock hinauf in ein Zimmer, das mit einem halben Dutzend Männer gefüllt war. Die meisten davon trugen Vollbart. Unter manchen Jacken hingen die Fransen des Gebetsschals heraus.

Ein zustimmendes Begrüßungsgemurmel war zu hören und jemand sagte: »Wir haben schon mal angefangen. Ich hoffe, ihr habt etwas Neues zu berichten.«

Aharon setzte sich nicht hin, sondern rief: »Etwas Neues? Wir haben eine Sensation mitgebracht, Brüder!«

Alle drehten sich überrascht dem Sprecher zu.

»Nun? Dann sind wir gespannt!«

Jetzt ergriff Rabbi Rekinski das Wort. »Ihr wisst, dass wir Kontakt zu einer Farm aufgenommen haben, die von einem Kibbuz betrieben wird.«

»Habt ihr etwa ...?«, fing jemand an.

»Nur ruhig. Wir kommen gleich dazu. Wir brauchen ein Notebook.«

Ein dürrer, blasser Mann ohne Bart stand auf, ging ins Nebenzimmer und kam mit einem Notebook zurück, klappte es auf, stellte es an und alle warteten. Keiner sagte etwas.

Jaakov griff in seine Jackentasche, holte eine kleine Digitalkamera heraus und schloss sie mit dem mitgebrachten Kabel an den tragbaren Computer an, drückte ein paar Tasten und richtete sich auf, während die Kamera die Bilder auf das Notebook lud. Er blickte lächelnd zu Aharon, der jetzt das Wort ergriff: »Brüder! Voller Stolz möchten wir euch die ersten Bilder einer jungen roten Kuh zeigen, die in Ärätz Jisrael gezüchtet wurde und nach unseren Untersuchungen koscher ist.«

Der Satz schlug ein, als wäre ein leibhaftiger Engel ins Zimmer getreten. Ein Seufzen und Raunen ging durch den Raum. Einer der Männer fing an, einen Psalm zu beten. Ein anderer stützte den Kopf auf und weinte leise vor sich hin. Nur ein Mann mit weißem Bart lehnte sich zurück und betrachtete kühl die anderen in der Runde.

»Hier sind die ersten Bilder.«

Auf dem Monitor wurde es kurz dunkel, dann erschien im Vordergrund Rabbi Aharon, der, die Hände auf die Hüften gestützt, lachend vor einem hölzernen Pferch stand, während im Hintergrund eine Kuh mit ihrem rötlichen Kalb dumpf in die Kamera blickte.

Es folgten Großaufnahmen von dem jungen Tier. Die Farbe war tatsächlich Rot. Auf dem nächsten Bild hingen ein paar Gestalten über dem Gatter, in dem die Tiere waren, und hatten zur Begrüßung die Hand gehoben. Einer machte grinsend ein Victoryzeichen mit Zeige- und Mittelfinger.

Jaakov schaltete das Notebook auf »Diashow« und ließ es aufgeklappt stehen, während die Bilder der roten Kuh alle fünf Sekunden wechselten.

Lange Zeit sagte niemand etwas.

»Ein historischer Moment«, fing der junge Mann an, der das Notebook geholt hatte.

»Möge Adonai es schenken, dass der Bau des dritten Tempels während unserer Lebenszeit geschieht«, flüsterte ein alter Mann, der sich mit den knotigen Händen durch seinen grauen Bart fuhr.

»Adonai segne den Farmer«, murmelte ein anderer. »Er ist ein Werkzeug des Höchsten! Ja, das ist er!«

»Ich denke«, sagte der Alte mit dem weißen Bart zögernd, »es ist zunächst einmal eine rote Kuh. Es kommt darauf an, was man damit macht.«

»Es ist nicht nur eine rote Kuh, Jizchak«, rief der junge Mann. »Es ist *die* rote Kuh, die wir brauchen, und das weißt du.«

Ein paar verstörte Blicke flogen zu dem Weißbärtigen hin, aber die meisten ließen sich durch den Wortwechsel nicht beeindrucken, sondern betrachteten weiter ehrfürchtig und stumm die Bilder der roten Kuh, von der sie wussten, dass sie ihr Leben verändern würde.

2

BERLIN, ANNENSTRASSE, 20. MAI

Als Selma von der Party zurückfuhr und gerade von einem Minibus überholt wurde, wirbelte der Wind die trockenen, rosafarbenen Blüten der Zierkirschen am Straßenrand auf und ließ sie wie Konfetti auf ihren blauen Golf fallen. Für eine Sekunde wurde ihre Windschutzscheibe mit Blüten bedeckt und sie war gezwungen, langsamer zu fahren und den Scheibenwischer einzuschalten, bis die Bäume und Häuser der Annenstraße wieder vollständig sichtbar wurden.

Diese Straße, das fiel ihr wieder einmal auf, sah gar nicht aus, als sei sie Teil einer Weltmetropole. Sie wirkte eher so, als gehörte sie zu einem gewöhnlichen Vorort irgendeiner Stadt in Deutschland. Aber sobald man abbog, das blaue U-Bahn-Schild in der Heinrich-Heine-Straße entdeckte, einen Doppeldeckerbus vorbeirauschen sah oder hundert Meter weiter im orientalisch anmutenden Stadtteil Kreuzberg durch die Straßen ging und holländische, englische oder arabische Sprachfetzen hörte, wusste man, dass man in einer Weltstadt wohnte.

Als Selma weiterfuhr und zusah, wie die Wischblätter die zarten Blätter hin- und herschoben wie roten Schnee, lächelte sie unwillkürlich über die tapferen Bemühungen des Scheibenwischers, der eigentlich nicht für Blüten konstruiert war. Aber dann verlor sich ihr Lächeln, als ihr Wohnblock in Sicht kam.

Im Wohnzimmer brannte Licht. Und sie meinte, dass sie das Licht aus- und das Flurlicht angemacht hatte, als sie gegangen war.

Oder habe ich es umgekehrt gemacht?

Ein Glück, dass Fabi bei seinem Freund übernachtet hat. Wenn ihm etwas zugestoßen wäre …

Sie bremste und schaltete in den zweiten Gang zurück, der immer etwas hakte. Eigentlich hätte sie den Golf schon längst in die Werkstatt bringen müssen. Es war überhaupt die Frage, wie lange sie sich den Wagen noch leisten konnte.

Aber das war jetzt nicht entscheidend. Wichtig erschien ihr nur das eine: ob jemand in der Wohnung war oder nicht.

Mit einem mulmigen Gefühl schob sie sich in eine Parklücke, stieg aus und nahm gedankenverloren eine Handvoll des Kirschblütenkonfettis von der Motorhaube. Langsam ließ sie die Blüten auf den Gehweg rieseln.

Warum sollte ein Einbrecher das Licht im Flur ausmachen und es im Wohnzimmer anmachen?

Sie gab sich selbst die Antwort.

Damit er im Hellen bequem nach Wertsachen suchen kann.

Im Gehen fischte sie nach ihrem Schlüssel, der in der Innentasche ihrer Jacke klimperte. Ein paar Blüten, die von ihrem Jackenärmel abgefallen waren, hatten sich auf den Schlüsselanhänger gelegt.

Als das Licht vor der Haustür automatisch anging, zögerte sie mit dem Aufschließen.

Und wenn dieser ... dieser Unbekannte jetzt noch in der Wohnung ist? Gut, dann werde ich als Erstes in die Küche gehen, mir die alte Pfanne mit dem dicken Metallboden schnappen und alles absuchen ...

Sie ging die Stufen hinauf in den ersten Stock und legte ihr Ohr an die Wohnungstür.

Nichts.

Leise steckte sie den Schlüssel in das Schloss und drehte ihn um. Vor Schreck schloss sie die Augen, als die Tür in den Angeln quietschte. Sie lauschte. Wieder nichts.

Es wäre nicht schlecht, jetzt einen Mann dabeizuhaben, der ...

Nein! Nein! Nicht diese Mitleidstour! Arme, alleinstehende Mutter sucht starken Mann, um sie vor Einbrechern zu beschützen. Bitte melden Sie sich umgehend bei Selma Ravenberger-Schmittke!

Ich habe es schließlich selbst gewollt und Ron aus der Wohnung geschmissen, mitsamt seinen diversen Flaschen. Also, beklag dich nicht, Selma. Sei tapfer und schlage um dich. Wäre das neue Brotmesser nicht sogar besser als eine Pfanne?

Sie machte das Flurlicht an, sah im Spiegel kurz ihr schmales, angespanntes Gesicht mit den halblangen, dunklen Haaren, die von einer hellen Strähne aufgelockert waren, und schnupperte. Kam es ihr nur so vor oder hing eine neue Geruchsnote in der Luft? Irgendetwas Rauchiges ...

Der Kerl hat in meiner Wohnung Zigaretten geraucht!

Diese Erkenntnis, verbunden mit einer aufkeimenden Wut gegen den unbekannten Raucher, ließ ihre Angst plötzlich zusammenschrumpfen. Jetzt überwog der Zorn auf diesen Eindringling, der es gewagt hatte, ihr Refugium mit Zigarettenqualm zu verpesten.

Oder war es vielleicht Ron, der noch einen alten Schlüssel von der Wohnung hat? Natürlich! Es kann nur Ron sein. Vielleicht hat er nur ein paar Papiere geholt, die er braucht. Alles ganz harmlos. Trotzdem kann er nicht einfach so in meine Wohnung hineinspazieren, ohne mich zu fragen. Ich muss das Schloss auswechseln!

Aber es hätte auch ein Fremder sein können, der immer noch in der Wohnung war und sich nur versteckt hatte. Sie ging zügig in die Küche, holte das Brotmesser, das in der Spülmaschine lag, leicht verkrustet vom Schwarzbrotschneiden, und ging mit entschlossenem Gesichtsausdruck ins Wohnzimmer.

Auf dem Holzboden lagen noch Fabians diverse Stofftiere wild verstreut, als hätte ein Kampf stattgefunden. Und ein Karton stand daneben, der zu einem Spielhaus umfunktioniert worden war und über ein grob ausgeschnittenes Fenster verfügte.

Aber sonst konnte sie nichts entdecken. Sie rannte in den Flur zurück und betrat das Badezimmer. Nichts. Und da konnte sich bestimmt niemand verstecken, außer er hätte magische Kräfte und würde wie Supermann unter der Decke schweben.

Vorsichtshalber blickte sie nach oben, sah aber nur den Fleck, der sie schon seit Ewigkeiten ärgerte.

Kinderzimmer, Schlafzimmer. Unter dem Bett nachschauen, die Schranktüren aufmachen. Wieder nichts. Also niemand.

»Meine Güte, Selma! Was regst du dich so auf! Wahrscheinlich hast du dich getäuscht.« Sie redete, seit ihr Mann ausgezogen war, ab und zu laut mit sich selbst.

Erleichtert zog sie die Jacke aus, legte das Messer wieder in die Spülmaschine und ließ sich im erleuchteten Wohnzimmer auf den Sessel fallen.

Und dann sah sie es. Die mittlere Schublade der von ihr selbst abgebeizten Jugendstilkommode war nicht ganz geschlossen.

Untypisch für sie. Das würde sie nie machen. Sie schob immer alle Schubladen hundertprozentig zu, weil sie es hasste, wenn etwas halb offen stand.

Mit einem leichten Kribbeln unter der Kopfhaut erhob sie sich und zog an dem Messinggriff. Rasch wischte sie die Bedienungsanleitungen ihrer technischen Geräte zur Seite, die dort aufbewahrt lagen, und tastete nach der länglichen Blechdose mit der Aufschrift *Nürnberger Lebkuchen*. Selma schloss die Augen, weil sich die Dose viel zu leicht anfühlte. Und als sie den Deckel öffnete, war klar, dass jemand hier gewesen sein musste.

Eine Halskette aus falschen Perlen lag einsam und wie verloren auf dem Grund der Dose: der kümmerliche Rest ihres Schmucks.

»Verdammt«, fluchte sie, warf die Dose in die Schublade, knallte sie zu, schwankte auf die Couch zu und ließ sich auf die Polster fallen.

Sie hätte gerne geweint, aber sie konnte noch nicht weinen, weil sie in Gedanken allen Schmuck durchging, der gestohlen worden war. Der goldene Ring mit dem Bernstein, die kostbare Brosche ihrer Mutter, die für ihren Geschmack zu klobig war. Der Stoffsack mit den kanadischen Goldmünzen. Der war allein schon achttausend Euro wert. Die Korallenketten, das silberne Armband, der Diamantring, die Kette mit der Silberrolle und ein ähnlich aussehendes Schmuckstück, ein Mitbringsel aus Griechenland. Alles Dinge, die sie beruhigt hatten, weil sie einen gewissen Wert darstellten, den man im Notfall zu Geld machen konnte. Die Silberrolle eher nicht und auch nicht das griechische Souvenir. Sicher, die Silberrolle hatte auch ihren Wert, aber sie erinnerte sie mehr an ihre Großmutter. Diesen Schmuck hätte sie niemals verkauft. Warum hatte sie nicht schon vor Jahren in ihrer Bank ein Schließfach gemietet?

Sie stand auf, weil ihr ein Gedanke gekommen war. Vielleicht hatte der Dieb etwas verloren, als er die Dose geleert hatte? Und jetzt fiel ihr ein, dass sie möglicherweise seine Fingerabdrücke verwischt hatte. Aber nein. Er hatte bestimmt Handschuhe getragen.

Wenn Ron das gewesen war, dann … dann würde sie ihn, ohne mit der Wimper zu zucken, anzeigen! Sie war fertig mit ihm.

Selma machte die Stehlampe an, um besser sehen zu können, kniete sich auf den Boden und suchte auf dem Teppich und dann unter der Kommode.

Mit der Hand stieß sie gegen etwas Rundes. Sie griff danach und hielt eine halb volle Flasche Wodka in der Hand. Ein Überbleibsel aus dem Kampf mit dem Alkohol. Und sie hatte gedacht, dass ihr alle Verstecke Rons bekannt gewesen wären und dass sie alles vernichtet hätte, was sie an Ron erinnerte.

Wieder legte sie sich auf den Boden und tastete weiter. Nichts.

Doch, jetzt fühlte sie eine dünne Kette. Was konnte das sein? Richtig, das uralte Erbstück ihrer Großmutter, die Silberrolle. Selma zog, aber irgendwie schien sich das Teil verkantet zu haben und saß fest.

Also die Kommode zur Seite rücken und darauf achten, dass die Kabel nicht von den Lautsprechern abgingen!

Es gab ein leises, aber unschönes Geräusch, ein Knirschen, als ob etwas zerdrückt worden wäre. Noch einmal hob sie die Kommode hoch und drückte sie zur Seite.

Als Selma sich jetzt wieder hinkniete und mit ihrer Hand

das frei gewordene Teil herausholte, sah sie die Bescherung: Die kleine Silberrolle war zerquetscht worden und das Metall an der dunklen Unterseite war aufgerissen.

»Auch das noch!«, seufzte Selma, nahm das Schmuckstück wie einen verletzten Vogel in die Hand und setzte sich damit wieder auf die Couch.

Während sie den Schmuck genauer betrachtete, um den Schaden festzustellen, sah sie, dass das Silberstück zu ihrer Überraschung eigentlich hohl war. Ihre Aktion hatte den Boden aufgerissen. Als Selma die Rolle, die in Wirklichkeit eine Kapsel war, hin und her drehte, entdeckte sie, dass sich drinnen etwas bewegte. Das war vorher nie zu hören gewesen.

»Ich werd verrückt, da ist etwas drin«, murmelte sie, rannte in die Küche und holte aus der Werkzeugschublade eine kleine Flachzange.

Mit ein paar Griffen bog sie die eine Seite weiter auf, schüttelte das Schmuckstück und sah mit großen Augen etwas Gebogenes, Goldenes herausgleiten.

Mit dem Zipfel ihrer Jacke nahm sie das Gold behutsam auf und betrachtete es. Sie wagte nicht, das gerollte Teil geradezubiegen, aus Angst, es zu zerbrechen. Es war so dick wie starkes Papier und mit irgendetwas bekritzelt. Sie drehte es vorsichtig hin und her und sah eine unbekannte Schrift, die teilweise unterbrochen war:

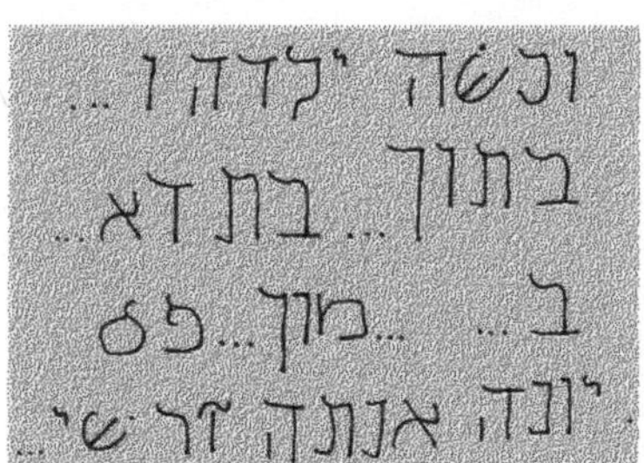

Die Schrift kannte sie nicht. Sie sah aus, als hätte sie jemand ohne Kunstverständnis geschrieben, und während sie ihren Fund betrachtete, hatte Selma den Eindruck, dass dieses Stück Gold, das schon so lange im Familienbesitz war, eine Botschaft enthielt, die weit zurückreichte. Ein paar Buchstaben waren unleserlich. Etwas Dunkles hatte sich über das Gold gelegt.

»Okay«, sagte sie sich. »Zuerst die Polizei und dann ein Lexikon oder jemand vom Museum oder … oder irgendein Archäologe.«

Sie drehte das Gold hin und her, das unter dem Licht einen sanften Glanz entfaltete.

Aber von dem Gold werde ich der Polizei nichts erzählen, sonst nehmen sie es mir womöglich ab.

3

REGENSBURG, 11. OKTOBER 1762

TAGEBUCHAUFZEICHNUNGEN DES PFARRERS ANDREAS HERMLINGER

So sich nun mein Leben mählich dem Ende nahet, will ich es unterfangen, einige Geheimnisse, die mir auf dem Herzen brennen, niederzuschreiben. Da ich durch mein Beichtversprechen gebunden bin, es nicht mit meinem Munde zu thun, so thue ich es mit Gänsefeder und Tinte und werde dieses, mein Buch, so zu verstecken wissen, auf daß es nur durch die Vorsehung Gottes eines Tages gefunden werden mag.

Erstens, betreffend der Magd Gudrun, die mir gestanden, daß sie in ihrer großen Noth ihr Neugeborenes, welches sie die ganze Zeit ihrer Schwangerschaft verstecket gehalten unter viel Gewänder, nach der Geburt aus ihrem Schoße zu Tode gebracht habe. Dies aber nicht aus Mißachtung des Kindes, sondern aus großer Angst vor ihrem Herrn, der ihr gedrohet habe, sie zu verjagen, wollete sie die Schwangerschaft publico offenbaren.

Mit viel Weinen und Klagen habe ich selbiger Magd nach großer Reue und Buße und nach Sprechen vieler Vaterunser endlich durch Gottes Güte ihr Gewissen gereiniget und geläutert durch die Lossagung ihrer großen Schuld. Der Herr erbarme sich ihrer auch ferner.

4

BERLIN MITTE, 22. MAI

Vincent blickte auf die Uhr in seinem braunen Lieferwagen: Fünf Minuten hinter seinem Zeitplan! Und jetzt verengte sich die Fahrbahn auch noch auf eine Spur.

Er blickte auf seinen Zettel am Armaturenbrett und stellte am Navigationsgerät eine neue Adresse ein. Von dem Lichtspiel, das die Sonne in der Krone eines frisch belaubten Lindenbaumes zauberte, der eben rechts an ihm vorbeischwebte und dabei Hunderte von Grüntönen aufleuchten ließ, bemerkte er nichts.

»Nach hundert Metern an der nächsten Straße links abbiegen«, sagte die sanfte Frauenstimme aus dem Navigator.

»Und wie soll ich das bitte schön machen, wenn hier alles verstopft ist?«

Aber die Frauenstimme reagierte nicht und wiederholte nur geduldig ihre Anweisung. Sie stand über den Dingen. Vincent bremste, weil der Opel vor ihm langsamer fuhr und schließlich ganz hielt.

»Ein Scheißjob, dieser Paketdienst«, brummte Vincent und sah zum Beifahrersitz hinüber, auf dem eine offene Pappschachtel lag. Eine kleine Figur aus Bronze, halb ausgewickelt, schimmerte aus dem Seidenpapier.

Plötzlich klopfte es an die Scheibe und Vincent sah das Gesicht seines Mitbewohners Nick, der die Beifahrertür öffnete.

»Wo kommst du denn her?«, fragte Vincent überrascht.

»Einkaufen.«

»Der nächste Weg!«

»Es gibt hier einen guten Laden für herabgesetzte Klaviernoten. Kannst du mich ein Stück mitnehmen?«

»Klar. Aber im Augenblick stecken wir fest.«

Nick reagierte nicht auf Vincents Bemerkung und wollte sich auf den Beifahrersitz schwingen, zögerte aber, als er die Schachtel sah. Vincent griff danach und legte sie auf die Ablage vor der Windschutzscheibe.

»Was ist das denn?«, fragte Nick.

»Eine kleine Götterfigur.«

Nick griff danach und nahm sie neugierig in die Hand.

»Eine Göttin!«, stellte er fest, als er die überproportionierten Brüste sah.

»Ja«, antwortete Vincent leicht genervt, »es ist eine babylonische Ischtar. Ich habe sie in einem Trödelladen gefunden.«

»Wow! Ist die echt?«

Vincent schnaubte durch die Nase. »Quatsch. Eine Nachbildung, sonst hätte ich sie wohl kaum bezahlen können.«

»Und warum ...? Ich meine, so furchtbar animierend wirkt sie nicht auf mich.«

Vincent wurde ärgerlich. Es widerstrebte ihm, seine Kostbarkeit mit diesem ... diesem Kunstbanausen zu teilen, der zwar ganz gut Klavier spielte, aber das war auch schon alles. Andererseits wollte er auch ganz gerne darüber reden.

»Meine Güte! Es kommt doch nicht darauf an, ob sie mich anmacht! Dann hätte ich mir irgendwelche Pornos besorgt. Sie stellt eher ... die Heiligkeit des Lebens dar, so eine Art ehrfürchtige Fruchtbarkeit.«

Nick blickte zweifelnd auf die Bronzefigur.

»Sieht eher derb und … und etwas brutal aus.«

»Tja, das Leben ist auch manchmal brutal.«

»Und was machst du damit? Stellst du sie in dein Regal?«

»Mal sehen. Ich will sie auf jeden Fall zu unserer Gruppe mitnehmen. Sie passt zu unserem neuen Thema: Heiligkeit.«

Der Opel vor ihnen fuhr weiter. Vincent schaltete in den ersten Gang und ließ die Kupplung kommen.

»Ach, deine neue religiöse Gruppe …«

»Ja, so ist es.«

»Pass auf, Vincent!«, sagte Nick und in seinen Worten schwang ein leiser Spott mit. »Eines Tages gründest du noch eine neue Religion und …«

»Bei der nächsten Kreuzung links abbiegen«, sagte die Stimme aus dem Navigationsgerät.

Vincent stellte den Lautsprecher aus. »Ja, ja, spotte nur. Was du sagst, ist gar nicht so weit hergeholt. Wir haben schon einen neuen Namen für Gott: Allja. Eine Mischung aus Allah und Jahwe.«

»Wer ist Jahwe?«

»Mann, du hast ja wirklich keine Ahnung. Jahwe ist der jüdische Name für Gott.«

»Und was macht ihr da so? Singt ihr Lieder und werft euch vor dieser nackten Hängebrustgöttin auf den Boden?«

Vincent seufzte innerlich. Es war mühsam, mit einem Menschen zu reden, dem jede Antenne für Religion fehlte.

»Quatsch. Ich werde einen Vortrag halten über die Heiligkeit in den Religionen. Wir suchen etwas Verbindendes und …«

»Übrigens, mal was ganz anderes«, unterbrach ihn Nick. »In welche Richtung fährst du ungefähr?«

Vincent erklärte es ihm.

»Dann lass mich bei der nächsten U-Bahn-Station raus.«

»Gerne.«

Gegen halb fünf stieg Vincent müde aus der S-Bahn Nordbahnhof und ging die wenigen Schritte zu seiner Wohnung in der Invalidenstraße. Er wohnte verkehrsgünstig und hatte sich deshalb kein Auto angeschafft. Die zentrale Lage hatte aber auch Nachteile: das Kreischen der Straßenbahn, das Vibrieren der S-Bahn und die Lautsprecherstimmen. Aber die Wohnung, die er mit Nick teilte, hatte einen Südbalkon und in Sichtweite lag ein kleiner Park mit Bänken und einem Miniteich.

Als Vincent die Tür aufschloss, empfing ihn der Sauerkrautgeruch, der seit gestern in den Räumen hing, weil Nick die Küchentür nicht zugemacht hatte und die Küche keinen richtigen Abzug besaß. Nur ein Gebläse mit Filterpapier.

Dass Sauerkraut auch so durchdringend riechen musste!

Mit Nachdruck machte Vincent die Küchentür zu, zog die Schuhe aus und ließ sich auf den altersschwachen Sessel fallen. Mit den Zehen angelte er nach dem Beistelltischchen und legte die Füße darauf.

Erschöpft schloss er die Augen. Er nickte kurz ein, schreckte auf und fuhr sich mit der Hand über das Gesicht. Dann stutzte er, als er in seiner Jackentasche etwas fühlte.

Es war die kleine Götterfigur, die er heute erstanden hatte. Er holte sie heraus und stellte sie neben seine Füße.

Unbewegt starrte ihn die nackte Frau mit den übertrieben weiblichen Formen an.

»Fruchtbare Heiligkeit«, murmelte Vincent und nahm seine Beine herunter, weil ihm einfiel, dass eine Göttin wahrscheinlich nicht neben stinkenden Männersocken stehen wollte.

In der Küche schob er eine lauwarme Tasse Kaffee in die Mikrowelle und blickte, während der Motor summte, aus dem Fenster: Ein Stück Brachland mit ungemähten Halmen und brauner Erde war zu sehen und weiter hinten eine Baustelle. Seine Augen wanderten zu der Reproduktion einer Ikone, die seit Neuestem über dem Küchenfenster hing. Sie stellte den heiligen Antonius dar, in dessen Oberkörper Pfeile steckten und der seltsam entspannt an einem Baum festgebunden war. Sein Gesicht mit der schmalen Nase, dem dünnen Bart und den großen Augen blickte streng und erhaben den Betrachter an. Er schien keine Schmerzen zu spüren.

»Heiligkeit«, murmelte Vincent. »Es ist seine Heiligkeit, die ihn so schmerzfrei werden lässt und die …«

Der Klingelton der Mikrowelle unterbrach seine Gedanken. Er nahm die heiße Tasse heraus, die irgendwo einen feinen Riss haben musste, sonst wäre sie nicht heiß geworden.

Es genügt ein feiner Riss in der Heiligkeit und du spürst die Hitze der Schmerzen, sinnierte Vincent und war selbst erstaunt über diesen Gedanken.

Beim nächsten Versammlungstermin würde er mit den anderen zusammen an einer neuen Grundlage ihrer eigenen Religionen weiterbauen.

Wozu brauchte man die starren Formen der kirchlichen Frömmigkeit, wenn man ein neues religiöses Gebäude errichten konnte?

Wir leben im Zeitalter der Baumärkte.

»Religion im Zeitalter der Baumärkte«, sagte er laut. Ja, das klang gut. Das klang modern, ungewöhnlich und praktisch.

Er setzte sich auf den Balkon und stand schon wieder auf, weil ihn der ungeleerte Aschenbecher von Nick störte.

»Dieses Schwein!«, murmelte Vincent, brachte den Aschenbecher in die Küche und schüttete die Kippen in den Abfalleimer. Dann ging er zurück, nahm einen Zettel und schrieb seine Gedanken auf: »Ischtar – heilige Fruchtbarkeit – altbabylonische Rituale erklären – die Heiligkeit als Baustein einer neuen Religion – wir leben im Zeitalter der Baumärkte – Tasse mit feinem, fast unsichtbarem Riss in der Mikrowelle lässt Hitze spüren – deshalb auf vollkommene Heiligkeit achten – Porzellan ohne Riss hat einen klaren, hellen Klang – der helle Klang der Heiligkeit …«

Vincent blickte auf und sah auf das große, weiße S auf grünem Grund, das die S-Bahn-Station wie eine Standarte krönte. »S wie Sanktus«, murmelte er.

War es nicht seltsam, dass das S weiß war, wie die Farbe der Heiligkeit, und der Hintergrund grün, wie die Farbe der Hoffnung und des Lebens? Ob das nur Zufall war? Wohl kaum. Er fühlte sich, als ob er von irgendwoher inspiriert worden wäre. Und war er das nicht auch? War es denn Zufall, dass er andere begeistern konnte von seiner Idee einer neuen Religion, die wie ein bunter Regenbogen die Farben aller Religionen enthielt?

Er sah es förmlich vor sich, wie immer mehr Menschen zusammenströmten, um zu ihrer neuen Gemeinschaft zu gehören und ihm zuzuhören. Bald würden sie ein Haus bauen müssen, um die Massen unterzubringen. Ein Haus mit Säulen. Und er würde erhöht auf einem Podium stehen, angestrahlt von unsichtbaren Scheinwerfern, die wie zufällig über seinem Kopf eine Art Strahlenkranz aufleuchten ließen …

Vincent nippte an seinem Kaffee und verlor sich ein wenig in Allmachtsgefühlen. Dann hatte er eine Idee. Er stand auf, ging in sein Zimmer und stellte sein Notebook an. Er öffnete eine Internetsuchmaschine, überlegte kurz und tippte dann die Wörter *Heilige Gegenstände* ein. Von der Fülle an Informationen wurde er fast erschlagen. Staunend las er einen Artikel.

Zu den geheimnisvollsten heiligen Gegenständen, deren Heiligkeit sogar fühlbar war, gehörte die sogenannte Bundeslade, die ***Aron Haberit*** *(Schrein des Bundes) oder* ***Aron Hakadosch*** *(Heiliger Schrein). In ihr wurden während der Blütezeit des Salomonischen Tempels die Zehn Gebote aufbewahrt. Die* ***Aron Haberit*** *war ein Kasten aus vergoldetem Akazienholz, auf dem zwei Cherubimengel aus Gold knieten, deren Flügel sich an den Spitzen berührten.*

Irgendwann zwischen dem 9. Jahrhundert und dem Jahr 587 v. Chr., das die erste Zerstörung Jerusalems einleitete, muss die Bundeslade verschwunden sein. Es gibt verschiedene Theorien darüber, wo sie sich befinden könnte.

Im Zusammenhang mit dem Aufbau eines dritten jüdischen Tempels wäre dieser heilige Gegenstand von unschätzbarem Wert.

Es gibt Gruppierungen innerhalb des Judentums, die jetzt dabei sind, heilige Gegenstände zu sammeln, um bereit zu sein, sie in diesem neuen Tempel zu weihen. Unter anderem wurde schon im Jahr 2002 in Israel eine rote Kuh gezüchtet, die …«

Vincent schüttelte verwundert den Kopf, als er weiterlas.

Eine rote Kuh? Was für seltsame Sachen es doch gibt … Aber die Geschichte von der Bundeslade sollte ich weiter ausbauen.

Langsam schlenderte er wieder zum Balkon und zu seinen Notizen und fügte hinzu: »Einer der geheimnisvollsten Gegenstände ist die hebräische Bundeslade – verschwunden – unauffindbar – ein unschätzbarer heiliger Gegenstand für einen möglichen dritten Tempel.«

Versonnen betrachtete er die Straßenbahn, die unten vorbeifuhr, ging nach ein paar Minuten zum Kleiderschrank und suchte zwischen den Kleiderbügeln, bis er sein helles Sakko gefunden hatte, das zu dem schwarzen Hemd und der dunklen Hose sehr gut passte. Er wollte sicher sein, dass alles sauber war und er nichts reinigen oder waschen musste. In ein paar Tagen wollte er bei Iris Eindruck schinden und sie dazu bewegen, seinem religiösen Club beizutreten. Sie hatte sich ein paar Tage freigenommen, um ihn in Berlin zu besuchen.

Und diese ... diese Sache mit der Bundeslade würde er weiterverfolgen. Gab es nicht sogar einen Film darüber, in dem Indiana Jones und die Nazis hinter der Bundeslade her waren?

Der Jäger des heiligen ... nein, des verlorenen Schatzes. Richtig.

Sollte er duschen? Zu viel Aufwand. Heute würde ja doch niemand mehr bei ihm vorbeikommen und Nick störte es nicht. Und zu einem Besuch in der Eckkneipe musste man nicht frisch gewaschen sein. Er würde mit dem Waschlappen schnell seinen Oberkörper erfrischen und ein Deo nehmen. Das genügte. Vor allen Dingen: alte Klamotten. Der Kneipengeruch hielt sich sonst zu lange in den guten Kleidern. Aber die Zähne würde er putzen. Das war immer gut.

Religion im Zeitalter der Baumärkte! Ein wunderbarer Satz. So nüchtern und klar. Und gleichzeitig wegweisend, vorwärtsdrängend!

5

BERLIN, ANNENSTRASSE, 23. MAI

Selma brach sich ein Stück Edelbitterschokolade mit Orangengeschmack ab und steckte es in den Mund. Eine kleine Schwäche von ihr. Sie brauchte jetzt etwas Aufmunterndes.

Von der Baustelle auf der anderen Seite klang ein Poltern herüber und störte sie. Ärgerlich machte sie das gekippte Fenster zu.

Gerade hatte sie mit Ron telefoniert, um ihm auf den Zahn zu fühlen, aber er hatte ihr versichert, dass er keinen Schlüssel mehr hatte! Ganz glaubte sie es ihm nicht. Zu viele Lügen während der letzten Jahre. Was sie bei dem Gespräch fertigmachte, war sein Angebot, wieder zu ihr zu ziehen. Es hatte sie Kraft gekostet, brutal und direkt Nein zu sagen und aufzulegen. Mein Gott, wo führte das alles hin!

Aber auf jeden Fall würde sie das Schloss austauschen.

Sie ging ins Wohnzimmer, um ihre Beschäftigung von vorhin wieder aufzunehmen. Auf dem Tisch vor ihr lag ein dickes Nachschlagewerk für Sprachen, das sie aus der Bibliothek geholt hatte. Fabian saß auf dem Wohnzimmerboden und spielte inzwischen mit einem zweiten Papphaus. Draußen regnete es und das Prasseln der Regentropfen gegen die Scheibe wurde mit der Zeit stärker.

Selma dachte daran, dass jetzt die Blüten an den Straßenrändern zu Blütenmatsch wurden.

Die Polizei war hier gewesen, hatte alles untersucht, Protokolle aufgesetzt, Fragen gestellt und erklärt, dass Selma irgendwelche Dokumente beschaffen müsste, die bewiesen, dass sie Schmuck gehabt hatte und welchen. Das brauche sie für die Versicherung. Sonst könne ja jeder kommen und behaupten, dass wertvoller Schmuck verschwunden sei. Wenigstens von den Goldmünzen müsste sie doch einen Beleg von der Bank haben.

Sie hatte keinen. Die Münzen waren ein Geschenk ihres Großvaters gewesen. Und bei Geschenken wurden normalerweise keine Belege mitgeliefert.

Nach der ersten Enttäuschung meinte der Beamte, es sei trotz allem wichtig, diese Schmuckliste aufzusetzen.

»Falls man jemanden fasst und man findet genau Ihren Schmuck, dann ...«

Selma hatte kaum mehr richtig zugehört. Der andere Beamte hatte sogar Bemerkungen gemacht, die den Verdacht nahelegten, dass er Selma kein Wort glaubte. Aber das fiel ihr erst hinterher auf.

Sie hatte sich fast schon damit abgefunden, dass der Schmuck verschwunden war. Oder sollte sie plötzlich bei Ron auftauchen und seine Wohnung durchsuchen? Er war ja jetzt so entgegenkommend und würde es ihr wahrscheinlich erlauben ...

Nein. Das brachte nichts. Wenn er es gewesen war, dann hatte er alles schon längst versteckt.

Sie wandte sich wieder den seltsamen Schriftzeichen auf der Goldpapierrolle zu. Zuerst hatte sie auf Griechisch getippt, aber die Buchstaben stimmten nicht überein und dann gab es noch Unterschiede in der Art, wie man schrieb.

Jetzt wollte sie Persisch ausprobieren. Sie legte das Papier neben die Schrift in dem Nachschlagewerk und schüttelte den Kopf. Keine Ähnlichkeit.

Russisch brauchte sie erst gar nicht zu probieren. Schließlich hatte sie die hebräische Seite aufgeschlagen und stieß einen Laut der Überraschung aus, sodass Fabian den Kopf hob und seine Mutter verständnislos ansah.

»Was is'n los?«

»Ich hab was gefunden!«

»Wo?« Fabian schaute im Zimmer herum.

»Nein. Ein paar Buchstaben.«

»Ach so.«

Tatsächlich fand sie ein paar Buchstaben wieder, aber dann gab es Zeichen, die sie überhaupt nicht einordnen konnte. Arabisch war es auch nicht.

Entmutigt blickte sie zu ihrem Sohn hinüber, der zwischen den beiden Papphäusern einen Weg aus Papierstreifen legte, mit seinen Autos darüberfuhr und dabei ständig die Papierfahrbahn nach oben wölbte. Ärgerlich wischte er die Blätter weg und kramte in seiner Kiste nach Dingen, die sich besser für eine Straße eigneten.

Draußen peitschte eine Regenböe gegen das Fenster und Selma sah einen winzigen Wassertropfen, der sich unterhalb des Fenstergriffs ins Zimmer zwängte.

Das Holz hat sich verzogen! Man müsste den Rahmen neu streichen …

Als Selma auf die Uhr blickte, bekam sie einen Schreck. In einer halben Stunde würden zwei Freundinnen zum wöchentlichen Klönabend kommen und sie hatte noch nichts vorbereitet! Diese dumme Schrift hatte die Zeit zusammenschmelzen lassen und Fabian sollte eigentlich allmählich ins Bett gehen.

Rasch klappte sie das Sprachlexikon zu, legte das Papier zwischen die hebräischen Seiten und stellte es in ein Regal.

Dann sagte sie mit einer Spur Hektik in der Stimme: »Fabian! Du musst jetzt dringend ins Bett!«

Aber diese Aufforderung kam zu plötzlich und Selmas Ton verbreitete Unruhe und Anspannung. Fabian spürte, dass er jetzt Macht über seine Mutter hatte, und verfiel automatisch in eine nörgelnde Langsamkeit, von der er wusste, dass sie seine Mutter zur Raserei treiben würde.

»Ich will aber noch nicht ins Bett.«

Selma überlegte blitzschnell und stellte fest, dass sie es nicht schaffen würde, alles zu organisieren. Sie hatte nach dem Abendessen vollkommen die Zeit vergessen und ahnte jetzt, dass Fabian sich wie ein störrischer Esel benehmen würde. Je ungeduldiger sie wurde, desto schlimmer stellte er sich an.

Sie hasste es, dass es bei der Kindererziehung neben der Liebe und Annahme meistens um Macht ging.

Ganz ruhig, Selma. Es ist, wie es ist!

Diesen Satz hatte sie bei einer Meditationsgruppe gelernt. Und er hatte ihr schon oft gute Dienste erwiesen.

Gut. Sie würde ein paar Knabbersachen hinstellen und Fabian spielen lassen. Wenn er müde wurde, konnte sie ihn später immer noch ins Bett bringen, aber dann musste er jetzt zumindest bettfertig gemacht werden. Auf die Gutenachtgeschichte musste er eben verzichten.

Irgendwie schaffte sie es, das Zähnputzen und Umziehen in einem ruhigen Rahmen über die Bühne zu bringen, weil sie ihn damit geködert hatte, dass er länger aufbleiben durfte.

Gerade wollte sie sich den Knabbersachen zuwenden, da klingelte es. Sie blickte auf die Uhr. Eigentlich war es noch zu früh. Ihre Freundinnen kamen nie so früh. Wer mochte das sein um diese Zeit?

Sie nahm den Hörer der Sprechanlage ab und fragte, wer da sei. Als sie Rons Stimme hörte, schloss sie die Augen.

Auch das noch.

»Ron, ich glaube, das ist jetzt nicht der richtige Zeitpunkt. Ich bekomme gleich Besuch. Vielleicht hast du es ja vergessen: Aber wir leben getrennt.«

»Ich weiß«, hörte sie die gepresste Stimme ihres Mannes aus dem Hörer. »Heute ist dein wöchentlicher Klönabend. Wie ich dich kenne, ist Fabi noch nicht im Bett und du brauchst jemanden, der ihn ins Bett bringt und ihm noch eine Geschichte vorliest, sonst wird er irgendwann nerven, wenn deine Gäste kommen! Außerdem wird man hier allmählich nass.«

Selma traute ihren Ohren nicht. Ron hatte sich im Voraus Gedanken gemacht! War das derselbe Mann, von dem sie sich getrennt hatte? Das Unangenehme daran war, dass er natürlich recht hatte. Fabian würde später so lange herumquengeln, bis sie ihm eine Geschichte vorgelesen und die Zeremonie durchgezogen hatte.

Selma ballte die Fäuste.

Es ist, wie es ist. Nur jetzt nicht schwach werden, Selma!

Sie atmete kurz durch und sagte: »Bitte, tu mir den Gefallen und lass mich in Ruhe!«

Dann legte sie den Hörer auf.

Als Selma die Nüsse und Käsestangen in die Schalen verteilte, klingelte es wieder. Langsam nahm sie den Hörer ab.

»Wir sind's«, hörte sie zwei Frauenstimmen, die lachten. Sie drückte auf den Summer.

6

JERUSALEM, TEMPELINSTITUT, 24. MAI

In dem Versammlungszimmer herrschte ein tumultartiger Lärm. Die Luft war heiß trotz der ratternden alten Klimaanlage. Irgendjemand musste Unmengen von Lammfleisch mit Majoran verzehrt haben. Der ganze Raum roch danach. Rabbi Aharon Gildenau hob beide Hände und brüllte: »Ruhe, Brüder!«

Allmählich ebbten die Stimmen der Männer ab und Gildenau sagte: »Kann mal jemand die Klimaanlage ausstellen und das Fenster öffnen. Ich glaube, das bringt mehr.«

Er wartete. Durch das geöffnete Fenster drang jetzt der Lärm der Straße herein: Hammerschläge und eine Trillerpfeife übertönten die Stimmen der Touristen auf der Gasse. Ein Händler pries seine Honig-Sesam-Kekse an. Von Weitem hupte jemand wie wild.

Nachdenklich blickte Gildenau in die Runde und sagte: »Ich weiß, es ist enttäuschend und … bitter, dass die rote Kuh, auf der ein paar Jahre unsere Hoffnung ruhte, nun doch nicht ganz koscher ist und sich für ein zukünftiges Opferritual nicht eignet. Aber wenn es *eine* rote Kuh gibt, dann gibt es auch eine zweite oder dritte. Warum regt ihr euch also auf?«

Die Stimmen auf der Straße wurden übertönt von einem Motorrad, das durch die engen Gassen knatterte.

»Wir regen uns auf«, sagte ein Mann ohne Bart, »weil wir

nicht mehr viel Zeit haben. Wenn es nun Adonai schenkt, dass der Tempel gebaut wird, und es fehlt an der reinigenden Asche dieser Kuh, dann gibt es keinen Opferkult. Es gibt inzwischen ausgebildete Priester, den unbehauenen Eckstein, das eherne Meer ...«

»Augenblick mal!«, wurde er von dem weißbärtigen alten Jizchak unterbrochen, der dafür bekannt war, dass er kritische Zwischenbemerkungen fallen ließ.

»Ich gebe ausnahmsweise Aharon recht. Wir haben tatsächlich Zeit. Vielleicht habt ihr es vergessen, aber die Omarmoschee und die kleine Al-Aksa-Moschee stehen auf dem Felsen, auf dem der Tempel gebaut werden soll. Und solange diese Moscheen da stehen, kann kein Tempel gebaut werden. Oder wollt ihr sie etwa in die Luft sprengen?«

Ein wütendes Stimmengewirr erhob sich und Aharon musste sich wieder lautstark Gehör verschaffen. Zornig blickte er Jizchak an und sagte zu ihm: »Du weißt genau, dass das Tempelinstitut absolut friedlich arbeitet. Das ist einer unserer höchsten Grundsätze. Wir sammeln alles, was nötig ist für den Bau eines Tempels. Aus der ganzen Welt treffen Gegenstände ein. Wir stellen alles zur Verfügung und warten darauf, dass der Allmächtige eingreift und uns den Zeitpunkt sagen wird.«

»Genauso ist es!«, rief jemand zustimmend.

Jetzt stand Jizchak auf und antwortete: »Ja, ja, ich weiß. Wir sind alle so furchtbar friedlich. Absolut friedlich. Abgesehen von unserer Armee und abgesehen davon, dass wir laut sind. Aber diese Idee mit dem dritten Tempel kommt mir immer abwegiger vor, je länger ich darüber nachdenke. Juden haben seit zweitausend Jahren keinen Tempel mehr gehabt. Wir haben auch ohne Tempel überlebt durch unsere Synagogen und unsere Feste, durch die Feier des Schabbat, durch die Beschneidung. Vielleicht hat uns Adonai den Tempel absichtlich genommen, damit wir ohne ihn auskommen sollen.«

»Was sind das für Reden, Jizchak?«, kam es von einem Mann mit rötlichen Locken. »Wenn du das glaubst, warum bist du dann noch hier?«

»Ich bin hier«, erklärte der alte Mann, »weil ich zu ahnen beginne, dass der Tempel vielleicht ein Symbol ist und dass die Vision unseres Propheten Hesekiel keinen wirklichen Tempel beschrieb, sondern irgendetwas anderes.«

»Ach!« In Aharons Stimme kam eine neue Schärfe hinzu. »Daher weht der Wind. Du schlägst dich also auf die Seite der symbolhaften Ausleger und verlässt den sicheren Boden der wörtlichen Deutung, die ...«

»Nicht alles muss wörtlich verstanden werden oder glaubst du, dass Frauen eine Rippe weniger haben als Männer?«, erwiderte Jizchak leise und fügte hinzu: »Ich sehe nur Folgendes: In einer Welt, in der es Mode geworden ist, Sprengstoffattentate zu planen und durchzuführen, brauchen nur ein paar Verrückte zu kommen, die von der Idee eines dritten Tempels besessen sind und die die Sache selbst in die Hand nehmen wollen und nicht warten können, bis Gott eingreift. Stellt euch nur die Katastrophe vor, wenn der Felsendom zerstört wird, egal von wem. Das bedeutet Krieg, und das nicht nur in unserer Region. Vielleicht einen dritten Weltkrieg. Merkt ihr nicht, wie gefährlich unsere Idee sein kann, wenn sie in die falschen Köpfe gelangt? Und wenn wir schon von einem richtigen Tempel reden, dann brauchen wir auch den echten Aron Haberit, den Schrein des Bundes, der seit Tausenden von Jahren verschollen ist.«

Einen Augenblick herrschte Schweigen. Dann stand ein Mann in einem abgetragenen Jackett mit Fischgrätmuster so abrupt auf, dass sein Stuhl umfiel.

»Ich muss erst einmal nach draußen«, sagte er. »Das wird mir alles zu kompliziert.«

7

REGENSBURG, 11. OKTOBER 1762

TAGEBUCHAUFZEICHNUNGEN DES PFARRERS ANDREAS HERMLINGER

Eine zweite Beichte, die ich dem geduldigen Papiere anvertraue, betrifft einen Mann, dessen Namen ich keineswegs hier offenbaren möchte. Er kam des Nachts zu mir, wie seinerzeit im Evangelio geschrieben stehet, es sei einer aus den Pharisäern mit Namen Nikodemus zu Jesus gekommen.

Nach einigem Her und Hin und viel Advertissement betreff der hohen Stellung des besagten Herrn redete er zu mir mit zitternder Stimme von einem großen Unrecht, welches er gethan und welches ihn des Nachts nicht schlafen lasse, also daß er schon ganz entkräftet und elend an Leib und Seele und von wenig Nutzen seinen Freunden sei und sein Brot nur mit Zwang esse.

Auf meine Frage, was es denn sei, wessen er sich so plaget und was sein Gewissen so depressiere, gestand er mir, er habe vor zween Wochen, als er mit viel Wein in seinem Hirn herumgelaufen sei, die Holzbrücke über einen Bach, der in der Nähe vorbeirauschet, durchaus angesägt, um sich einen Spaß zu machen, habe aber nicht gedacht, daß es ernsthaften Schaden gäbe. Er habe nur gelacht und gemeinet, es sei ein Scherz in Maßen.

Am nächsten Morgen jedoch, als sein Kopf noch wie von unsicht-

baren Hämmern geplaget sei, habe er gehört, dass man eine alte Frau tot aufgefunden habe, ertrunken in nämlichem Bach. Auch habe man die Brücke gesehen, die zerbrochen war, und sich die Angelegenheit zusammengereimet. Ob sich die Todesstunde für diese Frau nun aufgrund dieser Vorkommnisse ereignet habe oder nicht, wisse er nicht zu sagen. Er habe aber wider sich, daß er sei ein Mörder, und könne nicht zur Ruhe kommen.

Ich mußte ihm mit großem Ernste sagen, daß die Beichte nicht dazu da sei, alle Verbrechen zu verschleiern, sondern sie gebe auch Kraft und Macht, Unrecht zu offenbaren und an den Tag zu bringen. Wenn er das thäte und mit viel Reue seine Sünde vor Gott bekenne, könne er wohl wieder in den vorigen Stand der Fröhlichkeit versetzt werden, auch wenn das Unglück jener Frau seine Seele bisweilen zwicke und zwacke.

Ich habe seitdem nie mehr von ihm gehöret oder bin sonst seiner ansichtig geworden, also daß ich dachte, der Erdboden habe ihn verschlucket.

8

BERLIN, ANNENSTRASSE, 24. MAI

Selma war froh, dass Fabian bei einem Mädchen aus seiner Kindergartengruppe spielte. Eine Stunde Alleinsein am Nachmittag blieb ihr noch.

Sie stand an den Küchentisch gelehnt mit dem Telefonbuch in der Hand und blätterte darin. Von draußen fielen die schrägen Strahlen der Frühlingssonne durch das Fenster und streiften die helle Tapete mit dem geflochtenen Muster.

Der Abend gestern ging Selma noch durch den Kopf und sie ließ manchmal beim Blättern ihren Blick über die Namen und Zahlen gleiten. Es war irgendwie schräg gewesen: Ron, von dem sie sich getrennt hatte, wollte wieder zu ihr zurück. Sie hatte die Tür nicht aufgemacht und ihn unten stehen lassen. Hasste sie ihn eigentlich? Im Augenblick ja. Für sie war Ron im Laufe der Jahre von einem annehmbaren Mann zu einem labilen Alkoholiker geworden, der langsam, aber stetig ihr Leben zerstörte. Ja, sie hasste ihn. Alles, was sie aufgebaut hatten, ging kaputt.

Aber er kämpft darum, zurückzukommen. Und er kämpft um die Liebe seines Sohnes. Kann man ihm das verübeln?

Am liebsten hätte sie die Koffer gepackt, um mit Fabian irgendwo hinzufahren, wo sie keiner kannte. Aber das ging nicht.

Und dann dieser Zettel, der heute Morgen im Briefkasten lag: »Ich habe mich geändert und meine Lektion gelernt: Ich werde nicht mehr trinken, Ron.«

Selma hatte die Fäuste geballt und ohnmächtig gegen die Wand geschlagen, um nicht schreien zu müssen. Wie oft hatte er ihr das schon versprochen während der letzten Jahre? Dieses: Ich werde nie mehr trinken! Sechsmal? Siebenmal? Und jedes Mal hatte sie neu gehofft und neu vertraut, bis es dann wieder passierte. Und jetzt hatte sie keine Kraft mehr. Sie war innerlich völlig leer. Ihr Vertrauensvorrat war aufgebraucht.

Gestern Abend hatte sie sich dann entschlossen, an den mysteriösen Buchstaben auf dem Goldstreifen nicht mehr allein herumzudoktern, sondern einen Experten zu suchen. Und dafür brauchte sie Telefonnummern von der Uni oder von Museen. Es lenkte sie ab, sich mit der Schrift zu befassen. Und sie war neugierig, welche Botschaft dieses Gold enthielt.

Ihr Zeigefinger stoppte bei der Universität und glitt dann an den einzelnen Fakultäten entlang, bis er auf *Geschichtswissenschaften* stieß.

Als sie die Nummer wählte, hörte sie den gelangweilten Ton einer Frau, die ihren üblichen Spruch aufsagte.

Ob sie den Professor sprechen könnte, fragte Selma zaghaft.

Ein trockenes Lachen war die Antwort.

Der Professor sei noch in der Vorlesung. Sprechzeiten: dienstags und donnerstags zwischen sechszehn und achtzehn Uhr.

Ob sie sich dann einen Termin geben lassen könnte?

»Sind Sie Studentin?« Das Misstrauen in der Stimme war nicht zu überhören.

»Nein … ich bin … ich will etwas über alte Sprachen wissen.«

Ein Seufzen auf der anderen Seite und Selma ahnte, was die Sekretärin dabei dachte: *Zu faul, um ein Buch aufzuschlagen.*

»Ich kann Ihnen einen Termin in drei Wochen geben.«

»In drei Wochen?« Selma war entsetzt. »Nein, dann probiere ich es woanders. Vielen Dank.«

Sie blätterte zum Buchstabe »M« wie »Museum« und schüttelte den Kopf, als sie die Namen durchging. Was es alles in Berlin gab! Ein Museum der ungewöhnlichen Dinge und ein Knoblauchmuseum. Aber was sie brauchte, das war ein Museum für Altertum, für alte Geschichte.

Sie probierte drei Nummern und wurde von überlasteten Vorzimmerdamen abgewimmelt. Die Experten schienen rund um die Uhr zu arbeiten. Im vierten Museum, dem Pergamonmuseum, hatte sie endlich Glück.

Ja, es gäbe bei ihnen wissenschaftliche Berater, die allerdings wenig Termine frei hätten. Aber ein Gastprofessor aus Frankreich, der an assyrischen Texten arbeitete und von sämtlicher Verwaltungsarbeit befreit war, könnte eventuell Zeit für sie haben.

Sie schrieb sich die Nummer auf, speicherte sie gleich in ihr Handy und wählte. Aber sie hörte nur die Stimme des Anrufbeantworters, auf den sie ihr Anliegen und ihre Nummer sprach.

Gegen achtzehn Uhr klingelte es und ein Mann mit leicht französischem Akzent meldete sich: »Gaston Lemaire. Sie hatten beim Museum angerufen und mich verlangt?«

Selma hatte sich eine Geschichte zurechtgelegt.

»Ja. Vielen Dank, dass Sie sich melden. Sind Sie ein Experte für alte Sprachen?«

»Was meinen Sie? Altgriechisch, Latein?«

»Nein, es ist so …« Selma malte mit dem Zeigefinger unsichtbare Muster auf den Tisch. »Ich habe neulich einen … ein Schriftstück gesehen mit einer unbekannten Sprache und wüsste gerne …«

»Sie haben etwas ausgegraben?« Die Stimme auf der anderen Seite wurde plötzlich hellwach.

»Nein, nein, ich habe im Fernsehen … bei einer … einer dieser Wissenschaftsserien ein paar Wörter gesehen und mir die Buchstaben abgemalt. Also, ich habe später dazugeschaltet und dann nicht mehr mitbekommen, um welche Sprache es sich da handelt …«

Auf der anderen Seite gab es eine Pause. Dann sagte die Stimme: »Wäre es da nicht viel einfacher, Sie würden beim Sender nachfragen, dann …«

»Ja, ja, das stimmt natürlich. Aber ich weiß nicht mehr, wie der Sender hieß, und so …«

Der Mann glaubt mir kein Wort.

»Bon. Bringen Sie den Zettel mit den Zeichen morgen früh mit. Ich kann eine halbe Stunde dazwischenschieben. Ich komme dann zum Haupteingang des Pergamonmuseums. Sagen Sie einfach dem Herrn am Informationsstand Bescheid. Okay?«

»Ja. Okay.«

Lemaire legte auf.

Selma war noch etwas verdattert, dass es geklappt hatte.

Ich muss die Sätze auf einen Zettel schreiben und sie so gut kopieren, wie es geht. Nach dem Abendessen, wenn Fabian im Bett liegt …

Am nächsten Morgen brachte sie ihren Sohn wie jeden Tag zum Kindergarten. Im Augenblick hatte sie noch freie Zeit, weil ihr neuer Job in der Hauspflege erst nächste Woche begann. Es war ein Glück, dass sie ausgebildete Krankenschwester war und dass in der Hauspflege Leute gesucht wurden. In der Schwesternstation hatte man ihr sogar versichert, dass es auch Touren gab, die erst um acht Uhr begannen. Das wäre für sie ideal. Denn sie hatte keine Mutter in der Nähe, die auf Fabian aufpassen konnte, und ihre Freundin Clara wollte sie nur bei Notfällen fragen.

In der Nacht hatte es nach dem Sonnentag wieder geregnet, aber nun schien sich der Himmel ausgeregnet zu haben, denn zwischen den grauen Wolkenfeldern sah man schon blaue Fetzen und ein Wolkenrand wurde von der Sonne vergoldet.

Selma ging weiter zur nächsten U-Bahn und stieg nach einer Station bei der Jannowitzbrücke in die S-Bahn ein.

Sie war so in Gedanken, dass sie zu weit fuhr und bei der Haltestelle Friedrichstraße wie ein aufgeschrecktes Huhn gerade noch vor dem Schließen der Türen nach draußen hüpfte.

Es war angenehm, den restlichen Weg zum Museum zu Fuß zu gehen, und als die Sonne ganz durchkam, wurde es sofort warm, sodass Selma nach ein paar Minuten ihre Jacke aufknöpfte.

Sie schlenderte an großen Schaufenstern vorbei und blieb vor einem stehen, in dem die neue Frühjahrsmode vorgestellt wurde. Selma begutachtete kritisch den Schnitt einer Bluse und schüttelte den Kopf.

Zwischendurch blickte sie auf die Uhr. Zum Glück hatten sie keinen festen Termin abgemacht.

An der Zugtrasse links von ihr stand an der Wand noch in verwaschenen Buchstaben *Mitropa*.

Ganz werden wir die DDR-Vergangenheit wohl nie los. Man müsste sie schon wegmeißeln. Aber wozu?

Unter den Torbögen der Eisenbahn gab es kleine Verkaufsstände und ein Restaurant, das den seltsamen Namen *Zu den zwölf Aposteln* trug. Zwei gemalte Engel hielten den Schriftzug. Einige Leute saßen schon draußen und tranken ihren Kaffee in der Sonne.

Jetzt tauchten die imposanten Umrisse des Museums mit seinen beiden Flügelgebäuden auf.

Da Selma schon lange nicht mehr da gewesen war, staunte sie über die Ausmaße des Vorplatzes, als sie über eine Brücke den Spreekanal überquerte und sich wunderte, wie wenig Leute hier waren.

Sie stieg die breiten Stufen zu dem neuen Glaskasten hinauf und stellte fest, dass das Museum erst um zehn Uhr öffnete. Enttäuscht schloss sie die Augen.

Das hätte ich mir ja denken können!

Aber sie sah jemanden hinter der Glastür vorbeigehen und klopfte an, ohne zu überlegen. Die Frau blieb überrascht stehen, zeigte auf die Uhr und schüttelte den Kopf.

Selma lächelte und formte ein paar Worte mit den Lippen. Schließlich kam die Museumsangestellte doch zur Tür, schloss auf und sagte: »Wir öffnen erst um zehn.«

»Ich weiß«, nickte Selma, »aber ich habe mit Herrn Lemaire einen Termin. Es geht um ein paar archäologische Fragen.«

»Ich kann das nicht entscheiden. Ich weiß auch gar nicht, ob er schon hier ist …«

Selma hatte ihr Handy aus der Tasche genommen. »Ich rufe ihn auf seinem Zimmer an. Die Nummer habe ich.«

Er war tatsächlich schon da und selbstverständlich würde er herunterkommen und sie einlassen. Es täte ihm schrecklich leid, dass sie unten warten musste. Selma grinste.

Sind Franzosen immer so übertrieben höflich? Aber na ja, irgendwie ist das angenehmer, als angeschnauzt zu werden.

Selma stellte sich nach Telefonaten immer die Leute vor, mit denen sie gesprochen hatte. Ein altes Spiel. Auch jetzt überlegte sie kurz, wie Monsieur Lemaire wohl aussehen könnte. Nein, nicht Monsieur, er hatte ja einen Doktor, also: Monsieur le docteur!

Er war bestimmt Mitte vierzig. Nein, die Stimme hatte etwas jünger geklungen. Und er trug sicher eine Strickjacke mit aufgenähten Lederflecken an den Ellenbogen. Aber welche Frisur? Haare nach hinten oder Scheitel? Sie entschied sich für die Haare nach hinten. Bart? Nein, kein Bart, aber Brille.

Selma blickte auf, weil hinter dem Glas eine Bewegung zu erkennen war. Ein junger Mann in einem blauen Pullover, dessen Ellenbogen ausgeleiert waren, kam die Treppe herunter, nickte der Angestellten zu, begrüßte Selma, ließ hinter ihr wieder abschließen und zeigte ihr den Weg nach oben.

Also kein Beamtentyp, sondern einfach ein gewöhnlicher junger Mann mit kurzen Wuschelhaaren und Pullover, ohne Brille.

Das also war Doktor Lemaire. Er ging sogar leicht nach vorn gebeugt, was Selma nicht gefiel. Sie hatte den Eindruck, dass sein Pullover schon länger getragen worden war und nach einer Wäsche lechzte.

Nach zwei Fluren und einer weiteren Treppe öffnete der Archäologe ein Zimmer, das den Blick auf einen Flur freigab, auf dem neue Zimmer zu erkennen waren. Lemaire führte Selma in einen kleinen Raum mit einem abgewetzten Ledersessel vor dem Schreibtisch und bat sie, Platz zu nehmen.

Mein Gott, was tu ich eigentlich hier?

»Nun, Frau …?«

»Selma Ravenberger.«

Sie fand es irgendwie schöner, nur noch Ravenberger zu sagen und nicht mehr Ravenberger-Schmittke.

»Also, Frau Ravenberger, was führt Sie zu mir?«

Er blickte sie erwartungsvoll an.

Selma kramte in ihrer Tasche und holte den Zettel mit den fremdartigen Schriftzeichen heraus.

»Neulich bei einer Fernsehsendung habe ich diese Schriftzeichen gesehen und … also ich … ich habe später dazugeschaltet und wusste nicht, worum es ging, aber diese Zeichen gefielen mir. Ich habe sie schnell abgezeichnet und wollte nur wissen, was sie bedeuten.«

Lemaire blickte sie erstaunt an: »Sie … Sie haben sie also beim Fernsehen abgezeichnet?«

Selma nickte.

»Voilà, Madame, dann gratuliere ich Ihnen. Sie haben eine ungewöhnlich schnelle Auffassungsgabe, dass Sie solche unbekannten Buchstaben in dieser Geschwindigkeit malen können. Alle Achtung.«

Selma merkte jetzt, dass das Ganze etwas unwahrscheinlich klang, und fügte hinzu: »Na ja, das Bild stand mindestens eine Minute lang auf dem Bildschirm.«

»Ah!«, sagte er. »Und wissen Sie vielleicht, von welcher Gegend der Film handelte?«

»Ich glaube, es war so etwas … etwas Arabisches.« Bevor Lemaire antworten konnte, fügte sie hinzu: »Ich habe mir ein Sprachenlexikon ausgeliehen und festgestellt, dass es Ähnlichkeiten mit hebräischen Schriftzeichen hat, aber dann auch wiederum nicht.«

»Aha. Interessant.«

Er blickte sie forschend an und drehte dabei den Zettel in seinen Händen hin und her. Die Hände gefielen Selma: schlank und groß und nicht übertrieben gepflegt, aber auch nicht ungepflegt.

Gaston Lemaire legte den Zettel auf den Tisch, glättete ihn und sagte: »Und Sie wollen jetzt meine Meinung hören?«

Selma nickte: »Ja und … und wenn möglich, was es bedeutet.«

»Gut.«

Er zog seine Schultern hoch, ließ sie dann fallen und blickte Selma halb entschuldigend an: »Erstens. Sie haben keine Fernsehsendung gesehen. Denn jemand, der die Buchstaben nicht kennt, braucht mindestens drei oder vier Minuten, um so einen Satz abschreiben zu können. Ich sehe auch an der Art, wie der Kuli immer wieder neu angesetzt wurde, dass Sie in aller Seelenruhe diese Sätze kopiert haben. Ein paar Buchstaben sind nicht ganz leserlich, Sie haben also auch die Fehler kopiert. Das alles hat mindestens sieben Minuten gedauert. Und, glauben Sie mir, es gibt keine Sendung im Fernsehen, die ein Bild sieben Minuten lang zeigt. Impossible!

Zweitens. Sie haben etwas Richtiges erkannt. Das hier ist Hebräisch oder eher Aramäisch. Die Schriftzeichen sind die gleichen. Und ich bin nicht ganz sicher, aus welcher Epoche die Worte stammen. Aber das kann ich herausfinden. Aramäisch und Hebräisch verhielten sich damals wie Italienisch und Latein: Aramäisch war Umgangssprache und Hebräisch war reserviert für liturgische Zwecke. Deshalb die Ähnlichkeiten.

Drittens. Sie haben zu Hause einen Gegenstand, in den diese Sätze eingraviert sind, haben aber Angst, dass ich oder das Museum Ihnen diesen Gegenstand wegnehmen könnte, deshalb haben Sie diese merkwürdige Fernsehgeschichte erfunden.

Viertens. Entweder Sie zeigen mir den Originalgegenstand und erfahren dann etwas darüber oder: au revoir, Madame Ravensburg.«

»Ravenberger«, sagte Selma mit belegter Stimme und wusste aus Erfahrung, dass sie in diesem Augenblick einen knallroten Kopf haben musste.

Gleichzeitig spürte sie eine Welle der Wut gegen diesen bornierten Franzosen in sich aufsteigen. Sie wusste ja, dass Franzosen arrogant waren! La grande nation! Er kam sich wohl großartig vor, wie er sie hier vorgeführt hatte. Aber was sollte sie tun?

Sie könnte aufstehen und empört das Zimmer verlassen, aber dann musste sie sich einen neuen Archäologen suchen und eine neue Geschichte erfinden, wie sie zu der Schrift gekommen war ... Das war ihr zu mühselig.

Sie räusperte sich, schluckte ihren Groll hinunter und sagte: »Gut, Herr Lemaire, Sie haben gewonnen. Es handelt sich um ein altes Familienerbstück, das bei einem Einbruch kaputtgegangen ist, und ich wollte nicht, dass die Polizei es mir wegnimmt ...«

Der Wissenschaftler bekam große Augen. »Sie ... Sie haben irgendwo eingebrochen und ein Schmuckstück mitgenommen?«

Selma musste lachen. Jetzt sah er nicht mehr ganz so borniert aus.

»Nein, nein. Bei mir wurde eingebrochen und dem Einbrecher muss das Stück in der Eile heruntergefallen sein. Es ist hinter meine Kommode gefallen, ich habe es beim Herausfischen zerbrochen und dann kam ein ... Stück Gold aus der Silberkapsel zum Vorschein, auf dem diese Worte standen, die ...«

Lemaire hob die Hand. »Augenblick, Frau ... Ravenberger. Nicht so schnell. Also, Sie haben eine Silberkapsel geerbt?«

»Ja. Aber das ist schon Jahre her. Ich wusste nicht, dass es eine Kapsel ist mit Hohlraum. Sie stammt von meiner Großmutter. Sie hat sie mir gegeben. Sie sollte von Generation zu Generation an die weiblichen Familienmitglieder weitergegeben werden.«

»Ah oui. Dann kam der Einbruch und der Räuber …« Lemaire zögerte. »Oder heißt es Einbrecher?«

»Räuber ist eher ein altes Wort.«

»Okay. Also der Einbrecher hat in der Eile dieses Erbstück, diese Silberkapsel, fallen lassen, Sie haben nach dem Einbruch herumgesucht …«

»Ja, ich habe unter der Kommode die Kette gefühlt, daran gezogen, die Kommode verrutscht und dann ist das Stück kaputtgegangen. Ich wusste bis dahin nicht, dass es innen hohl ist.«

»Ah, voilà. Jetzt verstehe ich. In der Kapsel war ein kleines Stück eingerolltes Goldblech, in das Buchstaben eingeritzt sind?«

Selma nickte.

»Selbstverständlich wird kein Museum der Welt Ihnen dieses Stück wegnehmen. Es ist Ihr Eigentum!«

Gaston Lemaire schwieg und legte die Fingerspitzen aufeinander, eine Geste, die auf Selma ziemlich angeberisch wirkte. Dann sah er sie an und lächelte.

Vorsicht! Er will irgendetwas erreichen!

»Ich bin froh, Madame, dass Sie zu mir gekommen sind.«

Das Lächeln wurde breiter und Selma sah, dass die unteren Zähne von Monsieur Lemaire einen leicht dunklen Ton hatten. Teetrinker? Raucher?

Sie blickte auf seine Finger. Zumindest waren sie nicht gelb.

»Hören Sie mir zu?«

Selma erschrak und konzentrierte sich wieder auf die Worte des Franzosen.

»Wissen Sie, diese Kapsel mit dem Goldblech kann sehr, sehr alt sein und – ich sage es Ihnen gleich – sehr wertvoll. Ich brenne förmlich darauf, sie mir anzusehen.«

Seine Augenbrauen gingen nach oben, weil er auf eine Antwort wartete. Als keine kam, fuhr er fort: »Wenn es für Sie einfacher ist, komme ich auch zu Ihnen nach Hause! Außerdem ist es nicht gut, mit diesem Schmuck durch die Straßen zu gehen.«

Selma schluckte.

Ein Franzose bei mir zu Hause! Auf der anderen Seite … Warum nicht?

Offensichtlich hatte sie durch dieses uralte Teil in seinen Augen an Wert zugenommen.

Gut! Soll er doch kommen!

Oder ist das nur ein Vorwand, um mich zu verführen und ins Bett zu kriegen?

Nein, nein, in meinem jetzigen Zustand wirke ich bestimmt nicht verführerisch: gestresste, alleinerziehende Mutter. Nein danke! Und außerdem habe ich keine Lust, mich verführen zu lassen. Von Männern habe ich erst mal genug.

Er räusperte sich und sie sah fasziniert seinem Adamsapfel zu, der blitzschnell auf und ab hüpfte.

»Wenn Sie nichts dagegen haben, möchte ich gerne den Zettel mit den Buchstaben behalten, dann … dann kann ich schon ein bisschen mehr herausfinden, um welche Epoche es sich handelt.«

Selma zuckte die Schultern. »Kein Problem. Es ist ja nur ein Zettel. Also, von mir aus können Sie gleich morgen Abend kommen. Vielleicht ab acht Uhr, dann schläft mein Sohn schon.«

»Ah! Sie haben einen Sohn. Wie alt?«

Scheint wohl etwas neugierig zu sein, der Bursche. Ob das zum Berufsbild dazugehört?

»Fünf Jahre.«

Jetzt fragt er bestimmt nach dem Vater. Aber das wäre dann doch ein bisschen aufdringlich.

Sie wartete. Er fragte nicht.

»Ja, dann schreibe ich Ihnen meine Adresse auf.«

Selma schrieb auf die Rückseite des Zettels mit den aramäischen Buchstaben ihre Adresse und erhob sich.

»Dann bis morgen Abend.«

»Ich bringe Sie noch nach draußen«, sagte Lemaire und stand ebenfalls auf. »Wahrscheinlich ist unten noch abgeschlossen.«

9

BERLIN, TIERGARTENPARK, 25. MAI

Vincent legte den Arm um Iris Taille und war mit sich zufrieden. Die Sonne schien und ein lauer Wind fuhr durch die Kronen der Eichen, Buchen und Linden, die zu dem Tiergartenpark in der Nähe der Siegessäule gehörten.

Er hatte den gemeinsamen Spaziergang so gewählt, dass sie ungefähr nach einer dreiviertel Stunde am Brandenburger Tor ankommen würden und dann das Reichstagsgebäude besichtigen konnten.

Natürlich hatte er sich die Eintrittskarten für den Reichstag vorher besorgt und da er jemanden aus der Bundestagsbibliothek kannte, würden sie einen Seiteneingang benutzen und konnten sich die endlose Warterei sparen. Außerdem machte es auf Iris sicher einen guten Eindruck, wenn sie mitbekam, dass er die richtigen Leute kannte.

Iris sah noch attraktiver aus, als er sie in Erinnerung hatte. Er mochte ihr fein geschnittenes Gesicht. Es wirkte wie sorgsam ausgesucht. Sicher nicht das Übliche. Ihm gefiel sie. Wenn sie dann gut eingestimmt war, gefiel ihr vielleicht auch der Abend in seinem Club, wo er seine neue Rede halten würde. Er durfte sie natürlich nicht allzu sehr bedrängen. Aber er wusste, dass eine seiner Begabungen darin bestand, Leute für etwas zu begeistern.

Ab und zu kamen ihnen Spaziergänger entgegen, Paare

wie sie selbst oder ältere Leute mit Hund. Gelegentlich wurden sie auch von Joggern überholt.

»Und was macht dein Studium?«, fragte Iris und lächelte ihn aufmunternd an.

Vincent spürte einen kleinen Stich. Das war der unsichere Punkt in seiner Lebensplanung, aber es war klar, dass sie es wissen wollte.

»Ich hab ja diesen Job als Paketfahrer, bei dem ich ganz gut verdiene, und lass die Dinge erst mal ruhen.«

»Aber du bist doch noch immatrikuliert, oder?«

Vincent meinte, aus Iris' Stimme eine leichte Besorgnis herauszuhören.

»Klar. Es wäre ja dumm von mir, meinen Status als Student aufzugeben, aber ich muss ein bisschen Geld ansparen, um eine Reserve zu haben, und ...«

»Das verstehe ich ja, Vince. Trotzdem wäre es doch gut, auf jeden Fall dein BWL-Studium abzuschließen.«

»Ist doch selbstverständlich.«

»Dann bin ich ja beruhigt.«

Der Weg, auf dem sie gingen, bestand aus feinem hellen Sand, der unter ihren Schritten leise knirschte. Von rechts war nur ganz schwach der Autoverkehr zu hören und die Vögel in ihrer Nähe übertönten ohne Anstrengung die monotone Geräuschkulisse des Verkehrs.

»Weißt du, Vince«, begann Iris, »ich habe Angst, dass du bei dieser Paketfahrerei irgendwie hängen bleibst. Das ist doch auf Dauer nichts für dich, auch wenn du damit Geld verdienst.«

»Mensch, Iris, was du dir immer für Sorgen machst. Das ist ein Gelegenheitsjob, weiter nichts. Ich bin nicht der Typ, der für den Rest seines Lebens Pakete ausfahren will.«

»Und ... was willst du eigentlich?«, fragte sie und schmiegte sich an ihn.

Frauen wollen vor allem Sicherheit und einen Mann, mit dem sie angeben können. Nach dem Motto: Also mein Mann ist einer der führenden Köpfe und so weiter.

»Was ich eigentlich will, ist, etwas Bahnbrechendes zu machen, etwas, das Menschen zusammenführt. Ich will teilhaben an einer großen Bewegung, die ... ja, die überall auf der Welt ihre Mitglieder hat.«

»Wow, Vince. Das hört sich ja nicht gerade bescheiden an.«

Vincent hörte allerdings keinen Tadel in Iris' Stimme, sondern eher Bewunderung.

Vielleicht ist jetzt der Augenblick günstig, davon anzufangen. Aber nur mit kleinen Brocken füttern.

Er küsste sie auf die Wange, die nach etwas Frischem, Blumigem duftete, und sagte: »Ich hab dir ja neulich am Telefon gesagt, dass ich einen Club gegründet habe und dass wir innerhalb von kurzer Zeit schon über dreißig sind ...«

Als Iris nichts sagte, fuhr er fort: »Weißt du, mich hat es schon immer genervt, wenn sich die Leute wegen Religionsfragen gestritten haben. Und ich dachte: Das kann doch nicht sein, dass man an einen Gott glaubt oder an das Gute und sich gleichzeitig deswegen anschreit, Terror verbreitet und so.«

Iris nickte und fragte: »Und du willst das ändern?«

»Jemand muss damit anfangen. Wir sind dabei, Gemeinsamkeiten aller Religionen zusammenzutragen und vor allen Dingen das herauszustreichen, was alle gemeinsam berührt.« Er machte eine kleine Kunstpause und sagte dann, als ob er ein Geheimnis preisgeben würde: »Das Heilige!«

»Das Heilige?«, fragte Iris und runzelte die Stirn.

»Ja. In allen Religionen gibt es etwas Heiliges. Und das

muss betont werden. Die Erfahrung des Heiligen, des Numinosen.«

»Numi … was?«

»Des Numinosen. Das ist eine Art Erhabenheitsgefühl, wenn du Gänsehaut bekommst bei einer feierlichen Messe zum Beispiel.«

»Ach so.«

»Glaub mir, Iris, wenn wir das schaffen, wird eine Bewegung entstehen, die wie ein Taifun über die Welt brausen wird. Ein zweites Pfingsten!«

»Was meinst du mit Pfingsten?«

Meine Güte, sie hat überhaupt keine religiöse Bildung. Ach ja, sie kommt aus dem Osten …

»An Pfingsten geschah nach der Bibel die Ausgießung des Heiligen Geistes, der wie ein Sturmwind die Herzen der Menschen eroberte.«

»Was du alles weißt, Vince! Und du willst also die Welt mit deinen Ideen erobern?«

Klang das ein wenig nach Spott?

»So nach und nach. Weißt du, wenn die Leute erst mal kapieren, dass man sich nicht gegenseitig fertigmachen muss, sondern dass es in jeder Religion gute und schlechte Dinge gibt, dann ist schon viel gewonnen. Und wir verstehen uns als Vorkämpfer. Wir werden die nächsten Jahre damit zubringen, nach Gemeinsamkeiten zu forschen und dann etwas Neues aufzubauen. Geistige Bauelemente aneinanderfügen. Wir leben in einer Zeit der Baumärkte und …«

»Wolltest du nicht zuerst dein BWL-Studium zu Ende bringen?«

»Ja, ja«, sagte er leicht genervt. »Iris, ich versuche gerade, dir meine neuen Ideen bei… ähm … vorzutragen. Das BWL-Studium steht auf einem anderen Blatt.«

Vincent spürte, dass sich Iris' Körper versteifte und sie sich jetzt hölzerner bewegte, nicht mehr so leicht wie vorhin, und er wusste, dass es zunächst genug war mit Informationen.

»Schau mal«, sagte er, »da vorne sind wunderbare Blumenbeete mit Stiefmütterchen und das Denkmal von Königin Luise.«

Iris' Körper entspannte sich fühlbar.

»Und wieso heißt der Park Tierpark?«, fragte Iris. »Der Zoo ist doch ganz woanders. Oder gibt es hier Tiere, die wir noch nicht gesehen haben?«

Sie waren über eine kleine Brücke zu einem schmiedeeisernen Tor gelangt und Vincent wies lachend auf das Schild: *Bitte schließen Sie das Tor wegen einer Kaninchenplage.*

»Zumindest gibt es hier Kaninchen.«

Bei dem Denkmal von Königin Luise blieben sie stehen und Iris entzifferte den Text: »Von ihren Verehrern, dem Kaiser Wilhelm zum 22. Mai 1877 gewidmet.«

Iris runzelte die Stirn. »Das versteh ich nicht. Ist der Kaiser der Verehrer dieser Königin oder andere?«

Vincent zuckte mit den Schultern. »Vielleicht beide. Wahrscheinlich war sie sehr beliebt.« Er wies mit dem Arm auf die andere Seite.

»Oder der Herr aus Stein dort drüben ist auch ein Verehrer von ihr.«

Sie mussten dem Rasensprenger ausweichen, verließen die blumige Insel und hörten Kindergeschrei von einem Spielplatz, der zwischen den Bäumen auftauchte.

Iris sah zu den spielenden Kindern hinüber, räusperte sich und sagte wie nebenbei: »Ich möchte später mindestens drei Kinder haben.«

»Oh! Drei Kinder?«

»Was ist daran so ungewöhnlich?«

»Na ja«, sagte Vincent mit lockerer Stimme. »Ich bin nur erstaunt, dass du an so etwas denkst, wir ... wir kennen uns ja noch gar nicht so lange.«

In Iris' Stimme kam ein schnippischer Unterton: »Ich habe nicht gesagt, dass ich die Kinder von dir haben will. Ich wollte nur einfach sagen, dass ich mir gut vorstellen kann, irgendwann drei Kinder zu haben.«

»Ach so!« Die Erleichterung in Vincents Stimme war nicht zu überhören.

»Du klingst erleichtert.«

»Iris, nun leg doch nicht jedes Wort auf die Goldwaage. Es ist ... ich habe das überhaupt nicht auf dem Schirm.«

»Willst du denn keine Kinder?«

»Prinzipiell habe ich nichts gegen Kinder, aber ich beschäftige mich noch nicht damit. Meine ... meine Berufung ... also ich kann mir im Augenblick schlecht vorstellen, eine Schar von Kindern großzuziehen und gleichzeitig weltweit ...«

»Ich habe doch nicht von einer Schar gesprochen, sondern höchstens von drei. Es können aber auch zwei sein. Und außerdem, wenn die Kinder von dir kämen, würde ich sie ja hauptsächlich großziehen.«

»Na ja, aber Kinder verlangen Aufmerksamkeit. Zum jetzigen Zeitpunkt ...«

Iris lachte etwas verlegen. »Meine Güte, Vince, ich habe das doch nur mal so in die Runde geworfen. Viele Frauen denken bei einer Beziehung eben auch an Kinder. Aber du reagierst gleich panisch.«

»Kann sein. Vielleicht brauchen Männer mehr Zeit, um sich an den Gedanken zu gewöhnen.«

Sie schwiegen, während der Weg über eine Kreuzung führte.

»Schau dir diesen unglaublichen Felsen an«, sagte Vincent plötzlich und wies auf einen gewaltigen rötlichen Stein, der auf der Wiese stand und zur Hälfte poliert war.

»Er sieht aus wie ein Schiff«, meinte Iris.

Als sie näher kamen, sahen sie ein glatt geschliffenes Band, das das untere Drittel einnahm, auf dem das Wort *Liebe* stand.

»Siehst du«, sagte Vincent. »Es geht zunächst um Liebe und dann erst um Kinder.«

»Kinder sind eine Frucht der Liebe, das ist richtig«, führte Iris den Gedanken fort und beide hingen wieder ihren eigenen Überlegungen nach.

Der Weg war inzwischen in der Mitte gepflastert und führte auf ein Denkmal zu: eine Löwengruppe aus Stein.

Iris blieb stehen und Vincent befürchtete eine neue Variation des Kinderthemas, denn die Löwin spielte mit zwei steinernen Löwenkindern.

»Ist das nicht wunderbar«, stellte Iris fest. »Der Löwe blickt majestätisch ins Weite, wie ein Wächter oder jemand, der in die Zukunft sieht, und unter ihm ist seine kleine Familie. Es ist kein Gegensatz, Vince, Kinder zu haben und eine Berufung zu leben.«

»Ja, das ... das kann wohl sein. Übrigens, da vorne ist schon das Brandenburger Tor. Ich habe uns Eintrittskarten für den Reichstag besorgt. Weißt du, ich kenne jemanden vom Bundestag, der uns durch einen Seiteneingang einlässt.«

In Iris' Stimme klang unverhohlener Stolz mit, als sie sagte: »Was du für Beziehungen hast, Vince! Auch wenn ich nicht alles verstehe, aber dass du sogar jemanden im Bundestag kennst, das beruhigt mich irgendwie.«

Als sie sich dem Brandenburger Tor näherten, blieb Iris stehen.

»Dieses Bauwerk ist immer ein toller Anblick«, murmelte sie. »Und wenn ich mir vorstelle, dass vor gar nicht langer Zeit die Mauer hier vorbei lief ...« Sie stutzte. »Wo genau war eigentlich die Mauer?«

Vincent sah sich beim Gehen um. »Es müsste doch irgendwo eine Markierung geben.«

Ein Mann mit Aktenkoffer, wahrscheinlich ein Abgeordneter, der gerade zum Reichstagsgebäude unterwegs war, kam auf sie zu.

»Entschuldigen Sie«, begann Vincent. »Wissen Sie, wo genau die Mauer verlief?«

Der Mann blickte irritiert auf, dann fasste er sich. »Ja. Schauen Sie, diese dünnen gepflasterten Linien auf der Straße, das war die Stelle.«

Er wollte weitergehen, aber Vincent redete auf ihn ein: »Was? Diese dünnen Linien? Das ist alles?«

»Ja. Das ist alles. Entschuldigen Sie mich, ich muss dringend zu einer Sitzung.«

Vincent ließ sich davon nicht beeindrucken, sondern fragte weiter: »Gibt es hier vielleicht noch ein Stück echter Mauer und ...«

»Nein. Die Berliner sind froh, dass sie die Mauer nicht mehr sehen müssen.« Der Mann wich Vincent aus und wollte an ihm vorbeigehen.

»Hören Sie mal!« In Vincents Stimme schlich sich ein aggressiver Ton. »Finden Sie es etwa in Ordnung, dass man alles Geschichtliche einfach wegmacht?«

»Vincent!«, sagte Iris und legte ihre Hand auf seinen Arm. »Lass doch. Wir wissen ja jetzt Bescheid.«

»Ich muss dringend zu einer Sitzung«, wiederholte der Mann, dann schien ihm ein Gedanke zu kommen. »Wohnen Sie hier in Berlin?«

»Ja«, nickte Vincent.

»Und wo, wenn ich fragen darf?«

»Invalidenstraße, in der Nähe vom S-Bahnhof Nord.«

Der Mann lächelte. »Na sehen Sie. Zwei Minuten von Ihrer Wohnung gibt es noch hundert Meter Originalmauer an der Bernauer Straße. Da können Sie jeden Morgen hingehen und sich die Mauer stundenlang betrachten. Und nun entschuldigen Sie mich.«

»Sagen Sie mal«, Vincent geriet allmählich in Fahrt, »wollen Sie mich auf den Arm nehmen? Ich rede nicht davon, dass es irgendwo in Berlin einen Mauerrest gibt. Ein Stück der Mauer müsste genau hier stehen. An einem geschichtlichen Ort.«

Der Abgeordnete hatte sich weiter von Vincent entfernt, seine Schritte beschleunigt und sagte nun abschließend: »Die Bernauer Straße ist ein geschichtlicher Ort. Dort sind eine Menge Leute getötet worden.«

Vincent ließ sich davon nicht beirren, er wollte die Verfolgung aufnehmen. Aber Iris hielt ihn an der Hose fest und sagte mit einem ärgerlichen Unterton in der Stimme: »Lass doch den Mann in Ruhe! Mir ist dieser Auftritt peinlich! Warum musst du dich immer so reinsteigern? Das ist doch nicht normal!«

Ein paar Passanten waren stehen geblieben und hatten die Szene beobachtet. Sie tuschelten miteinander, während sich Iris mit rotem Kopf bei Vincent einhakte und ihn weiterführte.

»Ich könnte diesem arroganten Kerl einen Tritt geben«, murmelte Vincent, der sich als Verlierer fühlte, verstimmt.

»Nun reicht es aber. Was ist bloß mit dir los? Du redest immer von einer friedlichen Religion, aber du bist alles andere als friedlich.«

»Das ist doch was ganz anderes.«

Sie gingen durch das Tor und Iris suchte nach einem Café.

10

JERUSALEM, POLIZEIREVIER DAVID, EL-KHATTAB-STRASSE, 26. MAI

Inspektor Gavriel Elieser hatte rasende Kopfschmerzen, als er aus dem Auto stieg und zu seinem Dienstzimmer unterwegs war. Die Hitze hatte während der letzten Tage zugenommen und sein Schlaf in der Nacht war kurz gewesen. Aber das war vermutlich nicht allein der Grund für seine Kopfschmerzen.

Er wusste seit Neuestem, dass sein Kopf rebellierte, wenn er unangenehme Dinge vor sich herschob und sie nicht bearbeitete.

Migräne wie bei einer Frau! So weit ist es mit mir schon gekommen!

Er sah eigentlich ziemlich robust aus mit seinem Kopf, der in einem Stiernacken endete und mit borstigen Haaren verziert war. Ein Schädel, mit dem man boxen könnte. Aber Eliesers Seele schien nicht mehr so zäh zu sein wie früher. Wurde ein Mann mit der Zeit dünnhäutiger? Noch vor ein paar Jahren konnte er bequem unangenehme Dinge wegdrücken oder in Bier ertränken. Das ging jetzt nicht mehr.

Seit die Selbstmordattentate in Israel zugenommen hatten und er immer mehr erkannte, wie hilflos man dieser Art der Kampfführung ausgesetzt war, brodelte eine glühende Wut gegen alle Arabisch sprechenden Männer mit glatt rasierten

Gesichtern, die wie gut situierte Israelis aussahen und fanatische Augen hatten.

Das Schlimmste war ihm gestern passiert, als er mit Noemi, seiner Assistentin im Rang eines Sergeants, zu einem Einsatz gerufen wurde und auf einen blassen Mann traf, der nur noch leise sprechen konnte. Der Einsatz geschah mehr am Rand eines Attentats, die Bombenexperten von der BDO und die Spurensicherung arbeiteten eine Straße weiter.

Der Mann, der sie über Handy gerufen hatte, sagte ihnen, er hätte eine Explosion gehört, sei dann nach draußen gerannt und hätte gesehen, wie der blutige Kopf eines Attentäters samt Oberkörper gerade in den Innenhof seines Wohnblocks flog und neben dem Sandkasten liegen blieb. Ohne nachzudenken, hätte er den Kopf bei den Haaren gepackt und das Leichenteil in die Mülltonne geworfen, weil er jeden Augenblick seine Kinder erwartete. Er wollte ihnen den Anblick ersparen.

»Was hätte ich denn machen sollen, Herr Kommissar?«

»Ich bin nur Inspektor«, sagte Elieser und deutete mit dem Daumen auf die beiden Sterne am Schulterstück. »Wissen Sie, Sie haben das einzig Richtige getan. Ich gratuliere Ihnen.«

Gavriel Elieser war nicht zimperlich. Während der Jahre bei der Armee und auch in seinem Dienst hatte er viel gesehen und oft ohnmächtig danebenstehen müssen, wenn Kameraden starben. Aber das hier, diese Vermischung von Zivilisten und Terror, das ging nicht. Krieg war Krieg. Man richtete sich irgendwie darauf ein, aber man rechnete nicht damit, dass blutige Köpfe in den Sandkasten zwischen Sandkuchen und Spielautos flogen. Das ging einfach zu weit.

Bevor noch mehr Leute zusammenströmten, hatte Gavriel eine schwarze Plastiktüte aus dem Auto geholt und den Kopf mit dem halben Rumpf hineingesteckt, sodass es nur Noemi mitbekommen hatte, und ihr gesagt, sie solle ihn bei den

CDT-Leuten abgeben, die mit der Spurensicherung zusammenarbeiteten.

»Zu Fuß?«

»Wie denn sonst?«, hatte er sie angefahren. »Ist doch nur um die Ecke.«

Auf der Fahrt zurück hatten sie zuerst geschwiegen, dann hatte Gavriel nur geknurrt, dass man die kritischen Stellen in ihrem Bezirk mit mehr Beamten in Zivil versehen sollte.

Es war eine hilflose Bemerkung. Aber was sollte man sonst tun? Sie hatten nicht die Zeit und die Leute, jedes Attentat akribisch auszuleuchten und zu verfolgen.

Jeder wusste: Kritische Stellen konnte es überall geben. Es gab keine klare Kriegsfront mehr, wenn Terroranschläge auf der Tagesordnung standen.

Besonders das Gebiet um den Felsendom und die Klagemauer war gefährdet. Der Platz um den Felsendom stand unter muslimischer Verwaltung. Das allein war schon ein Affront gegen die jüdische Bevölkerung. Es gab zwar bei der Polizei die Extraabteilung für die heiligen Stätten, aber oft war ihr Revier an der Davids Zitadelle doch am schnellsten am Tatort, wenn etwas passierte.

Gavriel blieb auf dem Flur vor seinem Büro stehen und holte sich aus dem Automaten einen Becher Kaffee. Dann betrat er sein Dienstzimmer, das um diese Zeit noch leer und schön kühl war. Er war ein Verfechter des frühen Aufstehens und genoss die erste Stunde allein. Außerdem konnte er dann noch eine Zigarette rauchen, ohne von seinen Mitarbeitern ironische Bemerkungen zu hören. Er würde diesen europäischen Unsinn mit dem Rauchverbot jedenfalls nicht mitmachen.

Ein echter Mann braucht eine Zigarette. So ist das nun mal.

Gerade fischte er sich eine Filterlose aus der Packung, da wurde die Tür aufgerissen und Noemi stand im Türrahmen mit frisch gebügelter hellblauer Dienstbluse. Sie war ebenso überrascht wie er.

»Was … machst du denn hier?«, stammelte sie.

Gavriel steckte ärgerlich die Zigarette in die Schachtel zurück.

»Falls du es vergessen haben solltest: Ich bin dein Vorgesetzter, das ist mein Büro und ich darf mehr als acht Stunden arbeiten und dieses Büro betreten, wann immer ich es will.«

»Um dir eine Zigarette zu genehmigen, solange die anderen noch nicht da sind?«

»Dazu muss ich nicht früher zum Dienst. Das kann ich auch auf dem Balkon zu Hause machen, Sergeant Noemi!«

Es ärgerte ihn, dass er sich verteidigte, deswegen ging er zum Gegenangriff über. »Und was tust du hier um diese Zeit, wenn ich fragen darf?«

Noemi seufzte. »Der Fall von gestern steckt mir noch in den Knochen.«

»Du meinst den Mann ohne Unterleib?«

Sie nickte. »Mir ist etwas eingefallen und ich wollte in unserer Kartei nachschauen.«

Plötzlich stützte sie sich auf Eliesers Schreibtisch und flüsterte: »Gavriel! In was für einer Zeit leben wir eigentlich?«

»In der Zeit kurz vor dem Abgrund oder kurz vor dem Paradies vermutlich«, sagte er und holte die Zigarette wieder heraus.

11

BERLIN, ANNENSTRASSE, 26. MAI

Selma war etwas aufgeregt. Warum nur? Was war schon dabei, wenn sie abends Besuch bekam von einem … einem seriösen Mann, der Archäologe war und sich für ihren goldenen Zettel interessierte?

Sie hatte zum Schluss zu ihm gesagt, es sei besser, wenn er um neun Uhr käme, dann wäre Fabi auf jeden Fall im Bett und eingeschlafen.

»Mich stört es nicht, einen kleinen Jungen zu sehen«, sagte er und Selma war neugierig, ob er etwas zu dem Thema Familie sagen würde, zum Beispiel: »Ich habe auch einen kleinen Jungen«, oder: »Ich hätte auch gerne einen kleinen Jungen.«

Aber es kam nichts. Warum auch? Es ging niemanden etwas an, welche familiären Hindergründe Gaston Lemaire hatte.

Also: Was war schon dabei, diesen Archäologen zu empfangen? Und wenn er nun etwas Unheimliches über ihre Familie herausfand? Aber was könnte das sein? Ein dunkles Geheimnis? Eine Verschwörung innerhalb der weiblichen Seite ihres Familienclans?

Sie musste sich jetzt auf die sachlichen Dinge konzentrieren. Gut. Sie würde etwas zum Trinken hinstellen … Sie brauchte französischen Rotwein!

Aber nein, das war Quatsch. Nicht alle Franzosen tranken automatisch französischen Rotwein. Und nicht alle Deutschen aßen Sauerkraut mit Knödel

Sie würde das hinstellen, was sie hatte. Fertig.

Zum Glück war Fabi heute schnell und unkompliziert eingeschlafen, ohne die Zeremonie hinauszuzögern. Das war nicht selbstverständlich. Sie hatte es schon ein paar Mal erlebt, dass er es intuitiv wusste, wenn sie abends etwas vorhatte, und einen Aufstand deswegen machte.

Kinder sind wie Hunde, sie spüren unausgesprochene Dinge.

Sie konnte nur hoffen, dass dieser Franzose sie nicht anbaggerte. Oder waren Franzosen von Natur aus charmant gegenüber Frauen?

Auf jeden Fall würde sie ihn abblitzen lassen. Sie war überhaupt nicht in der Stimmung, etwas Neues anzufangen. Im Augenblick hatte sie von Männern genug.

Außerdem war sie mit Ron noch nicht richtig durch. Das spürte sie. Er hatte sie neulich völlig aus dem Konzept gebracht, als er genau zur richtigen Zeit aufgetaucht war und Fabi ins Bett bringen wollte. Bis jetzt hatte sie den Gedanken entschieden zurückgewiesen, mit ihm wieder anzufangen. Aber wenn mehr Zeit vergangen war, wie lange würde sie sich dagegen wehren können? Es war nicht ihr Ideal, auf Dauer allein zu bleiben. Und wenn Ron tatsächlich mit dem Alkohol aufhörte?

Natürlich konnte das sein. Aber zuerst musste er es beweisen. Ein Jahr lang keinen Tropfen und dann …

Vielleicht sollte sie noch kurz lüften. Man roch den eigenen Mief nach einiger Zeit nicht mehr. Als sie das Fenster öffnete und in den noch hellen Abend hinausschaute, bot sich ihr ein friedliches Bild. Auf dem Rasen zwischen der Baustelle und dem anderen Wohnblock spielten zwei Mädchen Federball.

Meine Güte, wann habe ich zum letzten Mal Federball gespielt? Das muss Jahrhunderte her sein!

Sie erinnerte sich an einen Ausflug mit der Schulklasse, als sie den halben Tag auf einer Wiese gespielt hatten, die Jungs Fußball und die Mädchen weniger aggressive Spiele.

Es klingelte. Sie erstarrte. Das war er. Nur nicht gleich aufmachen, damit nicht der Eindruck entstand, sie hätte auf ihn gewartet. Sie zählte bis fünf und nahm dann den Hörer ab. »Ja?«

»Ich bin's, Gaston Lemaire.«

»Ah. Guten Abend. Es ist der zweite Stock.«

Sie drückte auf den Summer, legte auf und öffnete die Tür. Mit großen Schritten hastete sie in die Küche. Getränke! Das Bier ließ sie noch im Kühlschrank und stellte noch eine Mineralwasserflasche dazu. Der Wein war ein trockener Lemberger und stand schon im Wohnzimmer. Der Korkenzieher!

Für einen Augenblick zögerte sie, als sie den Korkenzieher in die Hand nahm. Wie oft hatte Ron ihn in der Hand gehabt, um noch schnell eine Flasche zu leeren!

Von draußen hörte sie ein Klopfen. »Es ist offen, kommen Sie herein!«

Als der französische Archäologe in den Flur trat und sie sich umdrehte, blieb sie überrascht stehen. Er hatte sich fein gemacht: ein Jackett über einem dazu passenden Polohemd und dunkle Jeans. Und er hatte eine kleine Aktentasche und Blumen dabei. So viel zu dem Thema: ein rein sachlicher Besuch. Oder war das bei Franzosen normal?

Sie nahm ihm die Blumen ab. »Hören Sie, das wäre doch nicht nötig gewesen!«

»Natürlich ist das nötig, wenn man eine Dame besucht!«

O nein, der Typ ist auf Frauensuche! Das spüre ich. Er tut mir jetzt schon leid.

Es waren keine Blumen aus dem Automaten. Der Strauß mit den weißen Rosen, dem zarten Grün dazwischen und einer blauen Blumensorte, die sie nicht kannte, war sorgfältig zusammengestellt worden.

Sie öffnete den Flurschrank und holte eine Blumenvase heraus.

»Kommen Sie ins Wohnzimmer. Ich habe etwas zum Knabbern hingestellt. Mögen Sie Bier? Ich habe auch Rotwein hier. Allerdings keinen französischen.«

Er sah sie streng an. »Ich trinke nur französischen. Die Deutschen können keinen Rotwein machen!«

Sie blickte ihn verwirrt an, aber er lachte nur.

»Ein Witz, Madame … Ravenberger. Ich probiere gerne Ihren Rotwein.« Er griff wie selbstverständlich nach der Flasche. »Ah, ein Lemberger. Gut. Soll ich ihn aufmachen?«

»Ja, gern. Ich stelle die Blumen inzwischen in die Vase.«

Wenigstens hat er Humor!

Er hatte sich gesetzt, als sie zurückkam, und wartete nicht ab, bis sie ihm eingoss, sondern füllte gleich beide Gläser.

»Ich nehme an, Sie trinken auch davon?« Und als Selma nickte, hob er das Glas und sagte: »Auf Ihren … wie sagt man … sensationellen Fund!«

»Ja, auf die goldenen Schriftzeichen. Was immer sie auch bedeuten!«

Er setzte sein Glas ab, sah sich das Weinetikett genauer an und murmelte: »Nicht schlecht.« Er probierte wieder einen Schluck.

»Und Ihr Sohn schläft schon?«

»Ja.« Sie lachte eine Spur zu hoch. »Hoffentlich tief und fest.« Sie zögerte kurz und fragte dann: »Und Sie? Haben Sie in Frankreich auch … Familie?«

Er sah auf seine Hände und erwiderte: »Gehabt. Ich habe eine Tochter, die wohnt bei ihrer Mutter. Wir leben getrennt wie Sie auch.« Er sah sie an.

Selma senkte den Blick, konnte es aber nicht lassen und fragte zurück: »Woher wissen Sie das? Ich habe nichts davon gesagt.«

Er lächelte. »Ah, man sagt viel ohne Worte. Sie hätten gestern auf jeden Fall einen Mann erwähnt, wenn Sie mit ihm zusammenwohnen würden. Stattdessen haben Sie nur von Ihrem Sohn erzählt.«

Sie schwieg und nippte an ihrem Glas.

Dumm ist er jedenfalls nicht.

Sie stand auf. »Ja, dann hole ich mal das gute Stück.«

»Ich bin gespannt.«

Sie ging ins Nebenzimmer, kam mit einer Pappschachtel zurück und stellte sie auf den Couchtisch neben die Rotweinflasche.

Lemaire hatte inzwischen dünne, helle Handschuhe angezogen, eine kleine Lupe aus der Aktentasche geholt und ein weiches Tuch auf den Tisch gelegt.

Vorsichtig öffnete er den Karton und holte das zusammengerollte Goldblech heraus. Er wog es in der Hand, legte es auf das Tuch, nahm die Lupe und betrachtete damit sorgfältig die Kostbarkeit.

»Wunderschön. Und die silberne Kapsel, in der es drin war?«

»Ach ja.« Wieder verschwand Selma und kam mit der zerstörten Kapsel zurück.

Auch diese nahm er vorsichtig auf, betrachtete sie von allen Seiten und legte sie sachte auf den Tisch.

»Sie haben die Schriftzeichen gut kopiert. Das Dunkle, das einige Stellen unleserlich gemacht hat, stammt von dem Verschluss am Ende der Kapsel: Blei. Die Verzierungen auf der Kapsel bestätigen meine Vermutung, dass es sich um eine aramäische Schrift aus dem Zeitraum um hundert nach Christus handelt. Plus minus ein paar Jahre.«

Selma staunte. »So alt? Und ... und was bedeuten die Worte?«

»Ja, das macht mir noch etwas Kopfzerstören.«

»Sie meinen Kopfzerbrechen?«

»Oui.« Er holte aus seiner Jackentasche einen Zettel. »Das ist das, was ich inzwischen herausgefunden habe.«

Er las:

»we nassá jaleda we ... be tawäch ... bat da ... b... ...mon ... fas ... jona
antá ... zer ... schi ...«

»Hört sich sehr geheimnisvoll an. Und was bedeutet es?«

»Ich habe versucht, das, was ich übersetzen konnte, zu übersetzen und die unverständlichen Buchstaben so zu lassen. Dann hört es sich so an:

Er nahm ein Kind und ... in die Mitte Kind dieses
... b... ...mon ...fas ... Jona du ... zer ... schi ...

Oder wenn man nur die verständlichen Worte liest, dann heißt es:

Er nahm ein Kind und … in die Mitte dieses Kind … Jona du …«

Einen Augenblick war es still. Es schien Selma, als ob durch das Vorlesen der erhalten gebliebenen Worte etwas herübergeweht worden war aus einer anderen Zeit.

Sie räusperte sich und sagte in die Stille hinein: »Hört sich seltsam an, oder? Ein Kind und eine Mitte und ein Name: Jona. Haben Sie eine Erklärung dafür?«

Gaston hob fragend die Schultern.

»Es fällt auf, dass einmal Kind, dann Tochter dasteht, aber das liegt daran, dass es in der Sprache kein neutrales Wort für Kind gibt. Hier steht zuerst weibliches Kind: *Jaleda*, und danach *Bat*, was Tochter bedeutet, weil jedes Mädchen eine Tochter von irgendjemand war. Man müsste also übersetzen: Er stellte ein Mädchen in die Mitte. Und ein betontes *du* fällt auf, also *antá*. Dann diese beiden Konsonanten am Schluss, *sch* und *Jot*. Die könnten von dem Wort *schib* kommen, was *Alter* oder *alt werden* bedeutet. Jona ist ein gewisser Anhaltspunkt. Es ist der Name eines kleinen Propheten, der …«

»Woher weiß man denn, dass er klein war?«

Der Franzose lachte und nahm einen Schluck Wein. »Klein bezieht sich auf den Umfang seiner Schriften. Es gibt die großen Propheten in der jüdischen Tora, wie zum Beispiel Jesaja, Jeremia, die haben ganze Bücher hinterlassen. Und die kleinen Propheten, wie Amos, Micha oder eben Jona. Das sind immer nur ein paar Kapitel. Vielleicht war Jona sogar ein Riese, aber körperlich.«

»Ach so. Und was könnte Jona mit meiner Urgroßmutter zu tun haben?«

»Tja, das ist für mich noch ein Rätsel. Jona war einer der Propheten, die nicht gerade vorbildlich waren. Er entzog sich Gottes Anspruch durch Flucht und hatte keine Lust, seine Prophezeiungen loszuwerden.«

»Klingt doch ganz sympathisch, oder?«

»Für uns heute ja. Für damalige Verhältnisse eher nicht. Das Problem ist, dass das Buch Jona eigentlich viel älter ist als unsere Schrift und ein einzelnes Kind kommt darin nicht vor.«

»Vielleicht hatte Jona ein Kind, von dem niemand wusste? Heimlich gezeugt mit einer … sagen wir mal einer Prophetin. Und die konnte das Geheimnis nicht mehr länger für sich behalten und hat es aufgeschrieben.«

»Ich weiß nicht«, murmelte der Archäologe. »Klingt unwahrscheinlich. Ein anderer Prophet, der Prophet Hosea, sollte im Auftrag Gottes sogar eine Prostituierte heiraten, um mit ihr Kinder zu zeugen. Also, so schamhaft waren die damals nicht. Ein Kind zu haben, war etwas ganz Großes. Eine Frau hätte damit eher angegeben, dass sie von Jona ein Kind hatte.«

»Sie meinen, ob ehelich oder unehelich war egal?«

Gaston wiegte den Kopf hin und her. »Nein. Egal nicht. Eine Frau konnte hart bestraft werden, wenn sie ein Kind von einem Unbekannten bekam. Außer sie hat den Namen verraten und sich von ihm heiraten lassen.«

»Aber die Männer wurden nicht bestraft?«

»Nein. Sie waren die Besitzer der Frau. Zuerst gehörte die Frau zum Besitz ihres Vaters und dann zum Besitz ihres Mannes. Eine Frau damals musste immer zu irgendeinem Mann gehören.«

»Aha. Auch wenn er ein Verbrecher oder … oder … oder sonst was war?«

Gaston blickte von seinem Glas auf und sah Selma an.

»Damals konnte sich eine Frau nicht ohne Weiteres von ihrem Mann trennen, auch wenn er Alkoholiker war und die Flaschen ganz oben auf dem Flurschrank versteckte.« Er schloss kurz die Augen. »Ach, entschuldigen Sie, dass hätte ich nicht sagen sollen!«

»Auf dem …?« Sie blickte ihn entsetzt an. »Sie haben eine von Rons Flaschen …?«

Er nickte. »Ja, da ich nun mal etwas größer bin als Sie, habe ich eine Flasche gesehen, die oben drauf liegt. Na ja, und da ich Sie nicht so eingeschätzt habe, dass Sie Alkohol verstecken, habe ich mir dann den Rest gedacht.«

Er zögerte kurz und fügte dann hinzu: »Das ist mir so herausgerutscht.«

Selma seufzte. »Dann sind wir schon mittendrin in meiner speziellen Lage. Und ich dachte, ich hätte alle Flaschen gefunden.«

Gaston Lemaire breitete seine Hände aus und sagte: »Es geht mich nichts an, ich bin nur gewohnt, zu beobachten und Schlüsse zu ziehen. Das bringt mein Beruf so mit sich.«

»Und was machen wir jetzt?«, fragte Selma und fügte gleich hinzu, damit es keine Missverständnisse gab: »Ich meine mit dem Gold?«

»Ah, mit dem Gold. Ich werde weiter darüber nachgrübeln. Die Verunreinigungen könnte ich beseitigen, dann käme vielleicht noch etwas mehr von dem vollständigen Text heraus, obwohl das Gold an der Stelle geschmolzen war von dem heißen Blei. Was ich Ihnen aber auf jeden Fall raten würde, das ist, den Schmuck und das Gold in Sicherheit zu bringen.«

»Und wie?«

»Diese Tasche, die ich dabeihabe, ist sehr sicher. Sie hat eine Stahlummantelung und ein gutes Schloss und ich kann sie an meinem Handgelenk festmachen. Wenn Sie wollen, bringe ich das Stück ins Museum. Dort ist es sicher aufgehoben.«

»Ach«, meinte Selma und kniff die Augen zusammen. »Und wer sagt mir, dass Sie mit meinem Goldblech nicht nach Frankreich verschwinden?«

»Sie können die Polizei anrufen und sie informieren, dass ich mit dem Gold zum Museum unterwegs bin.«

»Hm.« Selma überlegte. »Das wäre mir auch nicht recht, weil ich die Silberkapsel der Polizei gegenüber verschwiegen habe.«

»Ich kann Ihnen nur sagen, dass ich eine ehrliche Haut bin. Vielleicht hilft es Ihnen weiter, wenn ich sage, dass ich Christ bin?«

»Wie? Was soll denn das bedeuten?« Selma lachte kurz auf. »Sind wir nicht alle hier mehr oder weniger Christen, wenn wir nicht gerade Muslime oder bekennende Atheisten sind?«

»Das glaube ich nicht. Christ wird man nicht aus Versehen.«

Selma sah ihn an und zuckte mit den Schultern.

»Na gut. Dann nehmen Sie das Teil mit. Solange das Schloss noch nicht ausgetauscht ist, wird das Gold bei Ihnen besser aufgehoben sein.«

Gaston Lemaire wollte sich gerade für das Vertrauen bedanken, aber er kam nicht mehr dazu, denn die Tür öffnete sich langsam und ein verschlafener Junge stand im Pyjama im Türrahmen und blinzelte in das Licht.

12

BERLIN, FLOTOWSTRASSE, 27. MAI

Vincent saß in dem roten Audi, den er sich von Nick ausgeliehen hatte, und blickte zu Iris hinüber, die sich gerade aus dem Handschuhfach ein Salbeibonbon aus der angebrochenen Schachtel holte, weil sie ein Kratzen im Hals gespürt hatte.

Er wollte herausfinden, in welcher Stimmung sie war. In einer Stunde würde er sie seiner Gruppe vorstellen und einen Vortrag über sein neues Hobby »Heilige Gegenstände« halten.

Wenn Iris in guter Stimmung war, wäre dieser Abend eine erste Annäherung. Vielleicht wäre er ein Anfang und sie würde später Mitglied werden. Es wäre wunderbar, wenn er Iris als Vertraute hätte, mit der er seine Vision teilen könnte.

Nachträglich ärgerte er sich, dass er sich am Brandenburger Tor zu dieser sinnlosen Aktion hatte hinreißen lassen. Auf Iris hatte diese Szene einen ungünstigen Eindruck gemacht. Aber es passierte ihm in letzter Zeit häufiger, dass eine Wut in ihm hochkam, der er manchmal hilflos ausgeliefert war. Er musste sich mehr zusammenreißen, sonst könnte er Iris nie für seine Gruppe gewinnen. Und das Thema Kinder hatte er gerade noch zurechtgebogen.

Zum Glück war sie heute gut aufgelegt. Ihr Gesicht, das vom milden Abendlicht weichgezeichnet wurde, ließ auf eine gewisse Lockerheit schließen. Das Kratzen im Hals schien sie nicht so mitzunehmen.

Vincent war es peinlich gewesen, dass es in dem Auto irgendwie nach Essen roch. Ob Nick in letzter Zeit Essen transportiert hatte?

Er machte das Fenster auf, um den Geruch zu vertreiben.

Die Ampel vor ihnen schaltete auf Gelb und Vincent ging vom Gaspedal. Zum Glück hatte er genügend Zeit eingeplant, um nicht nervös zu werden, wenn es eng wurde. Iris hasste alles Hektische. In ihren Augen wirkten hektische Menschen unterlegen und hilflos. Und er wollte heute souverän wirken.

Jetzt brauchte er nur noch bei der zweiten Querstraße links abzubiegen und dann wären sie da. Hoffentlich gab es einen Parkplatz.

»Und wie viele seid ihr in … in eurem Club?«

Vincent überlegte. »Na, so ungefähr fünfunddreißig, wenn alle da sind.«

»Aha. Und du hast ganz allein diese Leute aufgetrieben?«

»Am Anfang schon. Ich habe ein paar Annoncen geschaltet, unseren Treffpunkt ins Internet gesetzt und mit den ersten zehn Leuten haben wir dann noch mehr Werbung gemacht.«

»Toll. Und wie heißt ihr denn eigentlich? Ich weiß nur, dass ihr eine Art religiöser Club seid, der zwischen den Religionen vermitteln will.«

Sie hatte den Knackpunkt getroffen. Einen richtigen Namen gab es noch nicht. Nur einen Arbeitstitel, der …

Die Ampel schaltete auf Grün und Vincent fuhr los.

»Wir sind noch dabei, einen Namen zu finden. Bisher haben wir nur einen Arbeitstitel, weißt du.«

»Und der wäre?«

»Verein zur Integration von Religionen und Glaubensüberzeugungen, kurz V.I.R.G. Aber das klingt ein bisschen jungfräulich und so …«

»Jungfräulich?«

»Das englische Wort Virgin heißt Jungfrau.«

»Ach ja, manchmal vergesse ich, dass du Deutschamerikaner bist.«

Sie schnüffelte in die Luft. »Sag mal, hast du hier irgendwelche Essensreste im Auto?«

Vincent zuckte mit den Schultern. »Nein, aber ich schau nachher mal nach.«

Er schaltete in den zweiten Gang zurück und sagte: » Wir sind da. Ich such nur noch einen Parkplatz.«

Es war eigentlich verrückt, mit dem Auto zur Flotowstraße zu fahren, wo doch die S-Bahn-Station zu Fuß in zwei Minuten erreichbar war. Die meisten Mitglieder kamen deshalb mit der Bahn. Und sie hatten die Wohnung extra wegen der günstigen Verkehrsanbindung genommen. Aber Vincent dachte, es wäre besser, Iris mit dem Auto zu kutschieren, statt ihr eine Fahrkarte zu kaufen.

»Ja«, sagte er, »und dann müssen wir noch nachweisen, dass wir eine gemeinnützige Organisation sind, die berechtigt ist, Spenden zu sammeln ...«

Als er eine Parklücke gefunden hatte und ausgestiegen war, öffnete er hinten das Heck. Der Essensgeruch störte wirklich, doch dann grinste er erleichtert. Auf dem Filz lag eine Packung Schnittlauch. Das Zellophan hatte runde Löcher, damit der Lauch nicht zu früh schimmelte. Aber durch die Löcher drang auch der Geruch nach außen. Nick hatte eingekauft und den Schnittlauch liegen lassen.

Vincent hielt triumphierend das Päckchen hoch.

»Das ist der Essensgeruch.« Er warf die halb vergammelten Kräuter in den Papierkorb.

Sie schlenderten von dem Parkplatz zum Hauseingang und wurden von der angenehm lauen Luft eines Maiabends empfangen. Berlins Bäume zeigten schon fast ihre vollen Kronen und die noch zarten Blätter leuchteten im Abendlicht hellgrün, als würden sie von innen strahlen.

Ein paar Leute waren unterwegs und genossen den Abend. Kinder auf Fahrrädern sausten knapp an ihnen vorbei. Schließlich blieb Vincent vor einem mehrstöckigen Haus mit Jugendstilfassade stehen, holte den Schlüssel heraus und schloss die Haustür auf.

»Komm rein. Wir sind wahrscheinlich die Ersten.«

Im Flur roch es nach Zitrone. Iris war beeindruckt von dem weißen Marmor, mit dem das Treppenhaus ausgekleidet war, und ließ ihre Hand spielerisch über die glatte Oberfläche des breiten Geländers gleiten.

»Leider wird es im ersten Stock gewöhnlicher«, erklärte Vincent, während sie die Treppen nach oben stiegen. Er hatte recht: Die Marmortreppe verwandelte sich in ausgetretene Holzstufen und die Wände waren mit Tapete beklebt. Die Wohnungstüren hatten allerdings noch den alten Charme bewahrt und waren mit geschnitzten Verzierungen versehen.

Sie waren tatsächlich die Ersten. Der Versammlungsraum, der sich am Ende eines breiten Flurs auftat, bestand aus einem Wohn- und einem Esszimmer, dessen Schiebetür geöffnet war. In den Räumen hing ein muffiger Geruch.

Vincent ging zu den beiden großen Fenstern und öffnete sie. Sofort drang der Autolärm nach oben.

Iris sah sich um und begutachtete die spartanische Einrichtung, die sich aus Stühlen, Sesseln, ein paar Tischen, einem Schrank und der Garderobe zusammensetzte. Am Kopf des Wohnzimmers stand ein Lesepult, das aus rötlichem Kirschbaumholz gefertigt war.

»Wenigstens passen die Möbel zusammen«, meinte sie.

»Ja, darauf achtet unser Techniker Alfred. Er hat ein Faible für Innenarchitektur. Er meint, eine gute Sache muss auch gut aussehen.«

Iris zog ihre Jacke aus und sagte nachdrücklich: »Da kann ich ihm nur zustimmen.«

Es klingelte. Vincent drückte auf den Summer und ließ die Tür offen.

Nach und nach kamen die Mitglieder von V.I.R.G., grüßten sich und standen eine Zeitlang herum, bis sie ihre Plätze einnahmen.

Iris hatte sich im mittleren Bereich gleich an die Seite gesetzt, um alles in Ruhe beobachten zu können, während Vincent am Eingang stand und die Ankommenden begrüßte.

Er hatte unter Spannung gestanden, weil er noch nicht richtig einschätzen konnte, wie viele kommen würden. Aber nun war er zufrieden. Bis jetzt war er mit Iris auf zweiunddreißig Leute gekommen. Das waren mehr, als er erwartet hatte.

Allmählich spürte er ein mulmiges Gefühl im Magen. Wäre Iris nicht da gewesen, hätte er sich vermutlich ruhiger gefühlt. Er merkte, dass es heute auf ihn ankam, wie gut der Abend verlief.

Er ging nach vorne in die erste Reihe, setzte sich und kramte in seiner Tasche nach der kleinen Göttin und nach seinem Stichwortzettel. Beides behielt er in der Hand.

Ein paar Mal atmete er tief durch. Das half meistens, wenn er nervös war, und beruhigte ihn und seine Stimme.

Es war jetzt eine Viertelstunde nach der vereinbarten Zeit und es sah so aus, als ob niemand mehr kommen würde. Jemand hatte die Fenster geschlossen.

Vincent erhob sich, knöpfte, während er nach vorne ging, sein Jackett zu und stellte sich an das Rednerpult. Der Geräuschpegel nahm ab.

»Liebe Mitstreiter! Ich freue mich, dass heute Abend so viele gekommen sind, trotz des riesigen Angebots von Veranstaltungen in Berlin. Ich sehe, dass Mitglieder aus Spandau, Weißensee und sogar aus Potsdam unter uns sind, die einen weiten

Weg auf sich genommen haben. Aber den weitesten Weg, das möchte ich sagen, hat meine Freundin Iris zurückgelegt, die mindestens dreihundert Kilometer mit der Bahn angereist ist, um heute Abend hier zu sein ...«

Sofort drehten sich ein paar Köpfe suchend hin und her, um die Freundin des Leiters auszumachen, die ein mechanisches Grinsen aufsetzte.

»Tja, ich möchte am Anfang kurz umreißen, worum es uns heute geht: Erstens werde ich einen kurzen Vortrag halten zum Thema heilige Gegenstände und ihre Funktion in unserem Bemühen, verschiedene Religionen miteinander zu harmonisieren. Danach gibt es wie üblich eine Aussprache. Ein wichtiger Punkt auf der Tagesordnung wird unser endgültiger Name sein. Wir müssen uns für einen Namen entscheiden, um gezielter Werbung machen zu können und um ein richtiger Verein zu werden.

In diesem Zusammenhang sollte es uns auch um die Ziele des Vereins gehen.

Danach möchte ich den Raum freigeben für alle, die zu dem Thema Heiligkeit als verbindendes Element aller Religionen etwas sagen möchten.«

Vincent blickte kurz zu Iris hinüber und sah mit Befriedigung einen aufmerksamen Ausdruck in ihrem Gesicht, in dem er sogar eine Spur von Bewunderung entdeckte.

Es läuft gut, Vincent. Du bist auf dem richtigen Weg.

»Ich habe euch etwas mitgebracht«, sagte er und hielt die kleine Götterfigur hoch. »Das soll eine Abbildung der babylonischen Göttin Ischtar sein, die bei den Syrern und Kanaanäern unter dem Namen Astarte bekannt war.«

Er hörte ein leises Raunen.

»Keine Angst, das ist kein Original, sondern eine Nachbildung. Sonst hätte ich die Figur sicher nicht so billig bekommen.«

Vincent sah, wie einer der Zuhörer halb aufstand, um die Figur besser sehen zu können. Wer war das? Richtig, es war Ron, der seit zwei Wochen zu ihnen kam und von seiner Frau getrennt lebte.

Vincent fiel ein, dass Ron ihn letzte Woche gebeten hatte, mit seiner Frau zu sprechen. Irgendwo hatte er auch ihre Adresse notiert. Er hätte das gleich ablehnen sollen. Jetzt hatte er schon ein schlechtes Gewissen deswegen.

Es ist erstaunlich, was die Leute alles von mir erwarten!

13

REGENSBURG, 12. OKTOBER 1762

TAGEBUCHAUFZEICHNUNGEN DES PFARRERS ANDREAS HERMLINGER

Die dritte Beichte betrifft ein Weib mit Namen Elisabeth Messmer, was eine curiose und gleichzeitig heiligmäßige Angelegenheit ist, die ich nur mit großer Scheu auf diesem Blatte ausbreite. Mein Gemüt ist keinesfalls temperieret, wenn ich daran denke, sondern es gehet mir wie dem Vieh, das den Frühling schmecket und weiß, es soll auf die Alm getrieben werden.

Nun kommet also dieses Weib eines Tages zu mir und sagt, sie habe einen Schmuck, der schon lange in ihrer Familie weitergereicht wurde, von einer Generation zur anderen. Sie habe sich bis itzo nicht viel dabei gedenket, außer daß es gut sei, etwas Silber zu haben für Notfälle.

Nun habe sie aber die Neugier geplaget und sie habe sich gedacht, ob nicht dieser Schmuck irgendein Geheimnis berge. Also habe sie, als einmal alle außer Haus gewesen seien, geprüfet, ob das Silber nicht innen hohl sei. Und habe tatsächlich gefunden, daß man den Boden desselben aufbrechen könne. Herausgekommen sei ein dünnes Stück eitel Gold, halb aufgerollt, über welches sie über die Maßen in die Hände geklatschet habe und in die Höhe gesprungen sei. Dann aber habe sie seltsame Zeichen auf dem Golde gesehen und es sei ihr gegangen wie einem, der des Nachts vom bösen Geist berührt werde, und sie habe nun Angst, was diese Zeichen bedeuten mögen. Ob nicht der Herr Pfarrer in seiner großen Gelehrsamkeit ein Licht auf die Zeichen werfen möge, damit sie zur Ruhe käme.

Sie ging fort und sagte mir, daß sie binnen einer Woche wiederkäme, um zu erfahren, was es damit auf sich habe.

Nun habe ich am Anfang dem Ganzen nicht so viel Bedeutung zugemessen wie die Messmerin, habe aber dennoch mit Fleiß die Zeichen studieret, die mich nach längerem Her und Hin zu der aramäischen Sprache geführet haben. Ein paar Zeichen waren undeutlich und verdorben, aber da ich Tag und Nacht resümieret und reflexieret habe, um ad sensum comunem zu einem Ergebnis zu kommen, so war hernach dieses Ergebnis so gewaltig, daß ich auf die Knie gehen mußte vor solch großem Staunen, um Gott selbst die Ehre zu geben und zu erfragen, was ich thun sollte.

Gott in seiner großen Weisheit gab mir einen Gedanken ein, mit dem ich die Frau beruhigen und getrost entlassen konnte, ohne direkt die Unwahrheit sagen zu müssen, und gleichzeitig das Geheimnis wahren konnte.

Ich tat das Gold vorsichtig unter vielen Segenssprüchen und Weihrauch in seine Höhle zurück wie in den Bauch einer Mutter, auf daß es zur rechten Zeit und nicht zur Unzeit geboren werden sollte.

Dann sagte ich dem Weib folgende Worte: »Weib, deine Neugier hat dich verführet, etwas zu thun, was nicht gut war.«

Ich merkte ihr Erschrecken und konnte so gewiß sein, daß sie meinen Rath befolgen werde.

»Nun also, Weib«, sagte ich, »die Zeichen auf dem Gold sind aramäische Worte, die einen großen Segen enthalten, der in deiner Familie von Generation zu Generation bleiben soll, aber nur, wenn das Gold nicht verdorben oder verloren geht. Ich habe nun das Gold wieder an Ort und Stelle gethan und den Leib des Silbers gut mit Blei verschlossen mit viel Weihrauch und Gebet, sodaß der Segen, der von dem Schmuck ausgeht, in deiner Familie bleibe. Aber lasse den

Schmuck künftig unangetastet und rede zu niemandem außer zu deiner Tochter oder Enkelin, wenn die Tage deines Scheidens kommen und du den Schmuck weitergibst.«

Mit solchen und anderen Worten habe ich geredet und die Messmerin entlassen, die mich hernach mit viel Rüben, Fleisch und zarten Bohnen oft belohnet hat.

Und nun sitze ich itzo hier und schreibe und scheue mich, das Geheimnis zu offenbaren, und bin unschlüssig, ob ich es in der That diesem Buche anvertrauen soll, denn es könnte die Kirche in ihrer Ordnung so durcheinanderbringen, daß eine mächtige Verwirrung Rom heimsuchen könnte.

Ich werde also noch eine Nacht darüber schlafen.

14

BERLIN, ANNENSTRASSE, 27. MAI

Das Telefon klingelte und Selma, die ihren Ordner *Ausbildung* sichtete und an einem Buch zum Thema Hauspflege hängen blieb, blickte erstaunt auf die Uhr. Es war schon nach zehn.

Wer ruft um diese Zeit noch an?

Vorsichtig, als sei der Hörer an dem späten Anrufer schuld, drückte sie auf den grünen Knopf und fragte: »Ja? Hallo?«

»Sind Sie das, Frau … Ravenberger?«

»Ja. Und wer sind Sie?«

»Ich bin's, Gaston Lemaire. Erkennen Sie meine Stimme nicht?«

»Ach, Sie sind's. Tut mir leid, aber Ihre Stimme hört sich am Telefon so anders an.«

»Aber der französische Akzent ist doch unverkennbar, n'est-ce pas?«

»So stark hört man ihn am Telefon nicht.«

Will er mit mir über seinen Akzent reden, abends um zehn?

Sie wartete.

»Ja, warum ich anrufe. Ich habe von unserem rätselhaften Text noch mehr herausbekommen, als ich die Verunreinigungen vorsichtig entfernt habe. Mir kommt es sogar vor, als ob die Kapsel einmal geöffnet worden ist und dann wieder verschlossen wurde und die Schrift dadurch etwas gelitten hat. Die Zeichen waren zwar darunter leicht verwischt, aber die Reste von einigen kleinen Buchstaben konnte ich noch erkennen.«

»Tja, das klingt ja sehr interessant.«

Sie spürte seine Erregung über die neuen Entdeckungen durch das Telefon.

»Sie finden das nur interessant? Hören Sie, das ist eine … eine Sensation!«

»Gut. Dann sagen Sie mir Ihre Sensation.«

»Wollen Sie es wirklich wissen?«

»Ja, Monsieur Lemaire. Ich will es wirklich wissen!«

»Sie machen sich über mich lustig!«

»Nein. Aber Sie spannen mich auf die Folter.«

»Oh, Pardon, Madame. Ist es sehr schmerzhaft?«

»Ziemlich.«

Er lachte. »Alors, ich habe vier Wörter rekonstruiert. Die beschädigten Wörter heißen mit ziemlich großer Wahrscheinlichkeit *schimon käfas ben jona*. Dann bedeutet das *schi* am Ende wahrscheinlich auch wieder *schimon*.«

»Und was bedeuten diese Wörter, wenn ich fragen darf?«

»Sie dürfen fragen.«

»Also, was heißt das?«

»Das ist ein Name. Wenn Sie wirklich eine Christin wären, dann wüssten Sie es sofort.«

»Ich dachte, darüber hätten wir uns schon ausgetauscht. Ich bin vielleicht eine unwissende Christin.«

»Ah, bon, also eine unwissende Christin. Wie Sie jetzt mitbekommen haben, bin ich übrigens mit dem Gold in Berlin geblieben und habe mich nicht nach Frankreich abgesetzt.«

»Ein braver Junge. Aber woher soll ich wissen, ob Sie nicht

von Frankreich aus anrufen? Aber lassen wir das. Wollen Sie mir nun den Namen erklären?«

»Ich könnte stundenlang mit Ihnen telefonieren.«

Das habe ich befürchtet. Armer Kerl. Ich rate dir, lass die Finger von mir!

Sie zögerte. »Schön für Sie. Ich warte.«

»Um es kurz zu tun … ähm … zu machen: Dieser Name ist der Name eines der bedeutendsten Christen. Es ist Simon Petrus oder der Apostel Petrus, der nach dem Neuen Testament ein Sohn des Jona war.«

»Ein Sohn des Propheten Jona?«

»Nein, nein. Jona lebte doch ein paar Jahrhunderte früher. Das ist nur ein häufiger Name. Der Vater von Petrus hieß eben auch Jona.«

»Ach so. Und warum steht dann da nicht Petrus?«

»*Petrus* ist die lateinische Form von dem griechischen Wort *petros*. Es bedeutet Fels oder Stein. *Käfas* ist die aramäische Version davon und war sein Spitzname oder sein zusätzlicher Name, den der Herr ihm gegeben hatte. Und der wurde später für die griechischen Leser zu Petros oder Petrus.«

»Welcher Herr?«

»Welcher Herr? Welcher Herr? Wollen Sie mich auf die Hand nehmen?«

»Auf den Arm.«

»Gut, auf den Arm. Natürlich Jesus Christus. Oder auf Hebräisch: Jeschuah Messiach.«

»Ach so. Also, dieses Goldblech hat irgendetwas mit dem Jünger Simon Petrus zu tun?«

»So ist es. Ziemlich aufregend, finde ich. Und ich flehe Sie auf den Knien an: Bitte halten Sie Ihren Mund. Kein Wort zu irgendjemand. Sonst garantiere ich für nichts.«

»Wieso ist das denn so wichtig? Da hat eben irgendjemand einen Vers auf den Apostel Petrus aufgeschrieben ...«

»Meine Güte, wie lapidar Sie das ausdrücken! Da hat irgendjemand ... Es gab tatsächlich so etwas, eine Art Zauberamulette. Leute, die Petrus für einen Wundertäter hielten. Man dachte, wenn man den Namen eines Apostels aufschreibt, könnte man böse Dämonen fernhalten, oder wenn man einen Zettel mit dem Namen von Petrus auf ein krankes Bein legte, würde es schneller zusammenheilen. Das waren Leute, die vielleicht dem Namen nach Christen waren, aber nicht richtig ...«

»So wie ich?«

»Ja, so ähnlich. Haben Sie Zauberamulette zu Hause, die ich verbrennen kann?«

»Na ja, ich habe so einen Plastikzauber, das Ding klingelt und aus einem durchlöcherten Teil kommen Stimmen. Eine davon hört sich ziemlich französisch an. Und dann habe ich noch so einen Zauberspiegel, auf dem bewegliche Bilder erscheinen. Es ist ein schwarzer, unheimlicher Kasten, der auf einer Kommode im Wohnzimmer steht ...«

»Ziemlich gefährlich. Ich muss mal kommen und mir diese magischen Bilder anschauen, vielleicht bei einem Glas Wein. Aber okay. Ich hoffe, Sie haben mich verstanden: Sie dürfen noch nicht über diesen Fund reden. Sie müssen schweigen wie ein ... wie ein ...«

»Ein Grab.«

»Ja genau. Wissen Sie, selbst wenn Ihr Goldblech so etwas wie ein Zauberamulett wäre, das im Mittelalter angefertigt wurde, wäre es ziemlich alt. Aber es ist ja noch älter, wie ich anhand der aramäischen Zeichen festgestellt habe. Plus minus hundert nach Christus. Im Mittelalter hätte man eher Latein oder vielleicht Griechisch, Fränkisch oder Altfranzösisch genommen, aber nicht Aramäisch. Oder, wenn es Juden angefertigt haben, vielleicht Hebräisch.«

»Ja … gut«, sagte Selma und wartete.

»Ähm … Darf ich Sie morgen noch einmal besuchen? Es gibt dann sicher mehr Informationen und wir müssen uns dringend einen Plan zurechtlegen.«

»Einen Plan?«

»Ja, wir müssen die nächsten Schritte überlegen. Was machen wir mit dem Ding? Wie gehen wir vor? Wo und wie soll es später veröffentlicht werden?«

»Das ist Ihr Bereich. Ich habe davon keine Ahnung.«

»Aber Sie sind die rechtmäßige Besitzerin. Ich kann das nicht allein entscheiden.«

Selma dachte nach. Die Sache mit ihrer Hauspflege ging erst nächste Woche los. Sie würde zunächst ein paar Tage als Begleiterin mitfahren. Also, warum nicht? Auf der anderen Seite kam ihr der Franzose irgendwie aufdringlich vor. Und das mochte sie nicht.

»Haben Sie denn im Museum nichts zu tun?«

»Oh doch. Ich forsche bei einem assyrischen Fund, aber Ihr Goldpapier ist so wichtig, dass wir damit auch weiterkommen müssen.«

»Also gut, Monsieur«, sagte sie zögernd. »Morgen geht es nicht. Vielleicht übermorgen ab neun, dann ist Fabian im Kindergarten. Ich rufe Sie gleich noch einmal an, wenn ich in meinem Kalender nachgeschaut habe.«

»Perfekt, Madame! Ich warte auf Ihren Anruf.«

Er legte auf.

Sie stand im Wohnzimmer, den warmen Apparat noch eine Zeitlang in der Hand.

15

BERLIN MITTE, 28. MAI

Vincent fuhr gerne seinen dunkelbraunen Lieferwagen. Seltsam, seit Neuestem machte ihm seine Arbeit sogar Spaß. Er konnte beim Fahren seinen Gedanken nachhängen, bekam Einblick in interessante Haushalte und schrieb sich die Adressen auf, von denen er dachte, dass die Leute, die dort wohnten, vielleicht Clubmitglieder werden könnten. Außerdem schien die Sonne, es wurde immer wärmer und wenn er sich mit seiner Arbeit beeilte, konnte er am Spätnachmittag noch in einem Straßencafé sitzen und das Berliner Leben an sich vorüberziehen lassen.

Iris war inzwischen wieder abgereist. Und alles in allem war ihr Besuch ein voller Erfolg gewesen. Sein Vortrag hatte sie beeindruckt. Meine Güte, er las ja eigentlich auch nur ein paar Sachen vor, die er aus dem Internet gezogen hatte. Aber die Leute bewunderten sein Wissen.

Das Größte war das Telefongespräch nach Jerusalem gewesen. Es hatte zwar gedauert, bis er verbunden worden war, aber dann hatte er mit einem echten Rabbi geredet, der zum Glück Englisch sprach und bereitwillig alles über das Tempelinstitut erzählte und seinen englischen Rundbrief empfohlen hatte.

Und irgendwann waren sie auf die Bundeslade zu sprechen gekommen und dieser Rabbi erklärte, es gäbe verschiedene

Theorien über den Verbleib der echten Bundeslade. Manche würden sogar behaupten, sie befände sich in Äthiopien, was eigentlich ziemlich verrückt sei. Eine Kopie dieses sagenumwobenen Schatzes könnte man sich in Köln ansehen. Dort gäbe es eine äthiopische Gemeinde.

Die Frauenstimme aus dem Navigationsgerät lotste ihn in die übernächste Querstraße. Eine Einbahnstraße. Er würde halb auf dem Gehsteig parken müssen, um den Verkehr nicht aufzuhalten.

Natürlich würde er nach Köln fahren, um die Kopie der Bundeslade zu sehen. Und er würde einmal mit einem deutschen vernünftigen Rabbi und mit einem Moslem über seine Idee sprechen, Moschee und Tempel auf gemeinsamem heiligen Boden zu haben. Moslems und Juden würden sich die Hände reichen. Ein neues Zeitalter würde anbrechen, das er, Vincent, vorausgesehen hatte!

Ah, hier stand die Nummer seiner neuen Zustelladresse.

Vincent riss die Tür auf, ging nach hinten, um den Laderaum zu öffnen, und holte das bunte Paket heraus.

Das Leben steckte voller guter Herausforderungen.

Als er weiterfuhr, musste er plötzlich bremsen, weil vor ihm ein alter Kombi langsamer wurde. Der Mann hatte das Fenster heruntergekurbelt und rief einem Fußgänger etwas zu. Der blieb stehen und kam zu dem Fahrzeug. Der Kombi hielt.

Vincent brachte das Auto zum Stehen, zog die Handbremse an, löste den Sicherheitsgurt und kletterte aus dem Wagen. Mit zusammengebissenen Zähnen ging er auf den Kombi zu und schrie: »Können Sie vielleicht mal weiterfahren?«

Der Mann, der wie ein Ausländer aussah, drehte sich überrascht um und sagte: »Bleib cool, Mann. Es geht gleich weiter.«

Vincent blieb stehen, verschränkte die Arme und sagte: »Ich warte.«

In ihm kochte es. Am liebsten hätte er mit seinem Messer die Reifen aufgeschlitzt, aber dann wäre er erst recht nicht weitergekommen.

In aller Gemütsruhe verabschiedeten sich die beiden Männer und der Kombi rollte langsam an. Vincent rannte zu seinem Auto zurück und legte wütend den ersten Gang ein.

Eine bizarre Fantasie tobte durch seinen Kopf: Er sah sich selbst, wie er den Fahrer aus dem Wagen zerrte und ihn zusammenschlug.

16

BERLIN, ANNENSTRASSE, 28. MAI

»Und wenn ich Boris nicht mehr verhau, komm ich dann bald in die Schule?«

Fabian sah seine Mutter so flehend an, dass sie unwillkürlich lächeln musste.

»Aber der Kindergarten ist doch so … so schön. Du kannst dort spielen und du hast deine Bärengruppe und …«

»Is alles so langweilig«, maulte Fabian und schaufelte nassen Sand in seinen Eimer.

Er saß mit seiner Mutter am Rand des Teiches, der in ihrer Nähe am Heinrich-Heine-Platz lag. Die Hitze hatte gegen Abend nachgelassen und Selma hatte sich auf eine Decke neben ihren Sohn gesetzt.

»Papa, der lässt mich in die Schule gehen, weil ich doch im Sommer schon sechs bin.« Fabian klopfte den Sand fest und stülpte den Eimer um.

Selma zuckte zusammen. Mit diesem Angriff hatte sie nicht gerechnet.

»Hat das dein Papa zu dir gesagt?«

Fabian schüttelte den Kopf und sagte leise: »Aber … aber wenn ich ihn frage, dann lässt er mich.« Vorsichtig hob er den Eimer an und betrachtete kritisch den nassen Turm.

Verkehrte Welt, in der die Kinder unbedingt zur Schule wollen. Oder ist das normal bei einigermaßen aufgeweckten Kindern?

»Na ja, ich denke noch mal darüber nach und spreche mit Frau Hofgrat von der Schule. Aber jetzt müssen wir langsam die Sachen zusammenräumen und nach Hause gehen.«

Fabian stieß mit dem Fuß gegen seinen neuen Eimerturm und packte seine Sachen zusammen.

Sie gingen an Kaiser's vorbei über die Kreuzung und sagten nicht viel. Jeder schien seinen Gedanken nachzuhängen.

Als sie in der Wohnung waren, ging Selma in die Küche, um das Abendessen vorzubereiten, und stellte das Radio an.

Sie merkte erst beim zweiten Mal, dass es geklingelt hatte, weil die Musik lief, aber da war es zu spät, denn Fabian stand schon auf dem Hocker, hatte den Hörer der Sprechanlage abgenommen und auf den Summer gedrückt.

Selma stürzte zur Tür.

»Was machst du da? Wer war das?«

»Das ist doch nur Papa. Er hat gesagt, dass eure Trennung schon vorbei ist.«

Selma knirschte unhörbar mit den Zähnen.

Dieses Miststück! Jetzt muss ich ihn wohl oder übel hereinlassen. Ich kann ihn nicht im Treppenhaus stehen lassen. Das kann ich Fabi nicht antun.

Selma ballte ihre Fäuste und ging in die Küche zurück. Im Hintergrund hörte sie, wie die Tür ging und eine Männerstimme, die sie nur allzu gut kannte, mit Fabian scherzte. Zwischendurch hörte sie Fabians durchdringende Stimme, die etwas von Kindergarten und Schule erzählte. Na toll. Der Konflikt war vorprogrammiert!

So konnte das nicht weitergehen. Sie mussten einen klaren

Schnitt machen und ihrem Sohn noch einmal erklären, was Trennung bedeutete. Schließlich hatte er seinen Vater auch schon betrunken gesehen.

Sie würde das Abendessen über sich ergehen lassen und hoffen, dass Ron nach der Gutenachtgeschichte wieder verschwand. Aber sie spürte, dass er das diesmal nicht tun würde. Er wollte sicher mit ihr reden. Gemein, dass er genau diese Zeit wählte, wo sie ihn schlecht abweisen konnte. Das war Berechnung!

Es kam so, wie sie es vermutet hatte. Als Fabian schlief, stand plötzlich Ron neben ihr im Wohnzimmer mit zwei Gläsern Saft in der Hand.

»Hör mal, Selma, wir müssen miteinander reden.«

Er stellte die beiden Gläser auf den Tisch und setzte sich neben seine Frau.

»Ich wüsste nicht, was wir bereden sollen, Ron. Und ich finde es ehrlich gesagt gemein, dass du immer dann auftauchst, wenn ich mich schlecht dagegen wehren kann. Wir sind getrennt und du solltest das endlich kapieren.«

»Die Trennung ging von dir aus.«

»Aus gutem Grund.«

»Ich weiß. Aber ich habe mich verändert, Selma. Ich werde nicht mehr trinken. Das verspreche ich dir.«

Selma legte den Ordner *Handbuch der Gemeindeschwesternstation* mit Nachdruck umgekehrt auf den Couchtisch.

»Ron! Wie oft hast du das zu mir gesagt? Und ich habe es immer wieder geglaubt, aber damit ist nun Schluss. Ich kann einfach nicht mehr. Mein … mein Vertrauensvorrat ist aufgezehrt. Lass Fabi und mich eine Zeitlang in Ruhe, mach von mir aus eine Therapie, denn ich glaube nicht, dass das so einfach ist, wie du dir das vorstellst. Und dann reden wir weiter.«

»Weißt du, ich habe neue religiöse Werte entdeckt, und die … die helfen mir, dass ich …«

»Bitte, Ron, tu mir den Gefallen. Hör auf damit. Ich kann das Thema nicht mehr hören!«

Selma wollte demonstrativ zu ihrem Buch greifen, da hielt sie mitten in der Bewegung inne und starrte zu der großen Pflanze neben der Terrassentür.

»Sag mal, hast du den Oleander zur Seite gerückt?«

Ron schaute seine Frau an, als ob sie nicht ganz klar im Kopf sei. »Was hat denn der Oleander mit uns zu tun?«

»Hast du den Oleander verrückt?«

»Nein.«

»Ganz sicher?«

»Ja. Ich war doch überhaupt nicht im Wohnzimmer.«

»Wirklich nicht?«

»Nein. Und warum sollte ich den Oleander zur Seite rücken? Das wäre doch völlig unsinnig.«

»Hast du wirklich keinen Wohnungsschlüssel?«

Ron schüttelte den Kopf. »Sonst würde ich nicht unten klingeln müssen und wie ein Bittsteller deiner Gnade ausgeliefert sein. Vielleicht hätte ich mir eine Kopie machen sollen. Aber warum willst du das wissen?«

»Ach«, Selma versuchte den Diebstahl herunterzuspielen, »neulich war jemand in der Wohnung und hat meinen Schmuck mitgenommen und …«

»Also, wenn du mir unterstellst, dass ich heimlich …«

»Reg dich ab. Aber ich könnte schwören, dass ich in den letzten zwei Wochen den Oleander nicht verschoben habe, und jetzt sieht man auf dem Holzboden sogar einen frischen Kratzer.« Selma seufzte. »Der Typ war also noch ein zweites Mal da! Aber warum?«

Plötzlich fasste sie sich an den Bauch.

»Was ist denn?«

»Er hat nach der Kapsel gesucht. Vielleicht war überhaupt die Kapsel der Grund, warum er gekommen ist. Und er dachte vermutlich, das Souvenir aus Griechenland sei das, was er … dann hat er den Irrtum gemerkt und ist noch einmal gekommen!«

»Welche Kapsel?«

»Ein Erbstück von meiner Großmutter.«

»Kenn ich das?«

»Kann sein, dass du es mal gesehen hast: eine kleine silberne Kapsel mit Verzierungen, die an einer zierlichen Kette hing. Normalerweise passte sie nie richtig zu meinen Kleidern.«

»Hör mal. Du musst zur Polizei gehen.«

»Die war schon hier.«

Es entstand eine Pause und Selma sagte mit Nachdruck: »Bitte, Ron, geh jetzt. Ich … ich kann im Augenblick nicht mit dir reden. Ich brauche Zeit. Und ich werde mit Fabian noch einmal deutlicher sprechen.«

»Ich wollte mich nie trennen.« In Rons Stimme schlich sich ein Zittern ein.

»Ich weiß.« Selma klang müde. »Bitte, Ron …«

»Okay.«

Er stellte das Glas, das er in der Hand gehalten hatte, auf den Couchtisch und wandte sich zur Tür. Seine Stimme klang bitter, als er sagte: »Auf … also dann, tschüs.«

»Tschüs.«

Als die Tür ins Schloss gefallen war, atmete Selma tief durch. Wie lange hielt sie das noch aus?

Sie stand auf, ging zu dem Oleander hinüber, kniete sich hin und untersuchte den unscheinbaren Streifen, den die Pflanze durch das Verschieben zurückgelassen hatte.

Es gab keinen Zweifel. Dieser Kratzer war frisch. Oder sollte Fabian …?

Sie versuchte, den Oleander zu bewegen. Es ging nur sehr mühsam. Nein, Fabian schied aus.

Langsam ging sie wieder zum Sofa zurück und trank das Saftglas ganz aus.

Dieser Mensch war also nach dem ersten Diebstahl wieder in der Wohnung gewesen, weil er nicht das gefunden hatte, was er suchte. Aber das hatte er erst später gemerkt, als er das griechische Mitbringsel untersucht hatte. Und damit hatte er sich verraten. Es ging ihm gar nicht um den Schmuck. Denn sonst wäre er wegen einer einfachen Silberkapsel nicht zurückgekommen. Er schien gewusst zu haben, dass unter ihren Sachen eine antike Kostbarkeit war. Und das wiederum bedeutete, dass er wusste, was die Kapsel enthielt. Aber woher? Sie selbst hatte ja keine Ahnung davon gehabt.

Und was noch viel bedrohlicher war: Ein Fremder hatte einen Schlüssel zu ihrer Wohnung. Wer konnte das sein? Auf jeden Fall jemand, der sich in ihrer Familiengeschichte auskannte. Und wenn nun Ron gelogen und sich ahnungslos gestellt hatte?

Er hatte keine Probleme damit, Dinge vorzutäuschen. Das war ihm nie schwergefallen. Und die Sucht hatte ihn immer weiter in diese Richtung getrieben und ihn gezwungen, zu lügen. Immer besser zu lügen – mit unschuldigen Augen und fester Stimme.

Aber nein, ein bisschen Menschenkenntnis war ihr noch geblieben. So verhält sich keiner, der etwas verheimlichen will.

Plötzlich durchzuckte Selma ein furchtbarer Gedanke: Wenn jemand einen Schlüssel zu ihrer Wohnung hatte, dann konnte er jederzeit eindringen, er konnte sie erpressen, vielleicht Fabian entführen. Warum hatte sie nicht gleich am nächsten Tag nach dem Diebstahl das Schloss austauschen lassen? Und was war mit heute Nacht? Wenn er heute Nacht käme?

Selma sprang auf.

Ich muss die Tür verbarrikadieren.

Sie ging in die Küche, holte den Schrubber und klemmte ihn unter die Türklinke. Zum Glück musste man bei ihrer Tür die Klinke nach unten drücken, wenn aufgeschlossen war.

Dann wühlte sie in der alten Werkzeugkiste nach einem dünnen Blumendraht und spannte ihn quer über den Flur, sodass jemand stürzen musste, wenn er sich im Dunkeln weitertastete.

Als sie damit fertig war, atmete sie auf. Mehr konnte sie im Augenblick nicht tun. Höchstens Gaston Lemaire anrufen.

Nein! Auf keinen Fall! Nicht jetzt! Oder doch?

Sie blickte auf die Uhr. Es war nicht spät: viertel vor neun.

Wenn er noch in seinem Arbeitszimmer im Museum sitzt? Die Nummer habe ich ja noch in meinem Handy gespeichert.

17

JERUSALEM, 29. MAI

Rabbi Aharon Gildenau blieb vor dem arabischen Gemüsehändler stehen und feilschte um die Zucchini und Auberginen. Nachdem er den Preis etwas heruntergehandelt und eine Papaya als Zugabe bekommen hatte, nahm er die Plastiktüte mit seinen Einkäufen und stellte sich an die Bushaltestelle. Zum Glück war er früh dran und die Hitze hatte sich noch nicht entwickelt.

Normalerweise kaufte er kein Gemüse für die Familie ein, aber heute hatte er sich von seiner Frau dazu überreden lassen, die ihre kranke Tante schon früh morgens in Mea-Schearim besuchte und keine Zeit zum Einkaufen hatte.

Als der Bus kam und er sich mit den anderen in den überfüllten Innenraum zwängte, bekam er noch einen Fensterplatz, weil ein junges Mädchen vor ihm aufgesprungen war, das gerade noch rechtzeitig die offene Tür erwischte.

Seufzend ließ sich der Rabbi auf dem aufgeschlitzten Polster nieder und wischte mit dem Handrücken über seine nasse Stirn. Hier war es bedeutend heißer als draußen.

Einen Augenblick lang durchzuckte ihn der Gedanke, ob in dem Bus vielleicht ein Attentäter saß, der nur auf seinen lautstarken Auftritt wartete. Unauffällig ließ er seinen Blick über die Gesichter streifen, die er von seinem Platz aus beobachten konnte, aber was er sah, wirkte nicht gefährlich. Und außerdem konnte man es sich in Jerusalem nicht leisten, den ganzen Tag über Terroristen nachzudenken. Das führte zu nichts. Wenn Adonai beschlossen hatte, dass sich Rabbi Gildenaus Tage erfüllt hatten, was konnte ein Mensch schon dagegen unternehmen?

Gildenau stellte den Plastikbeutel auf den Boden zwischen seine Beine, öffnete seine Tasche und holte die Blätter heraus, die ihn brennend interessierten: Internetausdrucke mit den neuesten Spekulationen über die Aron Haberit, die verschwundene Bundeslade.

Schon als kleiner Junge hatte das Geheimnis der verschwundenen Bundeslade alle anderen geheimnisvollen Dinge in seinem Leben überstrahlt und er hatte sich vorgenommen, alles über diesen rätselhaften Gegenstand herauszubekommen. Und hier waren nun die neuesten Informationen. Ob sie wirklich neu waren, musste sich noch herausstellen.

Viele hatten es bisher unternommen, die Bundeslade zu suchen, ohne jemals ein handfestes Ergebnis zu erzielen. 1920 hatte der Amerikaner Frederik Futterer im Berg Nebo nach der heiligen Lade gesucht. Dieser Berg war nach der Tora der Ort, wo Moses gestorben und begraben war. Das zweite Makkabäerbuch berichtete davon, dass man dort angeblich die Bundeslade vor den Feinden Israels versteckt hatte. 1981 soll der Amerikaner Tom Crotson Fotos von der Lade im Berg Nebo gemacht haben, die sich aber später als Fälschung erwiesen hatten.

Aber für Gildenau war der Berg Nebo nie ein ernstzunehmendes Versteck gewesen. Er war zu weit weg. Viel wahrscheinlicher war die Theorie, nach der die Lade während der Belagerung Jerusalems im Jahr 587 von Priestern, die durch das Wasserleitungssystem entkamen, verborgen worden war. Vielleicht sogar in den Blutkanälen, die man damals gebaut hatte, um das Tieropferblut abzuleiten. Das Ärgerliche daran war, dass die moslemischen Behörden jegliche archäologische Arbeit um den Felsendom untersagten.

1911 hatte deshalb der englische Archäologe Brownlow Parker heimlich bei Nacht versucht, das Kanalsystem des antiken Jerusalem zu erforschen. Er wurde gestoppt. Harry Goodman stürmte im selben Jahr mit einem Gewehr die Al-Aksa-Moschee und konnte rechtzeitig aufgehalten werden. Am 10. März 1983 wollten fünfundvierzig orthodoxe Juden den Tempelplatz in ihre Gewalt bekommen und im selben Jahr vollendete Rabbi Getz einen unterirdischen Tunnel unter dem Tempelberg und behauptete, die Bundeslade gesehen zu haben, bevor die Sicherheitsleute ihn abführten.

Eine der wildesten Spekulationen, die es über die Bundeslade gab, handelte von einem heimlichen Raub.

Bisher hatte Gildenau diese Theorie abgetan und als Kinderkram belächelt. Sie hatte seine Fantasie angeregt, als er zehn Jahre alt war, und später hatte er sie nicht näher betrachtet.

Aber jetzt hatten ihm ernstzunehmende Kollegen die neuesten Ergebnisse mitgeteilt und diese Informationen hatte er nun bei sich. Ausführlich wurde es in dem Buch eines Engländers dargestellt: »Die Wächter des heiligen Siegels«. Der Bericht einer Reise nach Äthiopien, auf den Spuren der Bundeslade.

Rabbi Gildenau blickte durch die verstaubte Scheibe nach draußen. Sie hatten die engen Straßen hinter sich gelassen und fuhren nun nach Norden auf der Strecke, die zum Flughafen führte. Gerade überholte der Bus in einem beängstigenden Manöver einen alten VW-Käfer, der den Verkehr blockierte.

Gildenau hielt sich am Sitz vor ihm fest, während er stirnrunzelnd die erste Seite überflog. Der Autor behauptete doch allen Ernstes, die heilige Lade sei von einem Sohn Salomos im 9. Jahrhundert geraubt und nach Äthiopien verschleppt worden, wo sie sich noch bis zum heutigen Tag befinden sollte. Das war nichts Neues für Gildenau. Das Neue daran war, dass ein Kollege, den er wegen seiner Gründlichkeit schätzte, die Geschichte durchaus bedenkenswert fand.

Der Rabbi schüttelte den Kopf, als er weiter las, dass dieser Sohn Menelik hieß und aus einer Verbindung Salomos mit der legendären Königin von Saba entstanden sein sollte. Jahrhundertelang sei die Lade in Aksum, der heiligen Stadt Äthiopiens, versteckt gewesen. Und tatsächlich gab es dort schon sehr lange Juden mit dunkler Haut, die sich als Hüter der Lade bezeichnet hatten. Die gegenwärtigen Hüter stammten aber jetzt aus der christlich-orthodoxen Kirche Äthiopiens. Und in fast allen orthodoxen Kirchen gehörte die Ausstellung einer eigenen Kopie der Lade zur jährlichen Liturgie. Eine der Kopien der Lade befand sich in Deutschland, im äthiopischen Gemeindezentrum in Köln.

»Ausgerechnet in Deutschland«, murmelte Rabbi Gildenau und konnte sich gerade noch an der Lehne festhalten, als der Bus mit Schwung um eine Kurve fuhr.

Er überlegte hin und her, ob er wirklich Deutschland besuchen sollte, weil ein Neffe von ihm seit Neuestem dort wohnte.

Der Rabbi konnte es nicht fassen, dass ein Jude freiwillig im »Land der Mörder« lebte, und es hatte heftige Auseinandersetzungen darüber gegeben. Randolf Kohn, wie sein Neffe hieß, hatte ihm aber hartnäckig klargemacht, dass die Mörder fast ausgestorben waren und die Deutschen, die dort jetzt wohnten, mit den alten Nazis nichts zu tun hatten.

Aber Gildenau gab nicht so schnell auf. »Es sind neue Nazis nachgekommen«, sagte er. »Dieser Bazillus scheint nicht ausgerottet zu sein.«

»Was willst du?«, meinte Randolf lachend. »Antijüdische

Bewegungen gibt es überall. Du brauchst nur Israels Nachbarn zu betrachten oder den Irak. Kein Vergleich zu der Atmosphäre in Deutschland. Du musst uns mal besuchen und dir selbst alles anschauen. Es gibt in Berlin eine schöne Synagoge und das jüdische Museum ist wirklich sehenswert.«

Der Bus bog jetzt ab auf eine kurvenreiche Strecke und die Straße schlängelte sich nach oben. Dem Fahrer schien das Hupen Spaß zu machen, denn er bearbeitete sein Steuerrad, als ob er mit der Faust einen Nagel einschlagen müsste.

Ich könnte zwei Fliegen mit einer Klappe schlagen: Randolf und seine Familie besuchen und die Kopie der äthiopischen Aron Haberit in Köln anschauen. Das Institut würde mich beim Flug finanziell unterstützen ... Aber nicht jetzt. Vielleicht in einem Jahr.

Kreischend hielt der Bus und der Rabbi packte Plastiktüte und Aktentasche, zwängte sich auf den Gang und hastete zur Tür, die zischend aufging. Zwei Hühner, deren Beine mit Riemen zusammengebunden waren, hingen über der Schulter einer stämmigen Frau und ließen die Köpfe hängen. Fast hätte Gildenau die Hühner aus Versehen von der Schulter der Frau gestreift.

Schließlich stand er auf der staubigen Straße und bog in eine Seitengasse ein. Hoffentlich erwartete seine Frau nicht von ihm, dass er das Gemüse auch noch putzte!

Zustände waren das! Früher waren die Aufgaben sauber geteilt gewesen, aber seitdem seine Tochter mit ihrem Mann ein paar Wochen bei ihnen gelebt hatte, war seine Frau anders geworden und hatte plötzlich Flausen im Kopf! Ein Rabbi gehörte an den Schreibtisch, in die Synagoge oder in das Hühnerhaus, um Hühner fachgerecht zu schächten, und nicht in eine Küche! So war das immer gewesen. Warum ließ er sich eigentlich immer wieder breitschlagen zu solchen unmännlichen Handlungen, wie Gemüse einzukaufen? Wie schaffte das seine Alte?

Aber sich so weit zu erniedrigen und auch noch Gemüse zu putzen – nein, das würde er nicht tun!

Rabbi Gildenau näherte sich seinem bescheidenen kleinen Haus, das immerhin einen winzigen Garten hatte!

Er würde die Einkäufe in die Küche legen und sich zuerst einen Tee machen.

18

BERLIN, ZOOLOGISCHER GARTEN, 29. MAI

Nachdem die Nacht für Selma nicht besonders ruhig verlaufen war – ein Tiefschlaf wollte sich nicht einstellen –, hatte sie am nächsten Morgen einen Schlüsseldienst angerufen, der am Nachmittag kommen wollte.

Für den späten Vormittag hatte sie sich mit Gaston im Zoo verabredet, vor dem Haupteingang. Es war ihr nicht recht, wenn die Nachbarn dauernd einen unbekannten Mann sahen, der sie besuchte.

Kurz nach zehn stand sie am Elefantentor und wartete auf Gaston. Ein bisschen freute sie sich auf ihn und gleichzeitig ermahnte sie sich, auf der Hut zu sein. Zumindest war es gut, dass er über ihre spezielle Lage Bescheid wusste, dann brauchte sie das Thema »Trennung« nicht dauernd zu vermeiden.

Sie lehnte sich gegen den Steinrüssel des Dickhäuters, der eine Seite des früheren Tores bildete, und hielt ihr Gesicht in die Sonne.

Der Autolärm vermischte sich mit den Stimmen der Besucher und von irgendwoher hörte sie das Kreischen eines großen Vogels.

»Madame?«

Selma öffnete die Augen und blinzelte in das lachende Gesicht von Gaston, der ein leichtes Sommerjackett über einem blauen Leinenhemd trug.

Vielleicht ist der ausgebeulte Pullover doch nur eine Art Arbeitskleidung gewesen.

Als er sich umdrehte, sah Selma ein Stück seines Rucksacks, der zu dem Jackett nicht richtig zu passen schien.

»Ich habe schon die Karten gekauft«, sagte Gaston und gab ihr eine. Als Selma ihre Tasche öffnete, um ihren Anteil zu bezahlen, winkte er ab.

»Sie haben mir eine große Köstlichkeit überlassen und da sollte man etwas großzügig …«

»Eine was?«

»Ihr Goldblech …«

Selma grinste. »Sie meinen *Kostbarkeit. Köstlichkeit* ist eher etwas zum Essen.«

»Ah, bon. Das muss ich mir merken. Wohin gehen wir zuerst? Ich habe gelesen, dass es ein neues Gorillakind gibt, das gerade versucht, mit den anderen Gorillas klarzukommen, und natürlich die Eisbären.«

Selma hatte sich einen Lageplan besorgt und sagte: »Die Menschenaffen sind links. Das Aquarium soll aber auch ganz gut sein. Rundumbecken und so. Das ist hier gleich rechts um die Ecke.«

»Dann fangen wir am besten mit dem Wasser an und schreiten dann weiter zu den Säugetieren«, schlug Gaston vor.

Er redet ja manchmal etwas geschwollen daher, aber, na ja, es gibt Schlimmeres.

Wie ein Wächter wirkte die gigantische Steinskulptur eines Iguanodon-Sauriers, der vor neunzig Millionen Jahren hier gelebt haben sollte.

Sie betraten das Aquariumhaus, das in einem Altbau untergebracht war, und wurden von der Frau am Eingang zurückgerufen.

»Ihre Karte!«

Sie zeigten sie vor.

Die Frau lächelte nachsichtig. »Für das Aquarium brauchen Sie eine extra Karte.«

Selma seufzte. »Diesmal zahle ich.«

Als sie den dämmrigen Raum mit den Aquarien betraten, fühlte sich Selma wie am Eingang zu einer anderen Welt.

Schweigsame Wesen, die durch das Wasser schweben und uns stumm betrachten.

Sie setzte sich auf eine Holzbank direkt neben die Scheibe und sagte zu Gaston: »Schauen Sie sich diesen Fisch an! Der Kopf sieht aus, als ob er aus Metall gegossen wäre. ›Arapaima‹«, las sie.

Bei den Haifischen blieben sie länger hängen.

»Ein … Schwarzsp … itz-Riffhai«, buchstabierte Gaston und fügte hinzu: »Der reinste Zungenbrecher. Aber der Fisch sieht wirklich elegant aus mit der schwarzen Spitze an seiner Flosse, wenn er nicht gerade sein Maul aufreißt.«

Selma lachte. »Und hier – ein Teppichhai. Ich wusste gar nicht, dass es so etwas gibt.«

»Sieht irgendwie platt getreten aus«, meinte Gaston.

»So komme ich mir auch vor nach der gestrigen Nacht«, sagte Selma und erzählte von ihren Ängsten mit dem Türschloss und dem zweiten Besuch des Einbrechers.

»Und du … ähm… Sie meinen, dass er wegen der Kapsel gekommen ist?«

Selma war kurz zusammengezuckt, als er das Du ausgesprochen hatte. Was sollte sie tun? Es überhören? Das wäre unhöflich. Am besten, sie sagte ihm die Wahrheit.

Selma berührte Gaston leicht am Oberarm.

»Ich muss Ihnen etwas sagen.«

Gaston hob mit gespieltem Erstaunen seine Augenbrauen.

»Wissen Sie, es ist so: Ich … bin froh, dass Sie das mit dem Goldblech machen und so, und ich … ich finde Sie durchaus sympathisch. Und dann merke ich auch, dass Sie mich näher kennenlernen wollen …«

Selma streifte ihn kurz mit den Augen und sah, dass sein Gesicht undurchdringlich wurde.

Einfach weiterreden, Selma.

»Normalerweise wäre es ganz natürlich, wenn wir uns näherkommen würden. Und Sie machen nichts falsch. Sie sind sehr nett zu mir. Aber ich stecke gerade jetzt in dieser Trennungsgeschichte mit meinem Mann und ich … und ich kann zurzeit … ich habe keinen freien Raum in mir, etwas Neues anzufangen. Oder keine … keine Kraft dazu. Bitte verstehen Sie mich. Vielleicht ist es wirklich besser, wenn wir erst mal beim Sie bleiben.«

Selma blickte auf den Boden. »Glauben Sie mir, es fällt mir nicht leicht, das zu sagen, und ich fühle mich schlecht dabei!«

»Okay, einverstanden«, hörte sie die Stimme von Gaston. »Gehen wir auf das Du über.«

Sie blickte verständnislos auf und wurde wütend. Was bildete dieser Idiot sich ein? Sie quälte sich ab mit … Dann sah sie seinen Gesichtsausdruck. Er lachte. »Ein Scherz, Madame. Man überwindet eine peinliche Situation, indem man einen üblen Scherz macht und sich danebenbenimmt.«

Selma lächelte etwas gezwungen.

»Es ist wahr«, sagte er, »ich finde Sie sehr attraktiv. Und wir Franzosen lassen das vielleicht ein bisschen schnell zum Vorschein kommen, wenn wir jemanden mögen. Aber klar, ich verstehe Sie. Machen Sie sich keine Gedanken. Wo waren wir stehen geblieben? Bei dem Teppichhai?«

»Wissen Sie«, sagte sie plötzlich und lehnte sich gegen eine Glaswand, »ich verstehe nicht, warum ein Fremder von diesem Goldblech wissen kann, von dem nicht einmal ich etwas wusste.«

»Ja, das ist seltsam«, nickte Gaston und sah einem Kuhkopfrochen hinterher, der wie ein schwarzes Segel durch das Wasser schwebte.

»Vielleicht ein Archäologe wie ich, der zufällig auf eine schriftliche Quelle gestoßen ist, die behauptet, dass ein wichtiges Dokument in einer bestimmten Familie seit Generationen unter den Frauen weitergegeben wird. Und wenn er eine gute Familienrecherche macht, kommt er oder sie dann auf Ihre Adresse. Der Einbrecher kann nämlich auch eine Frau gewesen sein.«

»Eine Frau. Komisch, daran habe ich noch gar nicht gedacht.«

»Schmuck und Frauen passen doch gut zusammen«, meinte Gaston scherzhaft und wurde dann ernst. »Aber ehrlich, das hört sich nicht gut an. Sie sollten wirklich der Polizei Bescheid geben.«

Selma ging weiter und seufzte: »Ja, das werde ich dann wohl. Und das Goldblech? Muss ich das erwähnen?«

Gaston, der sich inzwischen einem Bodenguckerfisch widmete, der platt und mit mürrischem Gesicht durch das Wasser schwebte, zuckte mit den Schultern. »Ich weiß nicht, ob das nötig ist. Ich würde sie nur darüber informieren, dass jemand ein zweites Mal Ihre Wohnung heimlich besucht hat. Und das mit dem neuen Türschloss ist auf alle Fälle gut.«

»Lassen Sie uns an die frische Luft gehen«, schlug Selma vor. »Auf die Schlangen im zweiten Stock bin ich nicht scharf.«

Gaston nickte. »Kann ich mir gut vorstellen.«

Erstaunt drehte sich Selma um. »Wieso?«

»Na ja … ich meine nur: Eva und die Schlange …«

Selma schüttelte den Kopf und ging weiter. »Glauben Sie denn diesen ganzen Unsinn mit dem Apfel und der Schlange? Klingt doch eher nach Märchen, oder?«

»Ich glaube, das ist eine tiefsinnige Erzählung über die Versuchlichung des Menschen.«

»Versuchbarkeit wollten Sie wohl sagen«, verbesserte sie ihn.

»Ja. Versuchbarkeit klingt besser. Es war übrigens kein Apfel, sondern eine Frucht. Könnte also auch eine Banane gewesen sein, die …«

»Ah! Ich verstehe! Die Banane! Klar, bei einer Banane wird jede Frau schwach. Sieht ja so wahnsinnig erotisch aus!«

Gaston ging auf den ironischen Ton nicht ein, sondern fuhr fort: »Ich verstehe das als ein wunderbares Bild für die inneren Kämpfe eines Menschen.«

»Und was ist daran so wunderbar?«, wollte Selma wissen.

Inzwischen standen sie wieder am Eingang der Fischabteilung neben den Quallen.

»Was an der Geschichte so wunderbar ist? Zum Beispiel, dass wir die Tendenz haben, bei einer falschen Entscheidung einen anderen mit hineinzuziehen, und uns dann herausreden, so wie es Adam und Eva machen.«

Selma sagte nichts, sondern blieb immer noch stehen und betrachtete die Quallen, die sich rhythmisch zuckend durch das Wasser pumpten.

Ein Mann, der vieles durchdacht hat. Das gefällt mir.

»Übrigens, wie soll ich Sie nun eigentlich anreden?«, fragte Gaston.

»Selma und Sie.«

»Gut. Dann Gaston und Sie.«

»Okay.«

»Und jetzt«, sagte er ohne Übergang, »bitte, gehen wir doch noch einen Stock höher zu den Reptilien und zu den Schlangen. Man sollte die fünf Euro ausnutzen.«

»Na gut.«

Trotz ihrer Abwehr blieb Selma doch vor einem Schlangenterrarium stehen und sagte schließlich: »Die Schlangen wirken, als seien sie eben poliert worden. Der Dreck haftet nicht. Wäre doch praktisch, so eine Haut zu haben, oder?«

»Praktisch schon«, meinte Gaston, »aber Liebespaare hätten nicht viel vom Streicheln.«

»Woran Sie immer gleich denken.«

»Und jetzt zu den Krokodilen.«

Über eine Art Hängebrücke gelangten sie in einen subtropisch gestalteten Raum mit einem künstlichen Flussufer, wo zwei Krokodile regungslos auf dem feuchten Sand lagen.

»Die Augen!«, flüsterte Selma. »Gelb mit einem senkrechten schwarzen Strich. Widerlich! Da finde ich die Schildkröten dahinten irgendwie sympathischer. Manchmal wäre ich selbst gerne eine Schildkröte ...«

»So?«, fragte Gaston. »Mit einem Panzer, unter dem Sie sich zurückziehen können?«

»Nein, nicht nur das. Schildkröten haben so eine ... eine langsame Gemütlichkeit und scheinen sehr viel Zeit zu haben.«

Sie schlenderten weiter.

»Im dritten Stock sind die Insekten«, sagte Gaston. »Die können wir uns sparen.«

»Sie wollen bloß nicht einer bestimmten Kollegin begegnen«, lächelte Selma.

»Welcher Kollegin?« Gaston schaute Selma verständnislos an.

»Der Gottesanbeterin.«

Gaston schüttelte lachend den Kopf.

Als sie aus dem Aquariumhaus nach draußen traten, gingen sie noch schnell bei den Raubkatzen vorbei, die nicht draußen zwischen den Felsen, sondern drinnen lagen.

Interessiert las Selma die Erklärungen auf einer Tafel.

»Wussten Sie, dass Löwen über zwanzig Stunden am Tag schlafen?«

»Nein, aber ich werde mir das merken und bei Gelegenheit meinem Arbeitgeber davon erzählen.«

Endlich erreichten sie die Affenanlage. Während der nächsten halben Stunde hatten sie damit zu tun, die Affen zu bewundern. Sie entdeckten sogar den kleinen Gorilla, der im Zoo geboren worden war.

In der Nähe der Bonobos, die schreiend über ihr Gestänge turnten, stand etwas abseits eine riesige Eiche, um deren Stamm eine Bank lief. Gaston steuerte darauf zu und nahm seinen Rucksack ab.

»Zeit für einen kleinen Imbiss«, sagte er.

Selma staunte nicht schlecht, als er zwei belegte Brötchen auswickelte und eine kleine Flasche Weißwein entkorkte, die in einem Kühlbehälter steckte.

»Um diese Zeit Wein?«, fragte Selma zweifelnd.

»Naturelement. Wir Franzosen trinken gerne vormittags ein Gläschen Weißwein. Das belebt und ...«, er lächelte leicht, »Ihr Mann ist ja nicht da.«

Selma verschluckte sich und musste husten. Mit dieser Direktheit hatte sie nicht gerechnet.

»Oh, pardon, war ich zu indiskret?«

»Nein, nein, es geht. War nur ein bisschen überraschend für mich.«

Seltsam. Dieser Franzose schafft es, Nähe herzustellen und gleichzeitig beim Sie zu bleiben!

»Ah. Und ... wenn ich mal so fragen darf: Wie groß sind die Chancen, dass er zurückkommt?«

»Von mir aus schlecht«, sagte Selma kurz angebunden und hielt ein Saftglas hin, um einen Schluck Wein zu bekommen.

Er hat sogar an richtige Gläser gedacht.

»Und von ihm aus?«

Meine Güte, er will wirklich alles von mir wissen!

»Von ihm aus würde er gerne zurückkommen. Erst neulich hat er mir das vorgeschlagen. Und er hat mir versprochen, nie mehr zu trinken.«

Warum erzähle ich das einem Mann, den ich erst seit ein paar Tagen kenne?

»Das klingt doch sehr ernsthaft, oder?«

Selma seufzte. »Es ist nur so, dass er es mir schon x-mal versprochen hat und ich ... ich kann es nicht mehr glauben. Mein Vertrauen ist hin.«

»Ich würde Ihnen jedenfalls nicht versprechen, nie mehr Wein zu trinken.«

Selma lächelte müde. »Das ist etwas anderes. Und übrigens: Ihr Wein schmeckt gut.«

»Ich weiß. Deswegen habe ich ja auf Orangensaft verzichtet.«

Wie lange ist es eigentlich her, dass ich mich so … so unbeschwert mit einem Mann unterhalten habe?

»Ach, ich könnte ewig hier in der Sonne sitzen und Weißwein trinken«, sagte sie impulsiv.

Und er fügte hinzu: »Und sich dabei mit einem netten Mann unterhalten?«

»Sie haben wohl überhaupt keine Minderwertigkeitskomplexe, oder?«

»Wenig. Warum auch?«

Selma stellte das Glas auf die Bank und blickte über den künstlichen Fluss hinweg auf die Ruine der Kaiser-Wilhelm-Gedächtniskirche. Sie wandte sich nach links. Täuschte sie sich oder wurden sie von Weitem beobachtet? Diese Gestalt da hinten …

Meine Güte, jetzt leide ich schon unter Verfolgungswahn.

Sie nahm den letzten Schluck aus ihrem Glas und sagte: »Also, es gibt am anderen Ende noch ein Vogelhaus. Und dann muss ich auch bald wieder zurück und Fabi abholen.«

»Ja«, nickte Gaston und sammelte seine Sachen ein, »gehen wir weiter zu dem Vogelhaus. Aber bevor wir uns trennen, müssen wir unbedingt überlegen, wie es mit dem Goldzettel weitergeht. Ich muss mehr über den rätselhaften Satz erfahren. Wissen Sie, ich habe das Gefühl, dass wir einer sehr heißen Sache auf die Spur kommen. Ich werde alle möglichen schriftlichen Quellen über Simon Petrus durchforsten. Kirchenväter und so weiter.«

»Und was kann ich dabei tun?«

Er sah sie ein wenig besorgt an. »Passen Sie auf sich auf. Und ein bisschen im Neuen Testament über Simon Petrus lesen, würde auch nicht schaden. Natürlich nur aus rein historischem Interesse. Sie bekommen dann wenigstens eine Vorstellung von ihm.«

Sie gingen schweigend weiter. Selma blickte sich zweimal um.

»Meine Handynummer haben Sie ja, wenn irgendetwas ist. Ich werde zusehen, dass ich es immer angeschaltet lasse.«

»Damit Sie Ihre Frau erreichen kann.« Sie sagte es spontan, ohne viel darüber nachzudenken.

Er blickte sie von der Seite an. »Vielleicht. Aber ich mache mir da keine Hoffnungen. Sie scheint mit dem Neuen ziemlich glücklich zu sein. Ich war ihr wohl etwas zu langweilig.«

Selma spürte eine kleine Verbitterung bei seinen letzten Worten.

»Ich finde Sie jedenfalls überhaupt nicht langweilig.«

»Und warum nicht?«

»Warum nicht? Warum nicht? Das kann ich gar nicht so genau sagen. Nur ein Gefühl.«

Plötzlich sagte sie leise: »Lassen Sie sich nichts anmerken. Ich glaube, wir werden verfolgt. Aber ich kann sein oder ihr Gesicht nicht erkennen.«

»Was? Sind Sie … sicher?«

»Nicht umdrehen!«

Gaston bückte sich und tat so, als ob er seinen Schuh zubinden würde. Dabei riskierte er einen schnellen Blick nach hinten.

Als er sich wieder aufrichtete und weiterging, sagte er: »Ich habe niemanden gesehen.«

»Vielleicht bilde ich mir das auch nur ein.«

»Alors, es ist auf jeden Fall gut, dass wenigstens Ihr Schloss ausgetauscht wird.«

Selma zuckte die Schultern. »Auch dieses Schloss kann man irgendwann knacken.«

Sie gingen schweigend weiter.

»Dann legen Sie doch einen Zettel in die Wohnung und schreiben Sie darauf: *Was Sie suchen, ist nicht mehr da.*«

Selma schüttelte den Kopf. »Sie haben vielleicht Nerven. Dann wird er mich erst recht verfolgen und mich ausquetschen. Vielleicht schlafen Fabi und ich besser ein paar Tage bei meiner Freundin Clara.«

Sie sah auf die Uhr. »Ich muss jetzt los, Sie können ja noch allein zu dem Vogelhaus.«

Sie gaben sich die Hand und Selma ging mit großen Schritten zum Ausgang, ohne sich umzusehen.

Während sie die beiden großen Elefanten aus Stein hinter sich ließ, um die S-Bahn-Station zu erreichen, flogen wie in einem Film die Eindrücke der letzten Stunden an ihrem inneren Auge vorbei: das unbeschwerte Reden mit Gaston, obwohl es erst so peinlich war, ihr Erschrecken, dass sie von jemandem verfolgt wurde, und das unbestimmte Gefühl, in etwas Wichtiges verstrickt zu werden.

Sie sah auf die Uhr und war erleichtert. Den Kindergarten würde sie auf jeden Fall noch rechtzeitig erreichen. Es war ihr peinlich, zu spät zu kommen und sich bei den Erzieherinnen zu entschuldigen, die wegen ihr warten mussten.

Ach, in was bin ich da hineingeraten! Soll ich wirklich zu meiner Freundin umziehen?

Nein, ich werde erst mal abwarten, wie es ist, wenn das neue Schloss angebracht worden ist. Dann kann ich immer noch …

Oder kann man Polizeischutz beantragen? Aber die sind doch sicher personell unterbesetzt. Und wegen so einer vagen Vermutung würden die doch nicht einen Mann abstellen.

Als sie nach der Fahrt aus dem dunklen S-Bahn-Gebäude trat, musste sie mit den Augen blinzeln, weil das Licht so hell war, und für eine Sekunde war sie orientierungslos. Aber das war nur kurz so. Gleich darauf wusste sie wieder, wo sie war, und ging mit raschen Schritten in die Richtung des Kindergartens.

19

JERUSALEM, RAMAT ESCHKOL, 29. MAI

Die Hitze hatte den Höhepunkt überschritten und zog sich allmählich aus den Straßen zurück, sodass man ohne Schweißausbrüche durch die Stadt gehen konnte. Der Schabbat war vorbei und das übliche Leben pulsierte wieder in den Straßen. Nur die kleine Gruppe der Christen feierte ihren Sonntag.

Der Himmel hatte eine wässrig blaue Farbe angenommen und ließ die Baumkronen an den Straßenrändern und die Oleanderbüsche grün aufleuchten, wenn sie nicht von rötlich grauem Straub bedeckt waren.

Inspektor Gavriel Elieser hatte den kurzen Stau hinter sich gelassen und fuhr nun durch das Viertel, in dem er wohnte: Ramat Eschkol, nördlich der Altstadt in der Nähe der Polizeischule.

Seine Hände und Füße verrichteten mechanisch die Bewegungen, die zum Fahren notwendig waren, während Gavriels Gedanken ihre eigenen Wege gingen. Er freute sich schon auf zu Hause, auf das Abschalten von der täglichen Tretmühle, auf einen Plausch mit Chawa.

Die Ramat-Hagolan-Straße war ziemlich zugeparkt, aber ein paar Schritte von seinem Haus entfernt fand er noch eine winzige Lücke.

»Es ist eine Schande, dass ich keinen eigenen Parkplatz

oder eine Garage habe«, murmelte er und parkte seinen Wagen mit dem Vorderreifen auf dem Bürgersteig.

Als er im ersten Stock die Wohnungstür aufschloss, merkte er an der seltenen Stille, dass wahrscheinlich niemand in der Wohnung war. Keine treu sorgende Ehefrau würde ihm etwas zu essen kochen.

Er blickte in die Küche und fand einen Zettel.

»Schalom, Gav. Heute musst du dir dein Essen von der reizenden Mikrowelle erwärmen lassen. Sie sieht zwar nicht so gut aus wie ich, aber sie meint es auch gut mit dir. Ich bin bei dem Komitee, das Debs Hochzeit vorbereitet. Bis später, C.«

Elieser machte die Fenster auf, weil sich in der Wohnung die Hitze vom Tag gehalten hatte, und blickte aus dem geöffneten Fenster nach draußen. Entfernter Autolärm von der Levi-Eschkol-Straße drang zu ihm herauf, aber es klang eher beruhigend, wie das Rauschen des Meeres.

»Da hat man einen anstrengenden Tag hinter sich, kommt nach Hause und muss sich selbst sein Essen aufwärmen.«

Er füllte sich von dem gegrillten Lamm und dem Reis etwas auf einen Teller und schob ihn in die Mikrowelle.

Aber auch wenn er sich jetzt beklagte, wusste er genau, dass seine Frau Chawa ihn normalerweise gerne bekochte und dass es nur gelegentlich vorkam, dass sie ihm etwas zum Aufwärmen hinstellte.

Er hätte es nicht gewagt, sich in ihrer Gegenwart zu beklagen, denn dann hätte er eine Chawa erlebt, die ihm mit vor Zorn sprühenden Augen eine Standpauke gehalten hätte, die garantiert mit den Worten enden würde: »Ich opfere mich für dich auf, gebe meinen mageren Leib her, um Söhne für dich zu gebären, halte die Wohnung in Schuss, mühe mich mit den Kindern ab und du kommst hier herein und lässt dich bedienen!«

Gavriel lächelte unwillkürlich, als er sich diese Szene vorstellte. Er wusste genau, was er an seiner Chawa hatte.

Soll sie also ruhig zu diesem Komitee gehen, um für ihre Nichte die Hochzeit zu planen. Wie heißt doch gleich der glückliche Ehemann? Richtig: Joram. Ich glaube, er hat zurzeit am Checkpoint in Hawara Dienst.

Die Mikrowelle klingelte, Gavriel holte sich den heißen Teller heraus, machte eine Flasche Bier auf und setzte sich an den Küchentisch, auf dem halb ausgebreitet die heutige Zeitung lag.

Nach dem Essen fühlte er, wie ihn eine heftige Müdigkeitswelle überrollte. Vielleicht war auch das Bier schuld daran. Er zog seine Schuhe aus und legte sich auf die Wohnzimmercouch.

Als er Geräusche an der Tür hörte, schreckte er auf. Hatte er geschlafen?

Vermutlich schon. Auf dem Flur hörte er schon Chawas Stimme. Sie riss die Tür auf, kam zu ihm und drückte einen flüchtigen Kuss auf seine Lippen.

»Na? Kurz weggedämmert?«

»Ja, ich denke schon.«

»Es war heute ganz schön schwül. Ich kann mir noch gar nicht vorstellen, wie es in zwei Monaten sein wird. Du hast schon gegessen, wie ich gesehen habe.«

»Das Essen war gut«, sagte Gavriel und fuhr sich durch seine Haare.

»Ich brauche jetzt dringend einen Kaffee«, sagte sie.

Während sie die Espressomaschine bediente, setzte sich Gavriel in die Küche und hörte dem gleichmäßigen Redefluss seiner Frau zu, die von der schwierigen Aufgabe erzählte, das richtige Brautkleid für Deborah auszusuchen, vom Blumenschmuck, dem Baldachin und davon, dass man für die Zeremonie auf keinen Fall Rabbi Mendel nehmen sollte, weil er viel zu alt sei und manchmal die Worte verwechselte.

Elieser schloss zwischendurch die Augen und dachte, dass es guttat, diesen ungefährlichen, harmlosen Dingen zuzuhören, die so ganz anders klangen als das, womit er sich täglich herumschlug.

Der Kaffee war fertig. Chawa setzte sich zu ihrem Mann, stellte ihm auch eine Tasse hin und fragte: »Und wie war's bei dir, Gav?«

»Wenig Erfreuliches. Viel Routine. Beschwerden, weil sie die Straße am Jaffator aufreißen und die Taxis nicht parken können. Dann ein paar jugendliche Diebe. Beschaffungskriminalität und ungelöste Fälle. Aber wir haben ja jetzt die Abteilung für Jugendliche. Das entlastet uns. Na ja, und die Unruhen bei den Umbaumaßnahmen am Tempelplatz, die regelmäßig jedes Jahr kommen, wenn die Baufirma beginnt, haben immer noch Nachwirkungen. Obwohl das Bauen wieder eingestellt wurde. Irgendwann wird die Behelfsbrücke zusammenbrechen.«

»Aber es passiert doch nichts Verbotenes, wenn eine Brücke repariert wird. Die Baustelle ist schließlich immer außerhalb des Tempelplatzes.«

»Klar. Israel hat das Recht, die Rampe neben der Holzbrücke zu befestigen. Und wenn man schon dabei ist, den Boden aufzureißen, sind die Archäologen auch gleich da. Hier ist ja jeder Kieselstein archäologisch verdächtig.«

»Wovor haben sie Angst?«

»Die Moslems haben angeblich Angst, dass wir wie die Maulwürfe den Untergrund unter der Al-Aksa-Moschee aufwühlen und dass sie das zum Einsturz bringen könnte. Es ist das gleiche Theater wie jedes Jahr.«

»Meine Güte!«

Er trank einen Schluck. »Du glaubst gar nicht, wie erholsam es für mich ist, von einer ganz normalen Hochzeit zu hören.«

»Ganz normale Hochzeit? Ich bitte dich! Deb ist im sechsten Monat. Aber das ist nicht das Schlimmste. Es hat einen Streit gegeben, weil ein Onkel behauptet hat, das Kind sei gar nicht von Joram und er solle einen Vaterschaftstest beantragen. Du kannst dir vorstellen, wie Joram geschäumt hat. Er wisse wohl selbst, wer seine Frau geschwängert hat. Er kenne den Mann persönlich. Denn er sei es selbst und sonst niemand. Und der Onkel solle mal lieber selbst einen Test machen. Und so weiter.«

Gavriel grinste. »Trotzdem. Die Vorbereitungen für eine Hochzeit sind einfach etwas Schönes.«

Er wollte gerade nach dem Examen seines Sohnes fragen, da klingelte sein Diensthandy. Er holte es aus der Jackentasche im Flur und drückte auf den Kopf.

»Ja?«

»Bist du es, Chef? Hier ist Noemi, dein persönlicher Sergeant.«

»Natürlich bin ich es. Wer soll es sonst sein! Was ist los?«

»Hör zu, wir haben einen Mann festgenommen, der sich im jüdischen Viertel herumgetrieben hat und etwas unförmig aussah, als ob er irgendwelche Munition unter der Jacke tragen würde. Jemand hat ihn darauf angesprochen und er ist sofort abgehauen. Die Leute haben ihn verfolgt und ihn zwischendurch aus den Augen verloren. Dann ist er wieder aufgetaucht und war schlanker als vorher. Jemand hat ihn erkannt und uns alarmiert. Als wir ihn schließlich hatten, war nichts mehr unter seiner Jacke. Entweder hat er das Zeug unterwegs versteckt oder die Leute haben es sich eingebildet. Er sitzt im Büro. Was sollen wir mit ihm machen?«

Gavriel seufzte und Noemi fuhr fort: »Klingt jedenfalls für

mich verdächtig. Warum läuft er weg, wenn er ein reines Gewissen hat?«

»Steckt ihn in eine Zelle«, sagte Gavriel, »aber gebt ihm vorher etwas zu essen und zu trinken. Er soll sich satt essen. Das beruhigt. Ich kümmere mich morgen um ihn.«

»Aber Chef, sollen wir nicht auch das Viertel absuchen nach dieser Munition? Dann hätten wir etwas in der Hand ...«

»Das ist zu spät, Noemi. Der Aufwand lohnt nicht. Falls du etwas findest, kannst du nicht beweisen, dass es ihm gehört.«

»Dann bringen wir eben die Leute in Verlegenheit, bei denen so ein Sprengstoffgürtel gefunden wird. Es ist schließlich illegal.«

»Sie werden sich herausreden und empört sein, dass so etwas bei ihnen gefunden wurde. Außerdem kannst du davon ausgehen, dass ihr nichts findet.«

»Man könnte sie unter Druck setzen.«

»Erkenne ich da Folterungsgelüste bei dir?«

»Chef, ich hasse diese Leute!«

»Was steht übrigens in den Papieren von dem Mann? Nationalität?«

»Er ist Israeli, ein arabischer Israeli aus Herzliah.«

»Pass auf, Noemi. Behandelt ihn super freundlich. Seid höflich zu ihm, zuvorkommend ...«

»Bist du verrückt? Ich könnte dem Kerl in den Arsch treten. Du hättest mal sehen sollen, wie er mich angestarrt hat.«

Elieser lachte. »Meine Güte, du bist eine Frau, hast du das vergessen?«

»Aber warum diese übertriebene Höflichkeit?«

»Psychologie im Alltag. Das wird ihn verwirren, weil er etwas anderes erwartet. Es wird ihn weichkochen. Morgen werde ich ihn dann härter anfassen. Vielleicht bringt er uns auf eine Spur. Aber ich vermute, wir werden eher auf einen

Packen Pornohefte stoßen oder auf persisches Rauschgift, das ist gerade wieder im Umlauf.«

»Na ja, bis morgen, Chef.«

»Bis morgen.«

Elieser drückte auf den Knopf und legte das Telefon auf den Tisch.

»Wieder so ein Verrückter?«, fragte Chawa über ihre Tasse hinweg.

»Kann sein. Man merkt, dass die Leute in der Stadt immer misstrauischer werden bei jungen Männern mit ausgebeulten Jacken. Das ist gut so.«

»Es soll aber auch Männer geben, die aus anderen Gründen ausgebeulte Jacken tragen«, sagte Chawa und klopfte ihrem Mann vielsagend auf seinen Bauch.

20

BERLIN, SCHWESTERNSTATION, 30. MAI

Unglaublich, wie laut die Vögel morgens schon singen, obwohl es nieselt.

Selma klappte ihren Regenschirm zusammen und öffnete die Tür zur Schwesternstation, die um diese Zeit nicht abgeschlossen war, weil dauernd Leute kamen und gingen.

Es war ihr erster Tag. Sie sollte ja nur mitfahren und trotzdem war sie aufgeregt. Wie würden die Kolleginnen sie aufnehmen? Wie würde sie überhaupt mit der Hauspflege zurechtkommen? Bisher hatte sie nur im Krankenhaus gearbeitet. Hauptsächlich auf der Chirurgie.

»Guten Morgen! Du bist Selma, oder?« Eine junge Frau mit kurzen schwarzen Haaren und weißer Kleidung gab ihr die Hand und unterbrach Selmas Überlegungen.

»Hallo. Ja, ich bin Selma.«

»Ich heiße Uta.« Sie drehte sich um. »Unsere Chefin hast du ja schon kennengelernt.«

Eine Frau, die keine weiße Arbeitskleidung trug und deren Gesicht Selma gleich erkannt hatte, gab ihr die Hand und wünschte ihr alles Gute für den ersten Tag.

»Tja, Selma«, sagte Uta. »Wir fahren dann heute zusammen.«

»Okay.«

Sie ging in einen anderen Raum und rief: »Komm rüber, ich erklär dir, wie die Sachen hier so laufen.«

Selma sah im Vorbeigehen einen PC-Platz und betrachtete flüchtig vier Zettel, auf denen sich Schwesternschülerinnen vorstellten. Auf einem Regal stand ein Korb mit Geschenken. Wahrscheinlich für die Patienten, die in den nächsten Tagen Geburtstag hatten, vermutete sie.

Uta blickte auf eine riesige Tafel mit vielen Steckplätzen.

»Das ist unsere wichtigste Wand«, erklärte sie. »Dort siehst du die Schwestern mit Namen und Bild und darunter die Namen der Patienten für deine Tour.«

Sie setzte sich an einen kleinen Schreibtisch und schlug ein Buch auf.

»Das ist unser Übergabebuch. Sollte man vorher unbedingt lesen. Hier!« Schwester Uta hob eine bunte Wäscheklammer mit Nummer hoch. »Das ist meine Klammer. Wenn sie nicht an der Tafel auf meinem Namen steckt, hat sie irgendwas im Maul, was für meine Tour wichtig ist.«

Selma nickte anerkennend. »Gut organisiert.«

»Klar!«, meinte Uta. »Sonst wäre das hier ein einziges Chaos.«

»Und das hier«, sie wies auf einen Kasten an der anderen Wand, »ist unser Schlüsselkasten. Viele von unseren Patienten können nicht selbst aufmachen und es ist auch sonst niemand im Haus.«

Sie suchte nach bestimmten Schlüsseln und nahm sie ab.

»Wenn du die irgendwo liegen lässt, womöglich in einer Wohnung von einer Bettlägerigen, ist das eine mittlere Katastrophe. Ich mach nur eben noch meine Mappe mit den Papieren zurecht.«

»Was für Papiere?«

»Hauptsächlich Dokumentation. Jede winzige Handlung müssen wir eintragen für die Krankenkasse und die Pflegeversicherung.«

Zehn Minuten später fuhren sie los mit einem der geleasten Wagen, die auf dem Parkplatz standen.

»Endlich regnet es mal wieder, obwohl dieser Nieselregen nicht viel bringt«, meinte Uta und fügte übergangslos hinzu: »Du bist alleinerziehend, hab ich gehört?«

Selma nickte. Die Frage hatte sie schon befürchtet. »Ja. Mein Mann ist Alkoholiker. Hab es einfach nicht mehr ausgehalten. Ich ... ich finde es toll, dass ich hier mit der abgespeckten Frühschicht beginnen kann. Ich wüsste nicht, was ich um sechs Uhr mit Fabian machen sollte.«

»Dein Sohn?«

»Ja.«

»Wie alt?«

»Fünf.«

»Nettes Alter.«

»Hast du auch Kinder?«, fragte Selma.

»Ja, zwei. Sie gehen beide in den Kindergarten. Mein Mann hat seine Firma gleich um die Ecke und kann sie hinbringen und abholen, wenn ich in der Frühschicht bin.«

»Tja, da bist du ja glücklich dran.«

Uta hob die Schultern und murmelte: »Ja, dann muss ich wohl glücklich sein.«

Selma lachte. »Na, so überzeugend hört sich das aber nicht an.« Sie erschrak über ihre eigene Bemerkung. Das war vielleicht etwas zu intim.

Ihre Fahrerin sagte zuerst nichts, dann drehte sie sich zu Selma um und meinte: »Wann sind wir Frauen jemals mit einem Mann rundherum zufrieden?«

Selma fiel nicht gleich etwas ein und so sagte sie nichts, bis ihr noch eine dienstliche Frage kam: »Hast du auf deiner Tour auch Schwerkranke mit Finalpflege?«

»Ja schon. Eine Frau war darunter, die heute nicht mehr auf meinem Plan steht. Ich dachte, dass ich sie vielleicht noch sehe. Aber na ja ... Weißt du, sie war ... wie soll ich sagen ... eine nette Dame. Obwohl sie kaum mehr ansprechbar war, machte sie auf mich so einen ... einen rührenden Eindruck. Aber das kennst du sicher auch aus dem Krankenhaus.«

Selma nickte und erinnerte sich an ihre Lieblingspatientin, die an einem dienstfreien Wochenende gestorben war.

Der Wagen fuhr jetzt langsamer und hielt schließlich vor einem Haus.

»Ach ja, bevor ich es vergesse«, sagte Uta, »wenn du siehst, dass dein Tourenplan gesprengt wird, weil es irgendwo länger dauert, musst du die folgenden Patienten anrufen, die werden sonst nervös. Aber eine Viertelstunde ist immer drin.«

Sie rieb sich die Hände mit einem Desinfektionsmittel ein.

Selma stieg aus und warf die Tür zu.

»Übrigens«, sagte Uta. »Keine Zentralverriegelung.«

Als die beiden Frauen vor der Tür standen, wurden sie schon erwartet und mussten nicht einmal klingeln.

»Frau Erdmann, ich glaube, Sie haben mich schon erwartet?«

»Ja, natürlich. Ich habe ...« Frau Erdmann stockte, als sie Selma bemerkte.

»Das ist Frau Ravenberger. Sie begleitet mich heute auf der Tour und leider machen wir jetzt Ihren Flur dreckig.«

Die alte Frau winkte ab. »Ach, das macht doch nichts. Meine Schwiegertochter wischt das nachher auf. Und die paar winzigen Spuren kann man gar nicht ernst nehmen.«

Selma gab der alten Dame die Hand, die ihnen in das dunkle Haus voranging, das unglaublich vollgestellt war mit

Sachen, die für Frau Erdmann wahrscheinlich einen großen Erinnerungswert hatten.

Vielleicht besitzt sie auch einen Familienschmuck, der eine geheime Botschaft enthält? Ein vergilbtes Pergament mit den Worten: Bitte räume dein Zimmer auf! Nein, nicht so trivial, vielleicht: Wer viel hat, muss viel Staub wischen? Und das Ganze dann auf Altpersisch.

Eine Katze schlich an ihnen vorbei und ließ sich auf dem breiten Fensterbrett nieder.

Während Selma hinterherging und den Geruch von etwas Muffigem wahrnahm, klangen ihr immer noch die Worte von Uta im Ohr, von ihrem Mann, der sie zu Hause unterstützte. Stimmte das wirklich, dass es kaum Frauen gab, die mit ihrem Mann oder Partner jemals ganz zufrieden waren? Hatte sie vielleicht zu hohe Erwartungen an Ron gehabt, die ihn in den Alkohol getrieben hatten? Sie musste das einmal mit Clara besprechen, aber die würde vermutlich nur den Kopf schütteln und sagen: »Mensch Selma, fühl dich nicht dauernd für das Leid der anderen verantwortlich. Die sind schließlich selbst erwachsen.«

»Jetzt nach oben blicken, Frau Erdmann!« Selma sah, wie Uta ihrer Patientin Augentropfen gab und schaute sich dann im Zimmer um. An der gegenüberliegenden Wand hingen ein paar Bilder.

»Schon fertig«, sagte Uta und wandte sich an Selma, die vor einem Bild stehen geblieben war. »Tja, Frau Erdmann hat schon einige Reisen hinter sich: Italien, Neuseeland und Israel. Nicht wahr, Frau Erdmann?«

»Was?«

»Ihre Reisen!«

»Israel!«, schwärmte die alte Frau. »Da müssen Sie auch mal hin, Schwester Uta. So ein kleines Land und so viel zu sehen!«

»Hm. Mir ist das zu gefährlich. Vielleicht meine Kollegin?«

Selma lächelte. »Wenn mir jemand das Ticket spendiert, gerne.«

»Und dann müssen Sie mir eine Karte vom Tempelplatz in Jerusalem mitbringen. Versprechen Sie mir das?«

»Klar. Mach ich«, nickte Selma. »Aber warum gerade vom Tempelplatz?«

Frau Erdmann räusperte sich und richtete sich in ihrem Sessel auf. »Wissen Sie, das ist ein ganz besonderer Platz. Wenn dort nämlich der dritte Tempel gebaut wird, dann kommt der Messias.«

»Aha«, meinte Selma. »Na, dann wird es wohl noch ein bisschen dauern.«

»Was?«

»Schon gut. Ich bringe Ihnen eine Karte mit, aber nur, wenn mir jemand das Ticket schenkt.«

Uta griff zu ihrer Tasche.

»Tja, dann woll'n mir mal wieder.«

Die beiden Frauen verabschiedeten sich und verließen das Haus.

»Ich würde ja lachen, wenn du tatsächlich mal nach Israel fliegst«, meinte Uta.

21

BERLIN, JÜDISCHES MUSEUM, 30. MAI

Vincent war unterwegs zum jüdischen Museum in der Lindenstraße, das er unbedingt sehen wollte. Vielleicht gab es dort Bilder oder Darstellungen des alten Tempels oder der Bundeslade. Er könnte vielleicht jemanden treffen, den er für seine fantastische Idee eines Doppelheiligtums aus Moschee und Tempel begeistern konnte. Oder sollte es nicht eher ein Dreifachheiligtum werden, mit einer christlichen Kirche? Ein Abbild der Dreieinigkeit?

In den Zeitungen standen gelegentlich Artikel über den berühmten Libermannbau, der sich an das historische Gebäude wie eine Zickzacklinie anschloss.

Als Vincent aus dem Bus 248 stieg und sich dem alten Barockbau näherte, dachte er daran, wie seltsam es doch war, dass er sich seit Neuestem für diese religiösen Dinge so brennend interessierte.

Sicher, er war christlich aufgewachsen, in den USA gehörte es ja fast zum guten Ton, einen christlichen Hintergrund zu haben, aber richtig Feuer gefangen hatte er erst vor einem Jahr, als ihm aufging, was für eine gewaltige Energie in den Religionen steckte. Und er hatte angefangen, das herauszupicken, was ihn irgendwie ansprach. Es schmerzte ihn, wenn sich Leute wegen religiöser Fragen stritten, und er stellte sich eine friedliche Welt vor, in der jeder Gott so dienen konnte, wie es ihm entsprach. Er fand es aufregend, dass er bei seiner Rede neulich gespürt hatte, wie die Teilnehmer mitgegangen waren. Auch bei Iris schien er auf Interesse zu stoßen.

Vor ihm ragte eine schiefe Aluminiumplatte in den Himmel, auf der die Öffnungszeiten und andere Informationen standen. Ein kleiner roter Pfeil zeigte zum imposanten Haupteingang.

Es gab eine kleine Schlange vor der Kasse und Vincent musste sein Taschenmesser abgeben, das der Scanner in seinem Rucksack entdeckt hatte. Er kam sich vor wie auf dem Flughafen. Interessiert blieb er bei einer Tafel stehen und informierte sich, was gerade an Zusatzausstellungen angeboten wurde: Es gab etwas über berühmte Juden. Wissenschaftler, Künstler, Philosophen.

Nun, das war nicht das, was er suchte. Er würde zunächst die Dauerausstellung besuchen, die zurzeit im Libermannbau untergebracht war. Da gab es sicher eine Menge heiliger Gegenstände, die ihn inspirieren könnten.

Er ließ sich zunächst von dem Besucherstrom mitziehen und staunte über die neue Architektur, bei der es keine rechten Winkel gab. Rechts und links an den Wänden sah man die Namen internationaler Städte. Plötzlich stand Vincent vor einer Tür, die nach draußen in den *Garten des Exils* führte, und hörte bei einer Gruppe zu, die eine Museumsführerin engagiert hatte.

»Der Garten mit den Betonstehlen ist so angelegt«, sagte die junge Frau, »dass einem schlecht werden kann, weil Boden und Säulen uneben gebaut worden sind. Aber diese Desorientierung ist vom Architekten gewollt. Es sollen so die Gefühle der Exilanten nachempfunden werden.«

»Wenn sie nach oben blicken«, fuhr sie fort, »sehen Sie, dass aus den hohlen Stehlen die Zweige von Olivenweiden herauswachsen, Zeichen der Hoffnung inmitten des Grauens.«

Interessant waren nicht nur die Anlage und die Geschichte der Juden in Europa, sondern auch die Besucher selbst. Ein Mann fiel Vincent besonders auf. Er sah aus, wie er sich immer einen Rabbi vorgestellt hatte: schwarzer Anzug, das kleine Käppchen auf dem Kopf, ein weißer Bart und die Schläfenlocken an der Seite.

Vincent verlor bald das Interesse an den Gegenständen und folgte dem Alten, den es nach einiger Zeit zum Restaurant zog.

Er spürte einen leisen Hunger und nahm sich einen Sesambagel mit Salat, Humus und Thunfisch und ein Glas frisch gepressten Melonensaft.

Leider waren alle Tische besetzt und so entschloss sich Vincent, an dem Tisch des Rabbis Platz zu nehmen. Der Alte verstand ihn zuerst nicht, als Vincent fragte, ob er sich dazusetzen dürfe. Vincent probierte es mit Englisch und hatte Erfolg.

Schweigend aßen sie eine Zeitlang.

Plötzlich fing der Rabbi an zu reden und erklärte mit seinem harten Akzent, dass er zwar Deutsch verstehe und es einigermaßen sprechen könne, dass er es aber vorzöge, Englisch zu reden, aus naheliegenden Gründen. Seine Familie hätte keine guten Erfahrungen in Deutschland gemacht und er lebe mit seiner Frau in Amsterdam.

Bei dem letzten Satz blickten seine Augen starr geradeaus.

Sie kamen immer mehr ins Gespräch. Vincent merkte, dass es dem alten Mann guttat, zu reden. Er wurde noch gesprächiger, als er erfuhr, dass Vincent Deutschamerikaner war. Wie viele Juden hatte auch er Verwandte in den USA.

Nachdem Vincent sich noch einen Kaffee und ein Stück Walnusskuchen geholt hatte, fand er es an der Zeit, mit seinen eigenen Ideen herauszurücken.

»Waren Sie schon einmal in Israel?«, fragte er.

»Ja sicher!«

»Auch an der Klagemauer?«

»Natürlich.«

»Haben Sie auch die Omarmoschee besucht?«

Der Alte blickte Vincent an und hob vor Schreck die Hände, als hätte der ihn gefragt: Essen Sie Schweinefleisch?

»Nein, der Allmächtige bewahre mich davor!«

»Aber warum? Man kann doch auch andere religiöse Gebäude aufsuchen, nicht nur seine eigenen?«

Der Rabbi schüttelte über so viel Unverständnis den Kopf.

»Wissen Sie nicht, dass die Omarmoschee auf dem Platz steht, auf dem der zweite Tempel stand, den Herodes erweitert hat?«

»Ja. Die Klagemauer ist ja ein Teil dieses Tempels.«

»Genau. Und stellen Sie sich vor«, der Weißbärtige flüsterte jetzt, »wenn ich nun auf dem Tempelplatz bin, die Omarmoschee betrete und aus Versehen an die Stelle komme, wo früher das Allerheiligste war, wo die Aron Haberit, die Bundeslade mit den beiden Cherubim aus Gold, gestanden hatte, die Stelle, in der die Kawohd, die Herrlichkeit Adonais, herabkam? Ich würde den Rest meines Lebens nicht mehr glücklich werden.«

Vincent trank einen Schluck und war überrascht und beeindruckt, wie die Heiligkeit dieses Platzes den ganzen Mann erfüllte. Aber er wollte mehr darüber wissen und fragte weiter: »Aber wenn das stimmt, dann haben doch schon Tausende von Heiden das Allerheiligste berührt und entweiht.«

Der Alte hob die Hände. »Das mag sein und der Fluch des Allerhöchsten treffe sie, aber zumindest bin ich es nicht gewesen, Rabbi Joel Johnson aus Amsterdam.«

Vincent nickte, schob ein Stück Walnusskuchen in den Mund und kaute nachdenklich. Dann fuhr er fort: »Wäre es nicht schön, wenn auf dem Tempelplatz neben der Omarmoschee der dritte Tempel stehen würde, neu geweiht, und … und eine christliche Kirche dazu und wenn Moslems, Juden und Christen friedlich auf demselben Platz Gott dienen könnten und wenn sie …«

»Halt! Hören Sie auf!«, rief der alte Mann aus. »Sie machen mich verrückt!«

Vincent starrte ihn entgeistert an. Er konnte es nicht glauben, dass seine friedliche Vision derartige Reaktionen hervorrief.

»Gehen Sie weg! Gehen Sie weg. Verlassen Sie diesen Ort!« Der Mann machte eine Handbewegung, als ob er Hühner wegscheuchen würde.

Mit einem knallroten Kopf stand Vincent auf, ging an die Theke und kaufte sich noch eine Flasche Wasser, um nicht den Eindruck zu erwecken, er würde fliehen. Die Frau an der Kasse lächelte beruhigend und meinte: »Nehmen Sie es nicht persönlich, wissen Sie, diese alten Leute haben viel mitgemacht.«

»Und Sie?«, fragte Vincent. »Leben Sie schon immer hier in Berlin?«

»Schon ziemlich lange, aber davor habe ich in Israel bei Eilat gelebt.«

»Keine Sehnsucht, dahin zurückzugehen?«

»Es ist schlimm mit mir«, sagte sie und hob die Hände. »Bin ich dort, will ich wieder nach Berlin zurück. Bin ich in Berlin, will ich nach einiger Zeit wieder nach Israel.«

Vincent verließ das Museum, nachdem er sich sein Taschenmesser abgeholt hatte, und ging mit Sturmschritten zur Bushaltestelle. Als kein Bus zu sehen war und er an den Abfahrtszeiten merkte, dass er zehn Minuten warten musste, ging er zu Fuß zum nächsten Stopp weiter. Er musste sich nach dieser Erfahrung Bewegung verschaffen. Bei der Kassiererin hatte er sich nichts anmerken lassen und sich gelassen gegeben, aber jetzt, wo er allein war, kam seine Wut über den Rausschmiss durch den Rabbi wieder hoch.

Eine Unverschämtheit! Er, Vincent, wurde von einem alten Juden weggescheucht wie ein lästiges Huhn. Dabei hatte er doch nur eine friedliche Welt schildern wollen. Wahrscheinlich war der Alte leicht durchgeknallt. Klar, die Frau hatte recht: Die hatten viel durchgemacht. Die Verwandten im KZ umgekommen. Trotzdem könnte man doch ein Mindestmaß an ... an höflichen Umgangsformen erwarten.

Immer noch klangen ihm die hohen Töne des alten Rabbi im Ohr: »Verlassen Sie diesen Ort!«

Die nächste Haltestelle kam in Sicht.

Na ja, beruhigte sich Vincent. Man muss eben damit rechnen, dass eine so großartige Vision auch Feinde schafft. Jeder große Mann in der Geschichte hatte vermutlich Feinde und musste gegen Widerstände kämpfen!

22

BERLIN, SPANDAU, HOTELZIMMER, 31. MAI

Beide Vorhänge waren noch zugezogen und eine Jeans lag quer über dem Bett. Es roch nach verbrauchter Luft. Die Putzfrau ließ ihren fahrbaren Reinigungswagen stehen, ging als Erstes zum Fenster, zog die schweren Vorhänge auf und öffnete beide Flügel. Straßenlärm drang von unten herauf und Sonnenflecken lagen auf dem weißen Bettüberzug.

Mit geübtem Griff machte sie den Radiowecker auf dem Nachtisch an und suchte nach beschwingter Musik.

Sie kontrollierte die Minibar, machte sich Notizen, räumte die Kleider zusammen, faltete sie und legte sie auf den schmalen Tisch neben den Fernseher. Dann begann sie zu saugen und stellte das Radio lauter.

Als sie mit dem Saugen fertig war, kam das Bett an die Reihe.

Plötzlich hielt sie inne, ging zur Tür und schloss mit dem Generalschlüssel von innen ab.

Sie hatte den Koffer gesehen, der oben auf dem Schrank lag und ihre Neugierde weckte. Rasch zog sie die Schuhe aus, stieg auf den einzigen Stuhl und wollte den Koffer aufmachen. Aber er war abgeschlossen. Das schien sie aber nicht besonders zu erschüttern. Sie griff in ihre Kitteltasche und holte einen Bund Kofferschlüssel heraus.

Der fünfte passte.

Als sie den Koffer öffnete, war sie enttäuscht. Außer ein paar schwarzen Kleidern lagen einige eng beschriebene Papiere und ein altes Buch darin, in dem ein Zettel steckte.

»Was wird das wohl sein«, murmelte sie und nahm die Papiere in die Hand. Es waren PC-Ausdrucke, auf denen Hunderte von Namen standen, die mit Strichen verbunden waren. Dann las sie den Zettel. Sie hatte sich genau die Seite gemerkt, in der der Zettel steckte und auch wie er in dem Buch gelegen hatte. Sie hatte Übung. Nicht als Diebin. Das wollte sie nicht riskieren. Aber ab und zu einen Blick in die Privatangelegenheiten fremder Leute zu werfen, das regte sie an.

Auf dem Zettel standen genau untereinander über dreißig Adressen mit Namen, von denen einige mit Pfeilen versehen waren. »Messmer, Müller-Grundmaier, Rabens, Queltin, Meltzer, Dorna, Grevel, Gründirk, Merlott-Ravenberger ...« Alle Namen waren durchgestrichen, bis auf den letzten: Ravenberger-Schmittke, Annenstraße, Berlin.

»Komisch«, sagte die Putzfrau, »als ob man einen bestimmten Namen sucht.«

Sie legte den Zettel genau dorthin zurück, wo er in dem Buch gesteckt hatte, und las den Anfang des Buches. Eigentlich war es kein richtiges Buch. Es war eher eine gebundene Kladde, die in einer sorgfältigen, alten Handschrift vollgeschrieben war. Staunend las sie:

»Regensburg, 11. Oktober 1762
Tagebuchaufzeichnungen des Pfarrers Andreas Hermlinger

So sich nun mein Leben mählich dem Ende nahet, will ich es unterfangen, einige Geheimnisse, die mir auf dem Herzen brennen, niederzuschreiben. Da ich durch mein Beichtversprechen gebunden bin, es nicht mit meinem Munde zu thun, so thue ich es mit Gänsefeder und Tinte und werde dieses, mein Buch, so zu verstecken wissen, auf daß es nur durch die Vorsehung Gottes eines Tages gefunden werden mag.«

»Meine Güte, was ist denn das für ein fürchterliches Deutsch! Da kriegt man ja Kopfschmerzen allein vom Lesen.« Wahllos blätterte sie darin herum und achtete sorgfältig darauf, dass der Zettel nicht verrutschte.

»Und jetzt kommen auch noch seltsame Buchstaben. Sieht aus wie ein Geheimnis«, murmelte sie. »Ah, hier ist die Übersetzung: ›Er nahm ein Kind und stellte es in die Mitte und dieses Kind …‹«

Sie wollte sich gerade in dieses Geheimnis weiter vertiefen, da hörte sie, wie jemand die Türklinke herunterdrückte.

Rasch legte sie das Buch in den Koffer zurück, klappte den Deckel zu, verschloss das Ganze, kletterte vom Stuhl und stellte ihn neben den Schreibtisch. Dann ging sie zur Tür und öffnete.

»Ach, schon wieder abgeschlossen, Denny?« Die Kollegin drohte scherzhaft mit dem Finger. »Was tust du denn allein im Zimmer?«

Denny, die Putzfrau, wurde rot.

»Was du wieder denkst. Hier ist nichts als ein Kleiderkoffer.«

»Woher weißt du denn, was in dem Koffer ist?«, lachte die andere.

Denny drehte sich um, damit ihre Kollegin ihre Unsicherheit nicht sah, und sagte nur: »Man braucht nicht in die Koffer reinzusehen, wenn man wissen will, was drin ist! Willst du was Bestimmtes?«

»Nachher ist Putzparty im Raucherzimmer, gegen halb zwei, wenn wir durch sind.«

»Ach ja, Anja hat Geburtstag. Was schenken wir ihr?«

»Du brauchst dich nur zu beteiligen: schwarze Unterwäsche!«

»Wie originell!«

23

BERLIN, ANNENSTRASSE, 31. MAI

Selma kam vom Einkaufen und hatte Fabian dabei. Die Tüten waren schwer und sie war froh, dass sie endlich vor der Tür stand.

»Mama?«

»Ja.«

»Warum haben die Männer ein anderes Schloss da drangemacht?«

»Aber Fabi, das hab ich dir doch schon erklärt.«

Sie suchte nach dem Schlüssel. »Weil es kaputt war und nicht mehr richtig ging.«

»Aber ich hab es nicht kaputt gemacht.«

»Nein. Manchmal gehen Sachen eben von selbst kaputt.«

Die Tür ging auf und sie traten in den Flur. Selma blickte auf die Uhr: halb sieben. Also: Abendessen, Fabi zu Bett bringen, sich mit Hauspflege beschäftigen und nacharbeiten und vielleicht noch ein bisschen lesen.

Ihr neues Hobby: sich mit einem zweitausend Jahre alten Mann, der Schimon Käfas hieß, zu beschäftigen. Hätte man ihr das vor ein paar Wochen gesagt, hätte sie sich an die Stirn getippt.

»Mama?«

»Ja?«

»Machst du mir einen Brei?«

»Einen Brei? Aber das hast du doch schon lange nicht mehr gegessen?«

»Weißt du, so einen … einen Kiesbrei.«

Selma lachte. »Griesbrei. Also gut, du kannst ja schon mal deinen Schlafanzug anziehen. Okay?«

Fabian trottete in sein Zimmer, während Selma im Küchenschrank nachschaute, ob noch eine Packung Gries da war. Tatsächlich! Und mit Kuli stand sogar noch das Rezept darauf: Ein Liter Vollmilch, sechs Esslöffel Zucker, sechs gehäufte Esslöffel Gries. Rühren und zum Kochen bringen.

»Na, dann werde ich heute auch mal einen Griesbrei essen.«

Als sie den Tisch gedeckt hatte und der fertige Griesbrei auf dem Untersetzer stand, ging sie in Fabians Zimmer und seufzte. Er hatte es in der Zwischenzeit geschafft, einen einzigen Socken auszuziehen. Wenn sie nicht von anderen Müttern gehört hätte, dass Kinder manchmal beim Ausziehen vor sich hinträumten, hätte sie zu viel gekriegt.

Ohne viel zu sagen, half sie Fabian beim Aus- und Anziehen und schaute, als sie am Tisch saßen, mit Erstaunen zu, wie ihr Sohn, der bisher alles Babyhafte verachtete, plötzlich wieder Griesbrei aß.

»Mama?«

»Ja.«

»Der … der Griesbrei schmeckt nach diesen braunen Bonbons.«

»Ja, ich weiß, er ist ein bisschen angebrannt und schmeckt nach Karamell.«

»Kannst du ihn immer ein bisschen anbrennen lassen?«

Das Zubettbringen war schön, wenn man nicht unter Zeitdruck stand.

Als Fabian endlich ruhig geworden war und sie seine regelmäßigen Atemzüge hörte, ging sie in die Küche, holte sich ein Glas Saft und ihre Notizen von den ersten beiden Tagen

Hauspflege und arbeitete nach, was sie noch nicht verstanden hatte. Zum Glück war Uta, mit der sie die Tour machte, nicht genervt, wenn sie zu viel fragte.

Zwischendurch gähnte Selma und die Wörter auf ihrem Zettel und in dem Buch verschwammen manchmal.

Als sie genug getan hatte, stand sie auf und holte sich die Bibel, die sie sich gestern gekauft hatte, um weiterzulesen.

Bisher hatte sie mitbekommen, dass dieser Schimon, der ein Fischer war, in einem Ort am See mit dem exotischen Namen *Kafarnaum* wohnte. Sie hatte auf der Karte, die es in manchen Bibeln gab, nachgeschaut und den Ort am nördlichen Teil des Sees Genezareth entdeckt. In einem Lexikon erfuhr sie, dass man die Trümmer von Kafarnaum bis heute besichtigen konnte.

Das Lesen in der Bibel war eigentlich ganz interessant. Die Geschichten waren kurz und knapp. An einige erinnerte sie sich noch aus dem Religionsunterricht.

Dieser Apostel Petrus war irgendwie ein Draufgänger. Er gab an, preschte vor, war hitzig und impulsiv und dann rutschte ihm das Herz in die Hosen oder eher in sein Gewand.

Ob es damals schon Unterhosen gab?

Selma blätterte weiter, las ein paar Szenen, die in Kafarnaum spielten, und hielt plötzlich inne. Aber das war doch … Sie las den Abschnitt noch einmal, holte das Papier, auf dem die halbe Übersetzung des goldenen Zettels stand, und murmelte, was Gaston schon herausgefunden hatte:

Er nahm ein Mädchen … in die Mitte. Und dieses Mädchen … b… Schimon Käfas ben Jona … du …. zer Schimon.

Sie grübelte und murmelte dann: »Es könnte doch sein, dass …«

Plötzlich griff sie zum Telefon und wählte Gastons Nummer. Es klingelte fünfmal, bis er den Hörer abnahm.

»Ja? Gaston Lemaire?«

»Ich bin's, Selma.«

»Ah, Selma. Was verschafft mir die Ehre Ihres …«

»Schimon Käfas«, unterbrach sie ihn. »Ich habe etwas herausgefunden. Haben Sie eine deutsche Bibel zur Hand?«

»Ah, Sie entwickeln sich zu einer Bibelleserin?«

»Aus rein historischem Interesse.«

»Naturellement. Was haben Sie herausgefunden?«

»Ich habe dieses Kind gefunden. Passen Sie auf. Der Heimatort von Schimon ist doch Kafarnaum, oder?«

»Ja.«

»Wie Sie sicher wissen, gibt es eine Szene, in der Jesus ein Kind in die Mitte der Jünger stellt, um ihnen so etwas wie kindliche Bescheidenheit klarzumachen uns so weiter. Also: *Er nahm ein Mädchen und stellte es in die Mitte*, müsste es dann heißen.«

»Ja, das ist bekannt und ich habe inzwischen auch angenommen, dass sich dieser Zettel darauf bezieht und diese Stelle ergänzt.«

»Na gut. Und diese Szene spielt ja in Kafarnaum.«

»Wirklich?«

»Ja. Schlagen Sie mal auf, Matthäus achtzehn am Anfang des Kapitels.«

Selma hörte irgendwelche Geräusche und dann die Stimme Gastons: »Hier steht nur, dass die Jünger zu Jesus hinzugetreten sind.«

»Ja, aber das Kapitel vorher spielt in Kafarnaum und deshalb wäre es doch logisch, wenn die nächste Szene auch dort spielt, oder?«

»Könnte man annehmen, ist aber nicht zwingend, weil die Reden Jesu später zusammengestellt wurden. Es war ja kein Protokollant dabei.«

»Na schön, aber im Kapitel neunzehn wird ausdrücklich erwähnt, dass Jesus von ... Gali ... Galiäa weggeht.«

»Galiläa, ja. Er könnte sich aber auch vorher in einem anderen Ort in Galiläa aufgehalten haben. Was wollen Sie denn jetzt überhaupt sagen?«

Selma bekam eine steile Falte auf der Stirn. »Sie bringen mich ganz durcheinander.«

»In welcher Hinsicht?«

»Ist doch egal. Jedenfalls, wenn man annimmt, dass diese Kinderszene in Kafarnaum spielt, und wenn Simon, ich nenne ihn jetzt Simon, also wenn er in Kafarnaum wohnte, ist es doch logisch, dass Jesus und seine Jünger öfter bei ihm zu Hause übernachtet haben oder zum Essen eingeladen waren, oder?«

»Ja, das kann wohl sein.«

»Was liegt da näher, als dass Simons Kinder dort herumgewuselt sind und Jesus eines dieser Kinder an die Hand nahm und es in die Mitte stellte. Ausgerechnet ein Mädchen! Simons Kinder kannten ihn ja. Und dann hat er seine Worte von der kindlichen Bescheidenheit gesagt. Dieses Kind, das Jesus in die Mitte der Jünger stellte, könnte doch eine Tochter Simons gewesen sein, oder nicht?«

»Ja, gut, das könnte sein, er war schließlich verheiratet, aber das ist ja nun nichts Neues. Sie haben nur Kind und Tochter zu einer Person gemacht. Und die Worte geben das auch her. He! Das ist gut. Augenblick mal, das bedeutet dann ... also ... genau! Dieser einsame Buchstabe *b* wäre dann der Anfang des aramäischen Wortes für *bat*.«

»Und was bedeutet *bat*?«

»Tochter oder Mädchen. In diesem Fall eine bestimmte Tochter.«

»Sehen Sie, ich bin gar nicht so dumm.«

»Das habe ich auch nie behauptet.«

»Okay. Jetzt kommt meine These: Es kann eigentlich nur heißen: *Und dieses Mädchen war ich: Tochter des Schimon Käfas ben Jona.* Mit anderen Worten: Die Tochter des Simon hat, als sie alt wurde, auf diesen Goldzettel geschrieben, dass sie dieses Kind war und dass sie eine Tochter Simons ist. Und wenn nun dieser Schmuck von der Mutter auf die Tochter immer weitergegeben wurde über zwei Jahrtausende und ich ihn besitze, dann ...«

Gaston schwieg am anderen Ende der Leitung. Dann räusperte er sich und sagte: »Frau Ravenberger, das wäre ungeheuerlich. Und«, er zögerte, »die letzten Worte ... Augenblick mal ... also *antá*, dieses betonte *du,* das haben wir schon übersetzt und ... Hm, tatsächlich, dann könnte der letzte Teil des Satzes lauten: *Und du bist ein Nachkomme, ein Zera, von Simon.* Also: Du, der du das besitzt und liest. Und dann heißt ... Dann ... dann heißt der ganze Satz: *Er nahm ein Mädchen und stellte es in die Mitte und dieses Mädchen war ich, Tochter von Schimon Käfas, Sohn des Jona. Und du bist ein Nachkomme von Schimon.*« Gaston schwieg und wiederholte leise: »Und du bist ein Nachkomme von Schimon ...«

Auch Selma schwieg, weil ihr anfänglicher Verdacht sich zu bestätigen schien. Ihr wurde schwindlig und sie setzte sich.

»Diese Sätze«, fuhr Gaston fort, »hat also jemand geschrieben, der Jesus noch persönlich gekannt hat, eine Tochter Simons. Das ist ... das ist ... eine Sensation. Und ich telefoniere wahrscheinlich gerade mit einer Ur-ur-ur-und-so-weiter-Enkelin des Apostels Petrus.«

»Amen«, sagte Selma.

Gastons Stimme klang etwas kratzig, als er fortfuhr: »Ich ... kann das kaum glauben und werde alles noch mal nachprüfen, vor allen Dingen, ob die gefundenen Wörter auch wirklich in die Lücken des beschädigten Textes passen. Ich … ich ruf di… Sie zurück.« Er legte auf.

Selma konnte nicht sitzen bleiben, sondern stand auf und ging hin und her.

Was für ein Gedanke! Ausgerechnet ich, eine getrennt lebende, alleinerziehende Mutter, die mit dem Glauben nicht viel im Sinn hat und nur einmal im Jahr einen Gottesdienst besucht, ich soll ein Nachkomme des Simon Petrus sein? Eine Nachkommin eigentlich. Wenn das stimmt, dann …

Das Telefon klingelte. Selma drückte hastig auf den Knopf. Ohne Überleitung sagte Gaston mit tonloser Stimme: »Die … die Wörter passen genau in die Lücken. Mein Gott, ich fasse es immer noch nicht. Aber ich … ich muss noch eine zusätzliche Analyse der Buchstaben vornehmen und sie mit anderen Texten aus der Zeit vergleichen, ob auch wirklich ein Betrug ausgeschlossen ist. Ich rufe Sie morgen früh noch mal an.«

Er legte auf und Selma hielt verwundert den Hörer in der Hand. Kein Abschied, kein Dank.

Wo ist seine Höflichkeit geblieben, dachte sie und in ihrem Inneren spürte sie ein fremdes Gefühl, das sich wie eine Kältewelle ausbreitete.

24

BERLIN, KINDERGARTEN, 1. JUNI

Selma schlich sich unauffällig aus dem Vorraum des Kindergartens, als sie sah, dass Fabian auf dem Boden hockte und mit den Wachsmalstiften ein Stück Papier bearbeitete.

Sie hatte ein schlechtes Gewissen, so als ob sie Fabian verraten würde. Letzte Woche hatte er lange geschrien und sich bei ihr festgeklammert, sodass sie sich fast mit Gewalt von ihm losreißen musste.

Die Erzieherin hatte ihr später gesagt, dass das ab und zu vorkomme. Sobald die Eltern außer Sichtweite seien, würden sich die meisten Kinder aber sehr schnell beruhigen.

Was sollte sie machen? Sie musste rechtzeitig bei ihrer Arbeit sein. Auch wenn sie nur mitfuhr und beobachtete, wollte sie nicht zu spät kommen.

Noch einmal drehte sie sich um, aber es stand kein weinendes Kind hinter der Glastür.

Dauernd mache ich mir Sorgen. Wenn ich verheiratet wäre … Aber nein, auf Ron war ja in der letzten Zeit kein Verlass gewesen. Einfach nur einen Partner zu haben, bringt es auch nicht, es muss schon der richtige sein.

Vögel zwitscherten in den Kastanienbäumen, die ihre fünffingrigen Blätter und ihre weißen und roten Blütenkerzen in die Sonne hielten. Es roch auch ein wenig nach Kastanien: Die Blüten strömten einen süßlich herben Duft aus.

Als Selma sich hinter das Steuer setzte, klappte sie die Blende herunter. Die Sonne schien ihr direkt ins Gesicht und blendete sie und sie hielt gerade noch rechtzeitig vor einer Ampel, deren Rot im Gegenlicht kaum zu erkennen war.

Während sie wartete, kam ihr der gestrige Abend in den Sinn. Immer noch war die Neuigkeit schwer zu fassen, dass sie womöglich ein Nachkomme des Apostels Petrus sein sollte. Natürlich könnte alles auch eine Fälschung sein. Und trotzdem – schon der Gedanke daran: unfassbar. Eines war jedenfalls klar: Es zeigte, dass der Glaube an Gott nicht vererbbar war. Wie ging doch noch dieser Spruch, den sie mal vor langer Zeit auf einem Buchdeckel gelesen hatte? Irgendetwas mit Enkeln … Ach ja: *Gott hat keine Enkel.* Sie hatte damals den Satz nicht gleich begriffen, bis ihr jemand erklärt hatte, dass jeder Mensch seinen eigenen Weg zu Gott finden müsse. Es gäbe eben nur Kinder Gottes.

Ich – eine Urenkelin eines Apostels. Ausgerechnet ich! Es gibt wohl kaum eine Frau in Berlin, die so wenig Lust auf Religion hat wie ich. Im Grunde ein Witz. Ob Gott Humor hat?

Die Ampel schaltete auf Grün und Selma fuhr weiter in Richtung Schwesternstation. In zehn Minuten begann ihr Dienst.

Wenn Gaston Lemaire von einem Apostel abstammen würde, das wäre irgendwie logischer. Das würde viel besser passen.

Immer noch wirkte das ernüchternde Gefühl nach, das sie nach dem Telefonat mit ihm gehabt hatte. Er war aufgeregt und wieder nahe daran gewesen, sie mit Du anzureden, und hatte dann einfach aufgelegt.

Ein klein wenig fühlte sie sich von ihm vernachlässigt, so als sei sie nur Mittel zum Zweck gewesen, um an eine archäologische Sensation zu gelangen.

Wenn sie das nächste Mal mit ihm sprach, würde sie genau hinhören, wie er was sagte. Man konnte manchmal an der Färbung einer Stimme viel heraushören. Sie hatte keine Lust, für einen Mann nur ein archäologisches Phänomen zu sein.

Und Gastons Charme hatte womöglich gar nicht ihr selbst gegolten, sondern kam wahrscheinlich aus einem beruflichen Interesse. Toll! Dann wäre sie wieder mal auf einen Mann hereingefallen. Nur gut, dass sie rechtzeitig abgeblockt hatte und nicht auf das Du übergegangen war.

Sie kam vor acht Uhr an, ging an ihren Spind, wo ihre Arbeitskleidung hing, und zog sich den weißen Anzug an.

Als sie nach dem Dienst um viertel nach zwölf vor ihrer Wohnungstür stand, aufschloss und den Flur betrat, schnupperte sie. Täuschte sie sich oder hing tatsächlich ein fremder Geruch im Raum? Kein Geruch nach Rauch diesmal, sondern ein süßlicher Duft, der mit Zitronenaroma gemischt war. Ihr eigenes Deo roch jedenfalls anders.

Vielleicht bildete sie sich das auch nur ein. Manchmal wehten durch die Dunstabzugshaube, die nicht ganz dicht war, Gerüche von draußen herein.

Trotzdem blickte sie sich misstrauisch um.

Die Schränke und Schubladen waren überall zugezogen. Sie sah nichts Auffälliges.

Schon wollte sie eine Packung Reis aufmachen, um das Essen vorzubereiten, da hörte sie, wie ihre Haustür leise zugezogen wurde, aber doch so, dass es unüberhörbar war.

Mit klopfendem Herzen stürzte sie zur Tür und riss sie auf. Auf dem Treppenabsatz konnte sie gerade noch eine Gestalt ausmachen in engen, schwarzen Kleidern, mittelgroß und schlank. Und die Körperformen gehörten unmissverständlich zu einer Frau.

Selma rannte in die Wohnung zurück und blickte aus dem Fenster: Die Frau ging mit großen Schritten den Plattenweg entlang und bog gerade um die Ecke.

Soll ich ihr nachlaufen? Und was soll ich sagen, wenn ich sie anhalte? Kann ich denn beweisen, dass sie wirklich in meiner Wohnung war? Vielleicht hat sich der Einbrecher im Treppenhaus versteckt und die Frau in den engen Kleidern kam gerade zufällig die Treppe hinunter?

Ich werde Gaston anrufen. Das Auswechseln des Schlosses hat wohl nichts gebracht. Und jedenfalls – Ron war es nicht.

Sie ging über den Flur in das Wohnzimmer und sah den Zettel auf dem Boden liegen.

Es war ein Stück Papier im DIN-A5-Format und stammte aus einem PC-Drucker. Mit zitternden Händen nahm Selma den Zettel auf und las:

»Geben Sie mir das besagte Schmuckstück. Sie wissen genau, worum es geht.

Legen Sie es morgen früh vor sieben Uhr in den Papierkorb an der Bushaltestelle gegenüber, dann wird Ihrem Sohn nichts passieren. Wenn Sie mir etwas mitteilen wollen, sprechen Sie auf die Mailbox der folgenden Handynummer. Es hat keinen Sinn, den Besitzer des Handys zu ermitteln. Ich habe es gestohlen.

Tun Sie uns beiden den Gefallen und lassen Sie die Polizei aus dem Spiel. Es geht mir nur um den Schmuck und seinen Inhalt.«

Selma ließ das Blatt sinken, wankte in die Küche und ließ sich auf einen Stuhl fallen.

Dann fuhr sie wieder hoch, als hätte sie eine Wespe gestochen.

Mein Gott, ich muss zum Kindergarten und Fabian abholen. Hoffentlich ist er noch dort. Aber die Erzieherinnen würden ihn ja nicht einer wildfremden Person mitgeben.

Sie warf sich eine leichte Jacke über und rannte die Treppen hinunter zu ihrem Auto. Unterwegs tippte sie Gastons Nummer in ihr Handy.

»Ja?«

»Ich bin's, Selma«, sagte sie atemlos. »Es ist etwas Schreckliches passiert. Der Einbrecher ist eine Frau. Sie war wieder in meiner Wohnung und hat einen Zettel zurückgelassen. Ich soll ihr das Schmuckstück geben, sonst würde Fabian etwas passieren. Natürlich keine Polizei und so. Ich weiß nicht, was ich tun soll.«

Einen Augenblick war auf der anderen Seite Schweigen, dann sagte Gaston: »Woher wissen Sie, dass es eine Frau ist?«

»Das ist doch jetzt egal. Sie war noch in der Wohnung, als ich kam, und hat sich rausgeschlichen. Ich habe sie von hinten gesehen. Enge Kleider. Ich bin auf dem Weg zum Kindergarten und hole Fabian ab.«

»Ich komme. Und dann beraten wir, was zu tun ist.«

Er legte auf.

»... beraten wir, was zu tun ist«, wiederholte Selma und fügte sarkastisch hinzu: »Das wird uns ein großes Stück weiterbringen!«

Ihr Auto bog um die Ecke. Sie stieg aus, schloss die Tür gar nicht erst ab und rannte zur Eingangstür des Kindergartens.

Ihre Augen suchten hektisch nach Fabian. Als sie ihn sah, wie er an einer Kletterwand hing, seufzte sie erleichtert auf.

Er darf nichts merken!

Sie sprach mit der Erzieherin und betonte, wie wichtig es sei, dass Fabian keinem anderen anvertraut werden sollte als ihr.

»Aber das ist doch selbstverständlich.«

»Ich wollte es nur noch einmal sagen.«

Als sie zu Hause ankamen, stand Gaston schon unten vor der Haustür. Zum Glück kannte Fabian Gaston schon vom letzten Besuch und war begeistert, dass er im Wohnzimmer fernsehen durfte.

Selma zog sich mit Gaston in die Küche zurück.

»Das ist der Zettel«, sagte sie und reichte ihm das Papier.

Er las die Worte, kratzte sich am Kopf und sagte: »Ich würde bei der Nummer anrufen und deutlich sagen, dass Sie den Schmuck nicht mehr haben. Sie hätten ihn einem Museumsangestellten gegeben.«

»Toll, dann hängst du, Sie …« Sie machte eine ärgerliche Handbewegung. »Lassen wir das blöde Sie bleiben … Jedenfalls hängst du dann mit drin.«

Er nickte. »Ich hänge so oder so drin. Wichtig ist, dass die Aufmerksamkeit von dir abgezogen wird.«

»Das ist doch nur eine Verlagerung. Hast du nicht auch ein Kind?«

»Pass auf, Selma«, sagte er und ging auf ihren Einwand gar nicht ein. »Ich werde morgen nach Frankreich reisen und in meinem Institut noch einmal alles gründlich prüfen. Du kannst mich auf meinem Handy anrufen und ich hab ja deine Telefonnummer. Eine Sache ist jetzt klar.«

»Was denn?«

»Dass jemand anderes so scharf auf dieses Teil ist, legt die Vermutung nahe, dass es echt ist.«

»Aber diese Frau will sicher genau wissen, wem ich den Schmuck gegeben habe.«

»Dann sag ihr den Namen des Museums und du hättest es einem ... einem ausländischen Mitarbeiter gegeben, dessen Namen du nicht verstanden hast. Das hält unsere Diebin auf. Klar, sie will den Schmuck, aber wenig Ärger, sonst wäre sie schon längst auffälliger in Erscheinung getreten.«

Selma schwieg und seufzte. »Mir ist richtig schlecht.«

Gaston nahm ihre Hand und sagte eindringlich: »Glaub mir, ich tu alles, damit du aus der Schusslinie kommst.«

»Und warum?« Gastons warme Hand fühlte sich gut an.

»Aus dem einfachen Grund, weil ich dich mag.«

Selma zog ihre Hand vorsichtig zurück. Das war ihr zu früh. So schnell wollte sie sich nicht auf einen neuen Mann einlassen.

»Alors, Selma, du wirst jetzt mit mir zusammen anrufen und deinen Text auf das Handy sprechen. Dann ist mir wohler. Hast du einen Zettel?«

Selma nickte und ging ins Wohnzimmer, in dem ihr Sohn saß und fasziniert einer Kochsendung folgte. In einer Kommode waren Schreibsachen. Sie nahm sich einen Block und einen Kuli und ging in die Küche zurück. Fabian hatte gar nicht mitbekommen, dass seine Mutter im Zimmer gewesen war.

»Okay. Ich bin bereit«, sagte sie.

»Am besten, du formulierst das selbst, damit es nach dir klingt.«

Selma überlegte und kritzelte ein paar Sätze auf das Papier: »Was hältst du davon: *Hallo, hier spricht Selma. Ich habe das Schmuckstück nicht mehr. Es befindet sich im Pergamonmuseum. Ich habe es dort einem Mitarbeiter gegeben. Er hat einen ausländischen*

Namen, den ich vergessen habe. Lassen Sie meinen Sohn in Ruhe! Wenn ich den Schmuck hätte, würde ich ihn gerne hergeben. Das ist mir mein Sohn wert. Bitte glauben Sie mir.«

»Hm«, sagte Gaston. »Nicht schlecht. Aber es klingt noch nicht souverän genug, zu unterwürfig.«

Selma zuckte die Schultern. »Das ist mir egal, wenn es nur hilft und die Frau nicht mehr hier auftaucht.«

»Ich würde den letzten Satz streichen und stattdessen schreiben: *Wenn Sie noch einmal meine Wohnung betreten, bringe ich meinen Sohn in Sicherheit und gehe zur Polizei. Ich habe einen guten Bekannten bei der Kripo.*«

Selma lächelte. »Ich habe keinen Bekannten bei der Kripo.«

»Ist doch egal«, sagte Gaston. »Die Frau kann das so schnell nicht nachprüfen. Das ist keine Profikriminelle. Der Satz wird sie abschrecken.«

»Aha. Also ist lügen für Christen erlaubt?«

»Natürlich, wenn es hilft, ein Menschenleben zu schützen. Und sprich den letzten Satz mit fester Stimme.«

Selma probierte es so lange, bis Gaston zufrieden war. Dann griff sie zum Telefon und wählte. Eine Automatenstimme, die die Nummer wiederholte, forderte Selma auf, eine Nachricht zu hinterlassen.

Sie las den Satz laut ab und gab dem letzten Teil eine gewisse Schärfe.

Gaston war zufrieden und sagte: »So und jetzt packe ich und mach mich aus dem Staub. Dein Schatten wird jetzt beschäftigt sein, den Schmuck im Pergamonmuseum zu suchen, und dich hoffentlich in Ruhe lassen. Dass ich den Schmuck nach Frankreich mitnehme, kann sie nicht wissen.«

Er stand auf und sah Selma an. Sie umarmte ihn flüchtig, aber es war mehr eine Pflichtübung, weil sie fühlte, dass er eine Umarmung wollte.

»Ach, noch etwas«, sagte Gaston leicht verlegen. »Zu keinem ein Wort. Ich werde deinen Goldzettel in Frankreich sorgfältig prüfen und gebe dir dann Bescheid.«

Er ging und drehte sich nicht mehr um. Die Tür fiel ins Schloss und Fabian rief aus dem Wohnzimmer: »Mama! Jetzt machen sie den Nachtisch!«

25

AUF DER AUTOBAHN 2, RICHTUNG DORTMUND, 2. JUNI

Vincent gähnte, nahm den Becher Kaffee, den ihm sein Beifahrer Nick reichte, und trank einen Schluck.

»Irgendwie verrückt, nur wegen so einem Holzkasten bis Köln zu fahren und so früh aufzustehen«, brummte Nick und goss sich selbst Kaffee in seinen Becher.

»Das ist nicht irgendein Holzkasten. Das ist ein Tabot.«

»Ein was?«

»Das ist eine Kopie der berühmten Bundeslade, in der die Juden die Zehn Gebote aufbewahrt hatten. Absolut heilig.«

»Na und? Was bringt uns das?«

»Mensch, Nick, das haben wir doch gestern schon durchgekaut. Mich interessiert es einfach, ob diese Äthiopier wirklich die echte Bundeslade haben mit den originalen Zehn Geboten in Stein gehauen.«

»Dann müssten wir nicht nach Westen fahren, sondern ziemlich weit in den Süden, Richtung Afrika.«

»Sehr witzig. Verstehst du, ich will die Atmosphäre bei dieser Prozession wahrnehmen, den … den Hauch des Heiligen spüren und die Leute vor Ort fragen. Ich sammle heilige Gegenstände und will mehr über das Heilige erfahren. Ich will, dass alle Religionen zu einer Religion werden.«

»Meine Güte. Wenn ich nicht mit dir in einer Wohnung leben würde, würde ich jetzt glatt denken, dass du komplett durchgedreht bist. Ein absolut utopisches Ziel. Das haben schon andere vergeblich versucht.«

»Wer denn?«

»Diese indische Richtung: Bahai. Das ist doch auch so ein Religionsbrei.«

Vincent schüttelte den Kopf. »Wie das klingt: Religionsbrei. Man muss nur von allen Religionen die wichtigsten Dinge zusammenstellen, dann könnte das eine ungeahnte Wirkung haben.«

»Ja, tödliche Langeweile. Mensch, Vince, begreif doch: Was du vorhast, geht nicht. Du bist zu harmoniesüchtig und willst es allen recht machen. Manche Religionen schließen sich eben aus. Fertig. Du verrennst dich in eine Sache.«

Vincent schwieg und sagte nach einer Weile: »Auf jeden Fall, wenn wir zu spät kommen und die Prozession vorbei ist, dann ist die Bundeslade wieder weggeschlossen.«

»Hast du nicht gesagt, sie sei sowieso irgendwie verhüllt?«

»Ja. Sie ist viel zu heilig, als dass man sie ...«

»Du könntest doch diesen ... diesen Obermufti ...«

»Erzpriester.«

»Ja, diesen Erzpriester fragen, ob er sie dir nicht einfach zeigt. So zwischendurch mal.«

»Ich hab ihn ja am Telefon gefragt und er hat gesagt, es geht nicht. Nur während der Prozession oder gar nicht. Mann, Nick! Nun stell nicht wieder alles infrage, wir sind bald auf der A1 Richtung Köln und ziehen das jetzt durch. Auf jeden Fall finde ich es super, dass wir mit deinem Auto fahren können. Übrigens war das letzte Mal eine Packung Schnittlauch im Kofferraum. Das ganze Auto hat irgendwie nach Essen gestunken.«

»Muss ich dann wohl beim Einkaufen vergessen haben. Vorsicht! Der Laster schert aus!«

»Hab ich auch gesehen.«

Sie fuhren schweigend weiter, während die Sonne lange Schatten vor ihnen auf die Autobahn warf. Bei Osnabrück bogen sie ab auf die A1 nach Süden. Bisher verlief die Fahrt ohne Zwischenfälle. Nur am Kreuz Unna gab es einen langen Stau und sie wechselten sich beim Fahren ab. Vincent fürchtete schon, dass sie es nicht mehr rechtzeitig schaffen würden, obwohl sie so früh aufgebrochen waren.

»Wir hätten noch früher losfahren sollen«, sagte er zerknirscht.

»Noch früher? Ohne mich!«, sagte Nick und fuhr elegant in eine Lücke, was ihm aber nicht viel half.

Inzwischen war es halb zehn geworden und Vincent konnte sich ausrechnen, dass sie vor zehn unmöglich an der Kirche ankommen würden.

»Mist!«, rief er und schlug vorne auf die Ablage. »Mist! Mist! Mist!« Seine unkontrollierte Wut brach wieder auf.

»Meine Güte, Vincent«, rief Nick. »Reg dich ab und schone mein Auto! Diese Afrikaner haben eine andere Zeitvorstellung als wir. Die feiern bestimmt stundenlang. Man kann da gar nicht zu spät kommen.«

Vincent hörte gar nicht zu, sondern saß starr da, völlig gefangen in seiner Sorge, zu spät zu kommen. Vor lauter innerer Erregung fing er an, an seinen Fingernägeln zu kauen.

Nach einem kurzen Tankstopp, bei dem sie einen Salat aßen, stießen sie gegen halb elf auf den Autobahnring um Köln.

»Du musst auf die Westumgehung und dann gibt es eine Abfahrt Köln-Longerich«, sagte Vincent, der den Autoatlas auf den Knien hatte und mit Wehmut an sein Navigationssystem im Dienstfahrzeug dachte.

»Komischer Name: Longerich«, brummte Nick.

»Und dann müssen wir die St.-Michaelis-Kirche finden. Dort beginnt die Prozession, die sich durch …«

»Eins nach dem anderen«, unterbrach ihn Nick. »Lass uns erst mal von der Autobahn runter.«

Sie erreichten tatsächlich gegen elf die Kirche. Allerdings zu Fuß, weil sie das Auto jenseits der Absperrung parken mussten.

Als sie das rotbraune Backsteingebäude sahen, das so gar nicht zu einem afrikanischen Gottesdienst zu passen schien, entdeckten sie eine bunte Gruppe aus hellen und dunklen Gesichtern auf dem Vorplatz der Kirche: Männer in europäischen Anzügen und Frauen in eleganten Kostümen und andere in langen Gewändern, die sich halblaut unterhielten. Über Lautsprecher wurden fremdartige Gesänge nach draußen übertragen, die Vincent wie die Rufe eines Muezzin vorkamen.

Er erkundigte sich vorsichtig, ob der Umzug schon stattgefunden hatte.

»Nein, nein«, sagten die Äthiopier lachend. »Der Gottesdienst ist ja noch nicht zu Ende.«

»Ich hab's dir doch gesagt«, meinte Nick. »Die Leute hier haben die Ruhe weg.«

Nach einer halben Stunde, die Vincent wie eine halbe Ewigkeit vorkam, wurden endlich die Türen weit aufgemacht und Frauen in langen, weißen Gewändern quollen singend aus dem Raum und machten Platz für den Erzpriester und seine Helfer, die die Prozession anführten.

Männer in Anzügen hatten riesige Trommeln umgehängt und schlugen sie im Takt zu den schwungvollen Liedern und einige Frauen hatten Schellenstangen in der Hand, die den Rhythmus unterstützten.

Aus den Häusern der Nachbarschaft kamen zögernd Schaulustige. Kinder hüpften unbekümmert um die singende Gruppe herum.

Sonnenschirme in allen Farben tanzten über den Köpfen.

Jemand hatte einen davon umgedreht und die Zuschauer warfen Geldscheine hinein.

»Eine originelle Form, die Kollekte einzusammeln«, murmelte Vincent.

Jemand neben ihm sagte: »Gottes Lieblingsfarbe ist bunt.«

Tatsächlich bestand die Prozession aus einer Farbenexplosion. Die Frauen mit den langen, weißen Gewändern waren farblich eher die Ausnahme. Viele trugen Mützen, die mit Blau und Gold verziert waren und in der Mitte ein grünes Kreuz zeigten. Blaue Gewänder und bestickte Umhänge aus Rot und Gold lagen auf den Schultern der Gottesdienstbesucher.

Jemand kam mit einer riesigen Plastiktüte und verteilte Brotstücke an die Schaulustigen.

Vincent stieß Nick an und zeigte auf einen verhüllten Kasten mit Stangen, der von vier Leuten getragen wurde. Wo er vorüberzog, bekreuzigten sich die Gläubigen und verneigten sich.

»Das ist sie.«

»Was?«

»Der verhüllte Kasten, das ist die geweihte Kopie der Bundeslade.«

Als das Tabot an Vincent vorüberzog und die Leute sich verneigten, spürte er ein Kribbeln unter der Kopfhaut und dachte: Meine Güte, wenn das die Kopie der Bundeslade ist, wie wird dann erst die echte Lade wirken!

Er neigte, ohne dass er es beabsichtigt hatte, leicht den Kopf und es war ihm, als ob ihn eine Aura von Wärme berührte.

Für eine Sekunde war er gefangen von einer heiligen Atmosphäre und er musste sich förmlich zwingen, um einen der Äthiopier zu fragen: »Glauben Sie, dass sich die echte Bundeslade in Äthiopien befindet?«

Der Mann blickte Vincent zuerst zweifelnd in die Augen,

aber als er spürte, dass es eine wirkliche Frage war, sagte er: »Ich war selbst in Aksum, unserer heiligen Stadt. Und ich habe die verhüllte Lade von Weitem gesehen. Es war unglaublich. Ja, ich bin überzeugt, dass sie in meiner Heimat aufbewahrt wird.«

Vincent wollte nachfragen, aber der Mann suchte wohl den Rest seiner Familie und hatte sich weitergeschoben.

»Es hat sich für mich gelohnt. Die lange Fahrt hat sich gelohnt«, murmelte Vincent.

26

BERLIN, SUPERMARKT, ANNENSTRASSE, 2. JUNI

Selma griff sich einen Einkaufswagen, besorgte Fabian einen für Kinder mit Plastikfahne und ging in Richtung Milchwaren. Zwei Liter Vollmilch brauchte sie und ein paar Joghurts und noch verschiedene andere Sachen.

Es war seltsam. Seit sie wusste, dass Gaston nach Lyon geflogen war und so schnell nicht wieder auftauchen würde, vermisste sie ihn direkt. Erst jetzt tauchten aus ihrem Inneren gemeinsame Szenen auf, die sie erlebt hatten: ihre erste Begegnung im Museum, das Rätseln über der aramäischen Schrift, der Besuch im Zoo, ihre Abwehr, als sie merkte, dass Gaston mehr wollte als eine oberflächliche Bekanntschaft, ihr letztes Gespräch zu Hause, der Abschied …

Warum spürte sie jetzt eine besondere Nähe zu ihm, obwohl er verschwunden war? Warum kam ihr jetzt erst zum Bewusstsein, dass sie sich in seiner Nähe wohlgefühlt hatte? Jetzt konnte sie diese Gefühle zulassen. Vorher, als er noch da war, ging das anscheinend nicht. Ob es für sie ungefährlicher war, weil er nicht …

»Mama, ich will ein Eis!«

Selma sah nach ihrem Sohn, der ihr entwischt war und vor den Kühltruhen stand. Er versuchte, in seinen Einkaufswagen zu klettern, um von oben hineinzusehen.

Sie ging mit raschen Schritten zu ihm hinüber, stellte ihn in ihren Wagen und schob den Deckel zur Seite.

»Ausnahmsweise. Aber nur ein kleines Eis und sonst nichts.«

Fabian nickte stumm und sah sich die verschiedenen Sorten an.

»Ich will das, wo die Schokolade dran ist.«

Selma griff nach dem Eis, entfernte die Packung und drückte es ihrem Sohn in die Hand. »Aber langsam essen.«

Sie warf das leere Papier neben die Milchtüten in den Einkaufswagen.

Gemüse brauchen wir noch: Brokkoli, Tomaten, Zucchini.

Sie ging zur Gemüsetheke und achtete darauf, dass Fabian in ihrer Nähe war und kein geschmolzenes Eis auf den Boden tropfen ließ.

Meine Güte, jetzt denke ich schon über den nächsten Mann nach, obwohl Ron und ich erst kurze Zeit auseinander sind. Aber na ja, es ist doch schon länger her, dass ich mich innerlich von Ron getrennt habe. Zwischen uns lief überhaupt nichts mehr. Trotzdem, Selma, sei vorsichtig. Der Mann ist geschieden und hat ein Kind … Warum hat sich wohl seine Frau von ihm getrennt? Ich kenne Gaston ja kaum. Eigentlich nur von seiner charmanten Seite. Ron war auch charmant am Anfang …

Unterwegs tat Selma noch eine Packung Klopapier, Papiertaschentücher und ein mildes Shampoo in den Wagen und steuerte auf die Kasse zu.

Fabian hatte sein Eis zur Hälfte aufgegessen und man sah an seinem schokoladenverschmierten Mund, dass er sich dem Schlecken ganz hingegeben hatte.

Selma griff in ihre Tasche und wischte Fabian mit einem

Taschentuch über den Mund und die Hände, was er überhaupt nicht mochte.

Als sie an der Kasse standen, fing Fabian an: »Kannst du mir nicht die Gummibärchen kaufen und die …«

»Fabian. Ich habe mit dir abgemacht, dass es nur ein Eis gibt.«

»Aber ich will auch die Gummibärchen«, sagte er mit seiner unnachahmlich nörgelnden Stimme, die seine Mutter zum Wahnsinn treiben konnte.

»Nein. Es ist genug.«

»Aber ich …«

»Fabian, es reicht.«

Selma hasste die Idee, Süßigkeiten im Kassenbereich auf Kinderaugenhöhe auszulegen.

Irgendwie schaffte sie es, mit dem nörgelnden Fabian die Kasse zu passieren.

»Das rote Motorrad!«, schrie Fabian und blieb vor dem Kindermotorrad stehen.

»Also gut. Eine Fahrt.«

Begeistert kletterte Fabian auf das Fahrzeug, Selma warf eine Münze in den Kasten und sah ihrem Sohn zu, wie er mit leuchtenden Augen Motorrad fuhr und nicht von der Stelle kam.

Als die Pseudofahrt zu Ende war, gingen sie die Stufen nach unten.

»Mama?«

»Ja!«

»Was macht denn die nackte Frau da oben?«

Selma stutzte. »Was für eine nackte Frau?«

»Die da oben auf der Säule neben dem Gemüsestand.«

Selma sah zum ersten Mal das kleine Denkmal mit einer nackten Frau aus dunklem Stein, die unbeweglich in ihre linke ausgestreckte Hand blickte.

»Keine Ahnung, was die da macht. Mir ist die sonst nie aufgefallen.«

Obwohl der Supermarkt in Fußentfernung zu ihrer Wohnung lag, hatte Selma diesmal das Auto dabei, weil sie woanders noch eine Getränkekiste kaufen musste.

Als Fabian angeschnallt war, das Auto fuhr und er seinen vor lauter Liebe zerschlissenen Stofftiger in der Hand hatte, ging es ihm gut. Der Motor beruhigte ihn und draußen gab es immer Dinge, die interessant waren.

Selmas Hände und Füße machten von selbst die notwendigen Bewegungen und Griffe, sodass sie ihren Gedanken freien Lauf lassen konnte.

Habe ich mich etwa in diesen Archäologen verliebt? Quatsch. Aber, das könnte doch sein? Warum stelle ich mir denn dauernd Szenen vor, in denen ich mit ihm zusammen war?

Ich hoffe, es ist eine gemäßigte Form von Verliebtheit, eine sanfte Variante.

Sie hörte, wie Fabian gähnte und blickte auf das Armaturenbrett: halb sieben. Kein Wunder, ihr Sohn war müde. Sie sah im Rückspiegel, wie Fabians Augenlider zufielen und wieder aufgingen.

Er darf nicht einschlafen, sonst ist er nachher zu wach, um ins Bett zu gehen.

Sie schaltete das Radion ein. Popmusik quoll heraus.

»Gefällt dir die Musik, Fabi?«

Fabian riss die Augen auf.

»Hm.«

»Ich sehe was, was du nicht siehst, und das ist … blau«, sagte Selma in der Hoffnung, ihren Sohn wachzuhalten. Es klappte. Er blickte sich um und rief: »Das Auto, das gerade vorbeifährt.«

»Nein, hier drinnen.«

»Die …die … dein Hemd.«

»Das ist eine Bluse.«

»Deine Bluse.«

»Ja, jetzt bist du dran.«

Bei dem Getränkemarkt beeilte sie sich und ließ Fabian solange im Wagen sitzen. Müde, aber noch wach, kam Fabian mit seiner Mutter zu Hause an. Schon fast aus Gewohnheit warf Selma einen Blick in das Wohnzimmer, um zu sehen, ob alles noch an seinem Platz war. Sie konnte nichts Auffälliges erkennen, aber das hatte nichts zu sagen. Es waren ja immer nur Kleinigkeiten gewesen, die ihr erst später aufgefallen waren.

Ihr Handy klingelte. Ob das Gaston war? Aber nein, er hatte gar nicht ihre Handynummer, sondern nur die ihres Festanschlusses.

»Ja?«

»Ich bin's, Clara, deine unentbehrliche Freundin.«

»Ach Clara!«

»Stör ich?«

»Du störst doch nie. Ich bin nur gerade dabei, Fabian möglichst schnell abzufertigen, damit ich ihn ins Bett legen kann, er ist hundemüde. Hast du etwas Besonderes auf dem Herzen?«

»Eigentlich nicht, wollte nur mal mit dir klönen und Fabis Stimme hören. Dein Anschluss ist irgendwie gestört, deswegen rufe ich auf Handy an.«

»Was, schon wieder? Das ist jetzt schon das dritte Mal. Nach ein paar Stunden geht es dann wieder, aber morgen rufe ich endgültig den Stördienst an. Zum Glück gibt es Handys. Ich geb dir dann mal Fabian.«

»Fabian!«, rief Selma, »Clara ist am Telefon, deine Lieblingsfrau.«

Fabian lag auf dem Boden und versuchte, in einen Karton zu krabbeln.

»Mensch, Mama, ich hab keine Lieblingsfrau. Clara ist meine Freundin!«

Während ihr Sohn mit Clara telefonierte, deckte Selma den Abendbrottisch und dachte:

So weit ist es also schon mit mir. Ich hätte mich gefreut, wenn Gaston angerufen hätte.

27

KÖLN-LONGERICH, 2. JUNI

»Unglaublich, diese Äthiopier. Das Feiern haben sie wirklich drauf«, sagte Nick und kostete von dem Reisgericht und der pikanten Soße, die mit Erdnüssen, Banane und rotem Pfeffer abgeschmeckt war.

Der Umzug war zwar vorbei und es ging schon auf den Abend zu, aber immer noch war das Fest nicht zu Ende. An langen Biertischen saßen Gäste und Gastgeber und unterhielten sich, während eine Musikgruppe, die mit Trommeln, Gitarren, Rasseln und lauten Stimmen ausgerüstet war, die Essenden unterhielt. Auf einem niedrigen Tisch hatten sie ihre eigenen Teller stehen und nahmen zwischen den Musikpausen ein paar Bissen. Auf dem Vorplatz der Kirche zündeten Kinder und Jugendliche Fackeln an.

Vincent, der sich gerne nach interessanten Leuten umschaute, hatte einen Moslem ausfindig gemacht, mit dem er Englisch reden konnte. Einer seiner Freunde gehörte zu der äthiopischen Gemeinde. Deswegen war er hier.

Der Mann hieß Abdul und kam aus Syrien. Er konnte sich zwar zur Not auf Deutsch verständigen, aber das Englische lag ihm näher.

Vincent machte auf Smalltalk und fragte den Mann aus, warum er ausgerechnet in Deutschland gelandet war. Es kam eine leicht verwirrende Geschichte mit Arbeitsverbot in Syrien heraus und die Verwandten, die schon länger in Europa waren, hatten schließlich den Ausschlag gegeben, hierher zu kommen.

»Und? Bist du Moslem?«, fragte Vincent neugierig.

»Klar Mann.«

»Und warum trinkst du dann Palmwein? Ist es denn nicht für euch verboten, Alkohol zu trinken?«

Abdul lachte.

»Das ist Auslegungssache. Für manche ist das ein Verbrechen, andere legen den Koran großzügiger aus. Wichtig ist, dass sich ein Moslem nicht betrinken darf.«

Er hob seinen Pappbecher mit dem weißen Getränk und grinste.

»Und was machst du in Köln?«, fragte der Syrer.

»Ich arbeite als Vertrauensperson in einer Transportfirma«, sagte Vincent und dachte gleichzeitig, dass es ja ein gewisses Maß an Zuverlässigkeit brauchte, wenn die Firma ihm wertvolle Pakete anvertraute.

»Aber eigentlich«, fuhr er fort, »bin ich dabei, eine neue Religion zu gründen.«

Abdul fragte nach, weil er glaubte, nicht richtig verstanden zu haben.

»Du willst wirklich eine neue Religion gründen?«

»Japp.«

Abdul konnte sein Grinsen nicht ganz verbergen und fragte weiter: »Und wie sieht die aus? Ähnelt sie den vorhandenen?«

Vincent wiegte den Kopf hin und her und trank einen Schluck aus einem Becher, in dem wie bei Abdul verdünnter Palmwein schwappte.

»Wir glauben an einen Gott, den wir Allja nennen. Der Name ist eine Erfindung von mir, zusammengesetzt aus Allah und Jahwe.«

Jetzt runzelte Abdul die Stirn. »He, das finde ich nicht gut, dass du Allahs Namen, gepriesen sei er, veränderst. Das ist nicht erlaubt.«

»Aber versteh doch, Abdul, wir brauchen eine Religion, die von vielen akzeptiert wird. Wenn du willst, kannst du natürlich weiterhin Allah sagen, weil du daran gewöhnt bist, aber es kommen sicher Leute dazu, die überhaupt nicht religiös sind und froh sind über so einen Kompromissnamen. Zwei Fliegen mit einer Klappe.«

»Zwei was?«

»Ein deutsches Sprichwort ... vergiss es. Jedenfalls brauchen wir aus allen Religionen feierliche Texte, Hymnen, Kunst. Die moslemischen Ornamente zum Beispiel sehen doch großartig aus, innen könnte man Bilder aus der jüdischen Tora nehmen und ...«

Abdul hob die Hand. »Halt! Auch für die Juden ist es verboten, Bilder in ihre Gotteshäuser zu hängen.«

»Mag sein. Das ist nicht so wichtig. Meine genialste Idee ist der neue Tempelplatz in Jerusalem.«

»Was ist damit?«

In Abduls Stimme schlich sich Misstrauen ein, er zog seine Pulloverärmel herunter, weil es kühler wurde. Um die Feiernden herum senkte sich allmählich der Abend. Man sah auch, dass viele schon gegangen waren, aber Vincent ließ sich davon nicht beeindrucken. Er kam jetzt richtig in Fahrt.

»Es wäre doch geradezu revolutionär, wenn auf dem Tempelplatz neben der Omarmoschee der dritte jüdische Tempel gebaut würde und eine christliche Kirche, die ...«

Abdul sah ihn entsetzt an und sprang auf. »Du willst, dass der jüdische Tempel neben die Omarmoschee gebaut wird? Du bist verrückt!«

»Aber warum denn, Abdul?« Vincent blickte ihn mit seinem gewinnendsten Lächeln an. »Wäre es nicht ein großartiges Zeichen, wenn die drei Weltreligionen friedlich auf einem Platz vereint wären? Und lehrt uns nicht der Islam, die Religionen des Buches zu achten? Stell dir vor: Jerusalem als Weltstadt des Friedens.«

»Du verstehst das nicht, Vincent«, sagte der Syrer. »Es wäre eine Beleidigung für uns und gleichermaßen für die Juden. Der Tempel kann nicht gleichzeitig mit unserer Moschee dort stehen, denn die Juden beanspruchen für ihren Tempel den ganzen Platz. Sie würden sich nicht mit einer Ecke zufriedengeben.«

Inzwischen wurde Nick, der am selben Tisch gesessen und sich mit zwei reizenden Mädchen unterhalten hatte, auf die beiden aufmerksam, denn Abduls Stimme hatte an Lautstärke zugenommen. Als seine Gesprächspartnerinnen aufstanden, setzte er sich zu den beiden Männern und hörte zu.

»Ja, ja, das weiß ich«, erwiderte Vincent. »Klar. Der dritte Tempel bräuchte mehr Platz, aber dann muss man eben darauf hinarbeiten, dass die Israelis sich mit weniger Raum zufriedengeben und ...«

»Mann, kapierst du es nicht?« Abdul wurde immer wütender. »So läuft das nicht. Entweder die Omarmoschee oder der dritte Tempel. Was du da sagst, ist absolute Scheiße, verstehst du?«

Jetzt stand Vincent auf. Er merkte, dass er nicht sicher auf den Beinen war.

»Das nimmst du zurück!«

»Deine Ideen sind kompletter Abfall. Erst beleidigst du Allah und veränderst seinen Namen und jetzt auch noch diese blödsinnige Sache mit dem dritten Tempel ...«

Abdul, der auch nicht mehr ganz nüchtern war und sich jetzt als Verteidiger des wahren Glaubens fühlte, stieß Vincent leicht gegen die Brust. Vincent war zunächst irritiert, weil er damit nicht gerechnet hatte, dann stieg Wut in ihm hoch und er stieß Abdul heftiger zurück, als er beabsichtigt hatte. Dabei taumelte Abdul gegen seinen Stuhl, der umfiel und Abdul mit ihm.

Allmählich fiel die Auseinandersetzung auf und zwei Männer der äthiopischen Gemeinde versuchten, den Streit zu schlichten.

»Komm, Vince«, sagte Nick und packte ihn am Oberarm. »Wir verdrücken uns lieber.«

»Nein! Lass mich. Wir müssen den Streit wie Männer austragen, verstehst du?«

»Vince, du kommst jetzt mit. Ich habe keine Lust, dich heute Abend noch ins Krankenhaus zu fahren. Wir gehen jetzt zum Auto und fahren los.«

Er zog den Widerstrebenden mit sich und brachte ihn so schnell wie möglich zu seinem Auto. Die Beschimpfungen, die Abdul ihnen hinterherrief, überhörte Nick und ging einfach weiter.

Als sie das Auto erreichten, zuckte Vincent plötzlich zusammen und schrie auf. Gleichzeitig fiel etwas auf den Gehsteig.

»Was ist denn?«, fragte Nick.

»Ein … ein Stein, hat mich gestreift.«

Vincent griff sich an den Kopf.

»Scheiße, du blutest«, rief Nick und sah sich um. Aber der Steinwerfer war verschwunden. Ob es überhaupt Abdul gewesen war, war gar nicht sicher.

»Los, ins Auto. Zur nächsten Ambulanz. Halte deine Hand solange drauf, damit nicht alles vollblutet. Der Wagen muss von innen nicht auch noch rot werden.«

Er setzte Vincent vorsichtig auf den Beifahrersitz, warf die Tür zu, klemmte sich hinter das Steuer und fuhr los. Unterwegs hielt er an und fragte nach dem Weg.

Schließlich erreichten sie das Krankenhaus.

»Wie sieht's aus?«, fragte Nick. »Kannst du gehen?«

»Klar«, murmelte Vincent, aber das war gar nicht klar, denn als Nick ihn am Arm packte, musste er seine ganze Kraft aufbieten, damit Vincent nicht umfiel.

»Mir ist so schlecht«, keuchte Vincent und war froh, dass er sich bei der Pforte setzen konnte.

»Kopfwunde«, erklärte Nick. Der Pförtner sah das blasse Gesicht von Vincent und sagte. »Hinter mir im Zimmer ist eine Liege. Packen Sie ihn da drauf, der kippt uns sonst noch um.«

Nick versuchte sein Bestes und schob mit letzter Kraft den Verletzten auf die Trage.

»Okay«, sagte der Pförtner, »ich habe Sie angemeldet. Notfallambulanz. Wenn Sie reinkommen gleich links. Hat er seine Chipkarte dabei und zehn Euro?«

»Ich hoffe«, murmelte Nick und schob den verletzten Gründer einer neuen Religion durch die sich selbst öffnende Tür.

28

BERLIN, ANNENSTRASSE, 4. JUNI

Selma schreckte aus ihrem Morgenschlaf auf und wusste zuerst gar nicht, wo sie war. Sie blickte auf die roten Leuchtziffern ihrer Uhr: sechs Uhr fünfzehn. Der Wecker konnte noch gar nicht geklingelt haben. Aber warum war sie wach geworden?

Plötzlich hörte sie die Klingel an der Haustür.

Sie rieb sich die Augen. »Meine Güte, wer klingelt denn um diese Zeit?«, murmelte sie. »Das ist ja wohl das Letzte. Irgendwelche Besoffenen!«

Gerade wollte sie sich auf die andere Seite drehen, da klingelte es schon wieder.

»Das gibt's doch nicht!«

Seufzend stand sie auf, zog ihren Jogginganzug über und ging zur Tür, während es weiter klingelte.

»Ja, ja, ist ja gut, ich komme ja!«

Inzwischen hatte sie ein mulmiges Gefühl. Wer wollte um diese Zeit zu ihr? Das konnte eigentlich nur ein Notfall sein … Ob ihrer Schwester in Osnabrück irgendetwas passiert war?

Sie nahm den Hörer der Sprechanlage ab. »Ja, wer ist da?«

Von unten kam nichts. Bestimmt ein Scherz, dachte sie und gähnte. Um ganz sicher zu sein, öffnete sie die Tür und erschrak, weil zwei grelle Blitze die Wohnung erhellten.

»Hallo!«, sagte eine Männerstimme. »Wir sind von der Presse. Vor zwanzig Minuten hat uns die sensationelle Nachricht erreicht, dass Sie eine Ur-ur-und-so-weiter-Enkelin des Apostels Petrus sein sollen. Stimmt das? Dürfen wir kurz reinkommen?«

Selma, immer noch leicht verwirrt, öffnete die Tür so weit, dass die beiden hereinkommen konnten. Bei klarem Verstand hätte sie wahrscheinlich die Tür zugeknallt.

Ein Mann und eine Frau betraten den Flur und knipsten.

Allmählich kam Selma zu sich und ließ ihrem Ärger freien Lauf. »Hören Sie sofort mit der Knipserei auf, sonst werfe ich Sie aus der Wohnung oder rufe die Polizei!«

»Schon gut«, beruhigte sie die Frau und sagte: »Hör auf, Martin, das reicht.«

Zwischen den Ärger über die Störung mischte sich jetzt eine Prise Neugier und Selma sagte: »So, setzen Sie sich in die Küche und sagen Sie mir erst mal, wie Sie überhaupt auf diese Behauptung kommen.«

Sie schob die beiden Leute in die Küche, deutete auf zwei Stühle und ließ sich auf den dritten fallen.

Der Mann hatte ein Papier in der Hand und sagte: »Wenn Sie hier diesen Vertrag unterschreiben, dass wir ein Exklusivinterview und alle weiteren mit Ihnen machen, können Sie eine Menge Geld verdienen.«

»Hören Sie damit auf!« Selmas Wut kam wieder hoch. »Ich bin noch gar nicht ganz da und Sie kommen mit Verträgen. Zunächst möchte ich wissen, wie Sie auf mich kommen.«

»Beruhigen Sie sich, Frau Ravenberger. Unser Korrespondent aus Frankreich hat bei uns angerufen und uns mitgeteilt, dass ein Archäologe aus Lyon den Fund des Jahrhunderts gemacht hat: eine fast zweitausend Jahre alte Inschrift, die seit Generationen in einer Kapsel weitergegeben wurde und die beglaubigt, dass der Inhaber dieser Inschrift von Petrus abstammen soll. Sie sollen die Eigentümerin dieser Inschrift sein. Stimmt das?«

Selma wurde es plötzlich kalt.

Gaston hat es ausgeplaudert und an die große Glocke gehängt, obwohl er mir eingeschärft hat, nichts zu sagen, dieser gemeine Hund. Er hat mich reingelegt!

»Stimmt das?«, wiederholte die Frau.

Selma nickte. »Ja, es stimmt, aber ich verstehe nicht, warum Gaston Lemaire die Sache der Presse erzählt hat …«

Die beiden Journalisten blickten sich an.

»Frau Ravenberger«, fing der Mann wieder an. »Wenn Sie diesen Vertrag unterschreiben, dann sind Ihnen fünftausend Euro so gut wie sicher.«

Selma hob die Hand. »Das geht mir alles viel zu schnell und …«

»Okay, siebentausend Euro und dann kommen noch die Zusatzzahlungen für weitere …«

»Hören Sie endlich auf damit!«

Jetzt schaltete sich die Frau wieder ein: »In der nächsten Stunde wird es bei Ihnen noch öfter klingeln. Fernsehen, Radio werden hier auflaufen. Das kann ich Ihnen garantieren. Es ist für Sie ein gewisser Schutz, wenn Sie sich jetzt entscheiden, dann können Sie allen sagen: ›Tut mir leid, aber ich habe schon einen Vertrag unterschrieben.‹ Und die lassen Sie dann in Ruhe.«

Die Worte hatten eine gewisse Logik, aber Selma wollte eigentlich überhaupt nichts von sich erzählen. Sie war darauf nicht vorbereitet. Was sollte sie tun?

»Hören Sie«, sagte sie schließlich, »ich unterschreibe überhaupt nichts. Sie können jetzt ein Kurzinterview mit mir machen, mich dafür bezahlen und das war's dann.«

Die Reporter blickten sich an.

»Können wir uns nicht noch mal in Ruhe über die Bedingungen unterhalten und wenn Sie dann …«

»Nein!«, gab Selma zurück. »Ich muss mich gleich um meinen Sohn kümmern, zum Glück hat er morgens einen tiefen Schlaf, und dann habe ich noch einiges zu erledigen. Entweder jetzt oder gar nicht. Wie viel wollten Sie mir geben? Siebentausend?«

Der Mann, der von seiner Kollegin mit Martin angeredet worden war, hob abwehrend die Hand. »Nein, nein, das geht nur, wenn wir generell die Rechte auch für weitere Berichte bekommen. Ein normales Interview wird mit hundert Euro bezahlt.«

»Was?« Allmählich wurde Selma wacher und bekam Lust, aus dieser Situation das Beste zu machen.

»Das ist ja ein ziemlicher Unterschied, von siebentausend auf hundert.«

»Ich hab Ihnen doch schon gesagt …«, fing der Mann wieder an.

»Nun passen Sie mal auf«, begann Selma, die immer mehr in Fahrt kam. »Sie klingeln mich morgens aus dem Bett, knipsen mich im Halbschlaf, schnüffeln in meiner Wohnung herum und dann soll ich läppische hundert Euro bekommen für eine Weltsensation? Tut mir leid, dazu habe ich keine Lust.«

»Okay, Frau Ravenberger«, sagte die Frau, »tausend Euro.«

»Und wie wollen Sie mir das bezahlen?«

»Wir überweisen das.«

»Gut«, nickte Selma, stand auf und kramte nach einem Zettel. »Ich schreibe das nur auf und Sie setzen Ihren Namen darunter.«

Sie schrieb ein paar Sätze auf das Papier und reichte es den Zeitungsleuten, die die Zeilen überflogen und ihren Namen daruntersetzten.

»Also, ich bin bereit. Ach, meine Kontonummer. Wollen Sie einen Kaffee?«

»Ja, wäre nicht schlecht.«

»Ich setze einen auf und Sie können mich dabei schon mal ausfragen.«

»Wenn wir Sie dabei knipsen können?«

»Na ja, wenigstens möchte ich meine Frisur kurz in Ordnung bringen.«

Nach ein paar Minuten kam sie wieder. Der Kaffee war inzwischen durchgelaufen und Selma schenkte ein.

So schnell habe ich wahrscheinlich noch nie tausend Euro verdient und trotzdem ist Gaston ein Schuft. Er verdient sich an meiner Inschrift wahrscheinlich eine goldene Nase. Dieser Hund hat mich nur benutzt.

Ich werde ihn nachher anrufen. Dann kann er was erleben!

Als die Zeitungsleute endlich gegangen waren, Fabian angezogen war und die beiden gefrühstückt hatten, nahm Selma den Weg durch den Keller über den Garten, um keinen anderen Reportern zu begegnen.

Nach dem Kindergarten setzte sie sich ins Auto und tippte Gastons Nummer mit der französischen Vorwahl in ihr Handy.

Es war besetzt. »Aha, ein gefragter Herr, der zu tun hat«, murmelte Selma und fuhr weiter zu ihrer Arbeit, die sie inzwischen allein machte.

Sie musste sich zusammenreißen, um keinen Fehler bei ihrer Tour zu machen. Gestern hatte sie ein Medikament vergessen und musste noch einmal zurückfahren. Das hatte sie zehn kostbare Minuten gekostet.

Unterwegs zwischen zwei Patientinnen probierte sie es noch einmal. Diesmal kam sie durch.

»Bonjour, Gaston Lemaire …«
»Hier ist Selma.«
»Ah, Selma, endlich meldest du dich, ich habe …«
»Du bist der letzte Idiot«, fuhr sie dazwischen. »Mit dir bin ich fertig. Ich werde hier morgens um sechs von Reportern aus dem Schlaf geklingelt. Du hast mich nur für deine Zwecke benutzt.«
»Aber Selma, hör zu, ich erklär dir alles, es ist …«
»Ich habe keinen Erklärungsbedarf. Die Lage ist klar genug. Ich hoffe, dass wir uns nie wiedersehen. Und ich möchte meinen Goldzettel zurück, sonst zeige ich dich bei der Polizei an. Tschüs.«

Sie drückte auf den roten Knopf und blieb ein paar Sekunden lang sitzen, während ihr Herz wie wild pochte. Draußen rumpelte ein Lastwagen vorbei und vor ihr hatte sich eine Amsel auf den Gartenzaun gesetzt. Selma starrte durch alles hindurch. Ein Gefühlssalat tobte durch ihre Seele: Einerseits fand sie es gut, dass sie Gaston die Meinung gesagt hatte, andererseits spürte sie Traurigkeit darüber, dass er sie enttäuscht hatte.

Sie blickte auf ihre Tourenzettel und musste unwillkürlich lächeln, als sie den Namen ihrer nächsten Betreuungsstelle las.

Es war eine Diabetikerin, die manchmal gewisse Ausfälle hatte und sie immer mit ihrer Tochter verwechselte und dann besonders herzlich wurde.

Das konnte sie jetzt gut brauchen.

29

BERLIN, INVALIDENSTRASSE, 5. JUNI

Vincent zögerte kurz vor der Kellertür, aber die Stimme, die aus dem Keller nach ihm rief, wurde immer lauter und drängender. Er öffnete die Tür, die ungewöhnlich leicht aufging, als ob jemand sie geölt hätte.

Dann ging er langsam nach unten. Wieder hörte er die Stimme rufen, diesmal lauter: »Vincent, komm!«

Er ging weiter. Es war nicht dunkel im Keller. Im Gegenteil. Jemand musste das Licht angemacht haben. Es war auch nicht sein Keller, aber das merkte er erst später, als er aufgewacht war und über seinen Traum nachdachte.

Der Keller war nicht aufgeräumt. Gerümpel lag herum: Blechdosen, ein zerbrochener Stuhl, ein Hut mit abgerissener Krempe und ein Plastiksack, aus dem irgendetwas Unförmiges herausquoll. Merkwürdigerweise saßen zwei Hunde davor und blickten ihn stumm an, als ob sie den Abfall bewachen wollten.

Oder waren es künstliche Hunde? Das war ihm später nicht mehr klar.

Die Stimme war jetzt ganz in der Nähe und er folgte ihrem Klang, ohne viel zu überlegen. Es schien unsinnig zu sein, der Stimme nicht zu gehorchen. Der Keller war riesig. Eine Holztreppe führte nach oben, endete aber an der Decke.

Angebissene Äpfel und Birnen lagen verstreut auf dem Zementboden und auch Bauschutt und Laub, über das Kakerlaken und andere Käfer huschten, sodass es raschelte. Der Fußboden neben dem Abfall sah aus, als hätte jemand ein Hahnentrittmuster eingeritzt.

Neben der Treppe, die in der Decke endete, war ein Vorhang, hinter dem sich irgendetwas bewegte. Jetzt sah Vincent es deutlicher: Jemand hatte sich in den Stoff eingewickelt und die Stimme kam von dort.

»Vincent!«, hörte er die Stimme wieder, die jetzt voller klang und ein wenig einschmeichelnd. »Gut, dass du gekommen bist.«

»Wer bist du?«, fragte Vincent und es war klar, dass er den Unbekannten mit Du anredete.

»Ich bin Allja.«

Vincent staunte und ein Freudenschauer durchzuckte ihn. Es gab ihn also wirklich. Allja war kein Kompromissname, sondern wirklich ein Gott. Ein Kellergott. Im Traum kam Vincent das nicht seltsam vor. Ja, es war irgendwie folgerichtig, dass Allja in einem unbekannten Keller wohnte und sich in einen Vorhang eingewickelt hatte.

»Du hast um meinetwillen viele Schmerzen erduldet«, sagte Allja. »Deshalb habe ich dich auserwählt, um mein Bote zu sein.«

»Ja, Herr«, stammelte Vincent im Traum.

»Ich sehe deine Bemühungen, Frieden in dieser Welt zu schaffen. Aber es ist nicht einfach.«

»Nein, Herr.«

»Es gibt Augenblicke, wo man scheinbar Schreckliches tun muss, um dem Frieden zu dienen.«

»Ja, Herr!«

»Nun habe ich dich gerufen, dass du meinen Willen tust.«

Der Vorhang bewegte sich hin und her und es schien, als ob

die Gestalt mitsamt dem Vorhang größer wurde und wuchs, und auch die Farbe veränderte sich. Sie wurde dunkler.

»Du bist auserwählt worden«, sagte die Stimme, »um die Moschee vom Angesicht der Erde zu tilgen, die auf dem Platz des Tempels steht.«

»Wie soll das geschehen, Herr?« Vincent fiel auf – ja, im Traum selbst fiel ihm das auf –, dass er in eine altertümliche Sprechweise verfiel. Aber das schien ihm angemessen zu sein.

»Du wirst dich mit Sprengstoff ausrüsten. Du wirst ein Märtyrer für eine neue Welt werden, weil du dabei sterben musst. Aber sei getrost. Dich erwartet großer Lohn. Und nun geh! Und führe aus, wozu du berufen bist.«

Vincent wartete, aber der Vorhang war still und bewegte sich nicht mehr. Doch, er bewegte sich wieder, aber das hatte einen anderen Grund: Er wurde irgendwie von unten bewegt. Und jetzt sah Vincent den Grund: Der Vorhang war nass geworden, denn der ganze Keller stand unter Wasser und oben von der Treppe strömte wie in Kaskaden mehr Wasser herab. Vincents Füße wurden nass. Er blickte nach hinten, um eine Tür zu finden, die er öffnen könnte, und ging weiter. Das Wasser wurde dicker und dicker, sodass Vincent nur schwer vorwärtskam.

Dann kam ein Szenenschnitt. Plötzlich befand sich Vincent außerhalb des Kellers auf einer gelblichen Wiese, die von der Sonne ausgetrocknet war. Ein Wind wehte und zwei Hunde jagten vorbei. Dann wachte er auf.

Er brauchte ein paar Sekunden, um sich zurechtzufinden, weil der Traum so deutlich war. Ja, es fühlte sich für ihn nicht wie ein üblicher Traum an. Es gab zu viele Einzelheiten. Und das Gespräch klang immer noch in ihm nach.

Er blickte auf seinen Nachttisch: fünf Uhr dreißig.

Als er sich aufrichten wollte, spürte er seinen Kopf. Er griff zu dem Verband, unter dem sich die genähte Kopfwunde befand, und ließ sich wieder auf das Kissen zurücksinken.

Sein Herz pochte stärker als sonst. Was war das für ein merkwürdiger Traum gewesen?

Auf jeden Fall kein üblicher Traum, keine Verarbeitung von Tageserlebnissen. Konnte es sein, dass er ein ... ein Prophet war, ein Auserwählter, zu dem Gott sprach?

Und hatten ihn nicht die vergangenen Ereignisse auf diese Botschaft vorbereitet? Bei keinem einzigen Menschen außerhalb seiner Gruppe waren seine Ideen auf fruchtbaren Boden gefallen: Nick hatte ihn schlichtweg ausgelacht. Na gut, Nick war auf diesem Gebiet nicht ausschlaggebend, aber der Rabbi im jüdischen Museum war aggressiv geworden. Und dann der Moslem, dieser Abdul, er war entsetzt gewesen und hatte ihn angegriffen. Der Stein ... Nick behauptete zwar, es könnte auch jemand anderes gewesen sein, aber wer sollte sonst einen Stein nach ihm werfen?

Diese Botschaft! Wenn das wahr wäre! ... Nicht auszudenken! Er, Vincent, sollte auserwählt sein, um die Omarmoschee ... Es klang einfach verrückt. Gut, nach Israel könnte er natürlich fliegen, das war kein Problem. Er hatte ein bisschen Geld auf die Seite gelegt. Aber es war völlig utopisch, in Israel an einen Sprengstoffgürtel zu kommen, und mit so einem Ding in seinem Gepäck würde er niemals den Flughafen verlassen können. Völlig unmöglich.

Trotzdem, es fühlte sich irgendwie großartig an, ein Auserwählter zu sein, in die Geschichte einzugehen als derjenige, der den Grundstein gelegt hatte für den dritten jüdischen Tempel in einer Weltstadt des Friedens.

Als Vincent aufstand, das Rollo hochzog und nach draußen auf die Straße blickte und die Autos beobachtete, die sich vorwärtsschoben, kam ihm sein Traum plötzlich so unpassend vor.

Es ist gut, das ganz normale Leben zu beobachten, dann verlieren die Träume ihre Bedrohung. Ich würde doch niemals freiwillig mein Leben riskieren, nur um einem Vorhanggott zu gehorchen. Lächerlich.

Er lachte und hustete gleichzeitig. Das war doch wirklich grotesk. Er, Vincent, Paketfahrer aus Berlin, Hobby: Religion, sollte von einem Gott, der aus einem Vorhang sprach, auserwählt worden sein, die Omarmoschee in die Luft zu sprengen? Idiotisch. Es war doch seltsam, was man alles so zusammenträumte. Ob das an dem Essen gestern Abend lag? Was hatte er denn gleich gegessen? Richtig, diese Muschelsuppe aus der Dose. Wahrscheinlich lag's daran. Und die Kellerüberflutung hatte bestimmt etwas mit den Muscheln zu tun.

Als er vom Bad zurückkam, sich anzog und nachher den Kaffeeduft roch, war er wieder ganz in der herrlich normalen Welt angelangt, die aus Kaffee, Butter, Erdbeermarmelade und dem Weckerklingeln aus Nicks Zimmer bestand. Ja, auf eine schräge Weise liebte er sogar diese winzigen unbedeutenden Geräusche.

Er hätte sich krankmelden können, aber er hatte keine Lust dazu, in seinem Zimmer herumzuhängen. Außerdem kam das bei seinem Chef nicht gut an. Andere standen für seinen Job schon in der Warteschlange. Wenn er sich eine Schirmmütze aufsetzte, fiel sein kleiner Verband gar nicht auf.

Durch den Traum war er viel zu früh aufgestanden und hatte noch etwas Zeit. Er könnte das tägliche Sudokurätsel in der Zeitung lösen und auf Nick warten. Nick war ja wirklich klasse gewesen. Ganzer Einsatz. Wie er ihn in die Ambulanz gefahren hatte und danach den ganzen Weg zurück, während er, Vincent, auf der Rückbank gelegen hatte.

Er hatte sich in Nick getäuscht. Wenn es darauf ankam, war er zur Stelle.

Vincent holte sich einen Kuli aus der Kramschublade, goss

sich noch eine Tasse Kaffee ein und machte sich an die fehlenden Zahlen.

Plötzlich hörte er eine Stimme: »Vincent, wie weit bist du? Was hast du unternommen?«

Meine Güte, Nick schleicht so leise durch die Wohnung, dass man ihn nicht hört.

»Setz dich«, sagte Vincent, »der Kaffee ist fertig.«

Er drehte sich um, aber Nick war nicht da.

»Nein, du bist aber auch ein Witzbold, Nick«, sagte Vincent, stand auf, öffnete die Küchentür und blickte in den Flur. Im Hintergrund hörte er Geräusche aus dem Bad. Er ging hin. Die Dusche war angestellt und rauschte. Offensichtlich stand Nick darunter.

»Ich habe dich etwas gefragt, Vincent.«

Erschrocken drehte sich Vincent um. Aber es war niemand zu sehen. »Das ist doch … Dieser Kerl hat irgendeinen Lautsprecher eingebaut«, murmelte er und suchte die Wände und die Decke ab.

Wahrscheinlich hat er ihn in die Deckenlampe montiert. Typisch Nick, immer zu Scherzen aufgelegt.

Seufzend holte er sich einen Küchenstuhl und machte sich an der Flurlampe zu schaffen. Drei kleine Schrauben hielten das Glas fest. Als er den Deckel abgemacht hatte, staunte er: Außer den Glühbirnen, den Kontakten und dem Unterbau der Lampe war nichts zu erkennen.

»Vincent! Lass das. Ich bin es, Allja, dein Gott aus dem Keller.«

Vor Schreck ließ Vincent das Glas fallen, das mit einem dumpfen Knall in tausend Scherben zersprang, und er spürte, wie sein Herz schneller schlug. Das konnte Nick unmöglich gesagt haben. Niemand außer ihm selbst wusste etwas von seinem Kellertraum. Niemand, außer … Allja natürlich. Aber das wäre doch …

Träume sind okay, wenn man schläft, aber sie sollten einen in Ruhe lassen, wenn man aufgewacht ist. Oder bin ich noch in einem zweiten Traum gelandet?

Er kniff sich in den Arm. Es tat weh. Mit weichen Knien kletterte er von dem Stuhl, versuchte, den Scherben auszuweichen, holte mechanisch Schaufel und Kehrbesen und fegte das zerbrochene Glas auf.

»Irgendwas passiert?«, hörte er Nick aus dem Bad rufen.

»Es ist nur die Flurlampe. Sie ist heruntergefallen!«

Vincent bemühte sich, seiner Stimme eine harmlose Färbung zu geben, dann kippte er die Scherben in den Abfalleimer und setzte sich schwer atmend an den Tisch.

»Scheiße, ich höre Stimmen. Was mache ich jetzt?«

30

BERLIN, INVALIDENSTRASSE, 5. JUNI

Vincent lauerte förmlich darauf, dass Nick das Haus verließ. Er ging in sein Zimmer und lauschte auf die Geräusche, die Nick machte. Zum Glück hatte sein Zimmergenosse ein Vorstellungsgespräch bei einer Firma und wollte gleich nach dem Frühstück verschwinden.

Vincent hätte sich natürlich sofort an den PC setzen können, um im Internet nach Erklärungen zu suchen, was diese Stimmen bedeuteten. Aber er wollte nicht, dass Nick hereinkam, zufällig auf den Bildschirm schaute und erstaunt fragen würde: »Was suchst du denn da?« Nein, er wollte ganz allein sein.

Draußen schien die Morgensonne und warf ihre Strahlen durch das Küchenfenster. Es hätte so schön sein können, noch zehn Minuten in dieser sonnigen Küche zu frühstücken, aber Vincent konnte es jetzt nicht mehr genießen. Außerdem fühlte er sich ganz flau im Magen und hätte jetzt sowieso nichts mehr essen können.

Sobald er das Geräusch der zufallenden Haustür hörte, ging er in sein Zimmer, schaltete seinen PC an und suchte im Internet unter »Stimmen hören«. Nach ein paar vergeblichen Versuchen stieß er schließlich auf den Begriff *Schizophrene Psychosen*. Hier wurde das Phänomen ganz nüchtern dargestellt:

Bereits im Altertum geschilderte Symptome. Einführung des Begriffs Schizophrenie seit 1911. Neben Wahnvorstellungen auch Stimmen- und Geruchshalluzinationen beobachtet. Hauptsächlich dialogische Stimmen oder kommentierende, imperative Stimmen. S. kann auch mit körperlichen Symptomen auftreten, wie verlangsamten Bewegungen oder dem Vorkommen von Neologismen.

Da er das Wort *Neologismen* nicht kannte, suchte er nach einer Übersetzung und fand heraus, dass es um das Schaffen völlig neuer Wörter ging, die nicht immer sinnvoll waren.

Vincent stand auf und trat auf den kleinen Südbalkon, auf dem noch Schatten lag. Er musste jetzt frische Luft atmen.

Nervös ging er hin und her. Er spürte einen ungeheuren Bewegungsdrang und hätte jetzt stundenlang durch Berlin spazieren können.

»Ich bin schizophren«, murmelte er vor sich hin, »und gehöre vermutlich in ärztliche Behandlung. Aber wenn ich zu einem Arzt gehe, schreibt er mich krank, ich verliere womöglich meinen Job und werde vielleicht in ein psychiatrisches Krankenhaus eingeliefert. Und dann: Gute Nacht!«

Er blieb stehen, blickte an dem grünen S-Bahn-Zeichen vorbei über die Dächer seines Viertels und ließ den Blick auf dem kleinen Parkteich ruhen.

Aber das kann doch nicht sein. Ich fühle mich gar nicht krank, außer dass ich ein flaues Gefühl im Magern habe. Ich denke logisch, ich rede, ich kann lesen und alles verstehen. Vielleicht verschwinden die Stimmen irgendwann. Ich werde erst mal abwarten … und … meine Güte, wenn das stimmt, dann wären ja alle Propheten, Mystiker, Religionsstifter krank gewesen. Oder manche Dichter, die neue Wörter erfunden haben. Das gibt's doch nicht. Irgendetwas passt da nicht zusammen.

Er ging wieder zu seinem PC zurück und suchte unter »Mystische Erlebnisse – Stimmen hören«, bis er eine Seite fand, die interessant zu sein schien. Gerade wollte er anfangen zu lesen, da hörte er den Schlüssel im Schloss. Nick kam zurück.

Vincent ließ die Seite verschwinden und stand auf.

Die Wohnungstür öffnete sich und Nick trat in den Flur.

»Tja, ich bin's schon wieder«, sagte er. »Hab die falsche Mappe eingesteckt. Zum Glück habe ich einen riesigen Zeitpuffer eingeplant.«

Er verschwand in seinem Zimmer und kam triumphierend mit der richtigen Mappe heraus.

»Ist irgendetwas los?«, fragte er.

»Nein. Was soll los sein?«

»Na ja, heute Morgen fällt die Flurlampe herunter, du wirkst so abwesend und jetzt scheinst du geradezu darauf zu lauern, dass ich wieder verschwinde. Befindet sich vielleicht ein weibliches Wesen in deinem Zimmer?«

»Bist du verrückt?« Vincent spielte den Empörten.

»Sollte ein Scherz sein. Also dann: Man sieht sich.«

»Auf Wiederblicken.«

Nick drehte sich erstaunt um. »Was hast du gesagt?«

»Was ich gesagt habe?«

»Ja. Du hast ›Auf Wiederblicken‹ gesagt. Was sollte das denn?«

»Keine Ahnung. War mir gar nicht aufgefallen. Also … tschüs.«

»Tschüs.«

Die Tür fiel ins Schloss und Vincent murmelte: »War das jetzt ein … wie hieß das gleich? Neologismus?«

Er setzte sich mit einem unbehaglichen Gefühl wieder vor den PC und suchte nach der Seite, die er vorhin gefunden hatte. Dann las er staunend:

Obwohl auch Psychotiker häufig Halluzinationen mit religiösen Inhalten haben, sind mystische Erlebnisse von den Anzeichen psychischer Störungen wie Schizophrenien und Psychosen zu differenzieren. Jahrzehntelang wurden religiöse und spirituelle Themen von Psychologen und Psychiatern ignoriert und pathologisiert. Verschiedene Studien haben gezeigt, dass mystische Erfahrungen langfristig eine positive Auswirkung auf die seelische Gesundheit haben.

Ein Auszug aus: American Psychiatric Association.

Wieder stand Vincent auf und ging auf dem Balkon hin und her.

Gott segne die Amerikaner und besonders die American Psychiatric Association. Man kann also Stimmen hören und trotzdem psychisch gesund sein. Ja, es kann sogar sein, dass mystische Erlebnisse langfristig eine positive Auswirkung auf die seelische Gesundheit haben.

Er ging in die Küche, goss sich einen Becher Kaffee aus der Thermoskanne ein, setzte sich nach draußen und legte die Beine auf das Balkongeländer.

Ich bin gesund, ich bin gesund, ich bin gesund und nicht krank. Und … ich habe heute ein besonders mystisches Erlebnis gehabt. Ich bin auserwählt worden, den Boden für einen dritten Tempel zu bereiten. Ich, Vincent. Wenn ich es schaffe, die Moschee zu zerstören, werde ich in die Geschichte der Menschheit eingehen als der Mann, der eine neue religiöse Epoche einläutete. Aber ich muss es schlau anstellen. Es wird nicht einfach sein. Und ich werde mit meinem Leben bezahlen müssen.

Er seufzte, als er sich das alles ausmalte. Er würde vor der Explosion eine kleine Ansprache halten und segnend die Hände ausbreiten, während er in die Moschee stürmte und die Explosion auslöste.

Im Feuer und Donnerregen würde er dann in den Himmel reisen wie seinerzeit Elia, der in einem feurigen Wagen abgeholt wurde. Swing low – sweet chariot.

Ich hätte nie gedacht, dass dieses bekannte Spiritual auf mich persönlich zutrifft. Und Iris wird meine zerfetzten Kleider, die ich zum Schluss getragen habe, unter einer Vitrine aufbewahren und am Jahrestag meines Todes weinen und zugleich glücklich sein, weil das Schicksal sie mit dem großen Vincent zusammengeführt hat, weil sie seine Sendung eine Zeitlang begleiten durfte, teilhaben konnte an seinem göttlichen Auftrag.

Er stand auf und sagte, indem er den Kaffeebecher zum Himmel hob: »Ich bin …«, er zögerte etwas, aber dann stieß er das Wort mit einem gewissen Stolz heraus: »Ja, ich bin ein Prophet. Ein Prophet des einundzwanzigsten Jahrhunderts und der Märtyrer einer neuen Kirche!«

31

JERUSALEM, TEMPELINSTITUT, 5. JUNI

Die Besucher im Ausstellungsbereich des Tempelinstituts sprachen nur leise. Gedämpfte Musik drang aus einem Nebenraum herüber.

An den Wänden hingen Bilder, die den zweiten Tempel zeigten, den Herodes vor zweitausend Jahren erweitert hatte. Man sah das Eherne Meer: eine riesige, mit Wasser gefüllte Metallschale für rituelle Reinigungen. Die Schale ruhte auf dem Rücken von vier Bronzestieren und stand links neben dem Räucheropferaltar. Zwei Priester schöpften gerade Wasser und waren in dieser Bewegung festgefroren.

Im Nebenraum lief eine Ton-Dia-Show über den Werdegang des Tempels. Ab und zu drang ein Fetzen Musik herüber und von unten, aus der Gasse, hörte man den Singsang eines Kindes und ein wütendes Hupkonzert.

Jizchak, eines der Mitglieder des Tempelinstituts, der seine kritischen Kommentare während der Sitzungen nie ganz unterdrücken konnte, war zu früh zum regulären Treffen gekommen und entschloss sich, wieder einmal durch die Ausstellung zu gehen.

Er stand gerade vor einem Bild, zwirbelte die Enden seines weißen Bartes und schien nachzudenken. Was er betrachtete, war die Darstellung eines neuen Tempels, der dem Propheten Hesekiel vor über zweitausendfünfhundertsiebzig Jahren in einer Vision gezeigt worden war.

Das Heiligtum hatte Ähnlichkeit mit dem alten salomonischen Tempel und auch wiederum nicht. Es wirkte wie ein echtes Bauwerk, aber gleichzeitig gab es Einzelheiten, die den Betrachter auf eine andere Ebene hoben: Unter der Schwelle sickerte ein Rinnsal heraus und floss in Richtung Osten, der aufgehenden Sonne zu. Das Rinnsal wuchs in dem Bild zu einem Bach und dann zu einem fischreichen Fluss, der das Land bewässerte und an dessen Ufer wunderbare Bäume wuchsen.

»Wir sind … irgendwie in einem … einem …«, murmelte Jizchak und spürte eine Hand auf seiner Schulter. Überrascht drehte er sich um. Ein alter Schulkamerad, Tobias Bereker, der in Tel Aviv wohnte und den er das letzte Mal vor zwei Jahren gesehen hatte, stand vor ihm.

»Jizchak!«, rief er. »Schalom. Ich dachte zuerst: Ist er es? Ist er es nicht?«

»Er ist es, Tobias.« Jizchak senkte die Stimme, als sich ein paar Besucher verwundert umdrehten. »Schön, dich zu sehen. Bist du auf Besuch? Wie geht es dir?«

Tobias hob die Schultern. »Na, es geht so. Man kommt durch. Ich habe mich erst nicht getraut, dich anzusprechen, weil du so … nachdenklich ausgesehen hast.«

»Ja, ich denke über den Tempel von Hesekiel nach.«

»Natürlich. Im Tempelinstitut sollte man das auch tun. Aber so ganz schien er dir nicht zu gefallen.«

»Darum geht es nicht, Tobias. Ich komme mit dieser seltsamen Vision nicht zurecht. Ich bin eigentlich nie ganz damit zurechtgekommen. Wenn man den Bau sieht, könnte man denken, es ist ein normaler Tempelbau, der sich an den ersten Tempel anlehnt, aber dann gibt es immer wieder seltsame, irrationale Details, die mich verwirren und mich zu dem Schluss führen: Das ist kein wirkliches Gebäude, das gebaut werden soll, sondern etwas vollkommen anderes.

Ein Rätsel, ein Geheimnis, das sich unseren Köpfen widersetzt.«

»Wie kommst du darauf?«

»Sieh dir doch dieses Rinnsal an, das sich zu einem Leben spendenden Fluss entwickelt. Der Prophet wird ja wohl kaum einen Wasserrohrbruch gesehen haben.«

Tobias hob die Schultern. »Ist es nicht ein Bild für die lebendige Gegenwart Gottes, die aus dem Tempel fließt und Leben spendet wie ein Fluss? Ich finde daran nichts Geheimnisvolles.«

»Sicher ... sicher, du hast recht, das ist die übliche Auslegung. Aber wenn dieses Detail symbolisch ist, vielleicht ist es dann auch der ganze Tempel? Und wofür steht er? Wäre es dann nicht sinnlos, ihn nachzubauen? Brauchen wir überhaupt einen dritten Tempel?«

Tobias schüttelte den Kopf. »Jizchak, Jizchak, was höre ich da? Zweifel an eurem Plan? Das klingt so gar nicht nach der Begeisterung aus früheren Tagen. Wenn du Zweifel am Bau des dritten Tempels hast, dann frage ich mich ...«

»... warum ich überhaupt noch am Tempelinstitut bin?«

»Ehrlich gesagt: Ja.«

»Vielleicht bin ich inzwischen dort, um Irrwege zu verhindern.«

Erschrocken blickte ihn sein alter Freund an und flüsterte: »Du hältst den Bau eines dritten Tempels für einen Irrweg? Aber ... aber stell dir doch nur einmal vor: Aus der ganzen Welt werden schon Kultgegenstände gesammelt, die riesigen Ecksteine, die Reinigungsgeräte, die Gewänder der Priester ... und die rote Kuh. Und heißt es nicht im vierten Kapitel des Propheten Sacharja: Ein Berg von Hindernissen wird sich auftürmen, aber ich, der Herr, räume sie aus dem Weg. Wenn der Tempel wieder aufgebaut ist ...«

»... wirst du den Schlussstein setzen unter dem Jubel deines Volkes«, beendete Jizchak das Zitat und nickte, aber es war ein Nicken, das von einem ironischen Gesichtsausdruck begleitet wurde.

»Ja, ja, der Schlussstein des Tempels und die rote Kuh. Es gibt wieder eine neue Züchtung, die angeblich wirklich koscher sein soll. Meinst du im Ernst, dass Gottes Bereitschaft zur Vergebung an der Asche einer roten Kuh hängt? Hatte er David nicht vergeben, bevor es die roten Kühe und den Tempel gab? Und das Sacharja-Zitat! Bezieht es sich nicht auf den zweiten Tempel?«

»Es sind Symbole, die etwas aussagen wollen. Sie selbst haben keine Wirkung. Das wäre Magie. Aber wem sage ich das? Und du weißt, dass Prophezeiungen sich mehrmals wiederholen können.«

Jizchak senkte den Kopf.

»Und«, fuhr Tobias fort, »auch zur Zeit Davids gab es die Bundeslade und das Zelt der Begegnung, also gab es auch schon die alten Riten zur Sündenvergebung. Vergiss das nicht.«

»Die Bundeslade«, wiederholte Jizchak. »Auch so eine seltsame Geschichte. Im Augenblick gibt es wieder Leute, die behaupten, sie sei tatsächlich in Äthiopien. Verrückte Vorstellung. Na ja, die nächste Sitzung beginnt bald. Ich muss mich verabschieden.« Er zögerte. »Aber eines ist klar: Ich werde nicht eher ruhen, bis ich weiß, was Hesekiel mit seiner Vision ausdrücken wollte.«

Tobias lachte verhalten glucksend. »Ja, so kenne ich dich: hartnäckig und bloß nicht klein beigeben.«

»Schalom, Tobias.«

»Schalom, alter Jäger.«

Jizchak nickte seinem Freund nochmals zu und verließ die Ausstellungsräume.

Als er wenig später das Zimmer betrat, empfing ihn der Lärm von Männerstimmen. Es kam ihm so vor, als ob der Lärmpegel etwas zurückging, als man ihn bemerkte. Vielleicht bildete er sich das aber bloß ein.

32

BERLIN, SCHWESTERNSTATION, 5. JUNI

Als Selma nachmittags die Schwesternstation verließ, um zur U-Bahn zu gehen – ihr Auto hatte gestern Abend gestreikt –, kam es ihr vor, als bewege sie sich auf schwankendem Boden. Heute Morgen hatte sie die Zeitung durchgeblättert und ihr Kurzinterview gelesen. Zum Glück hatte sie so früh noch keiner angesprochen und die alten Leute lebten sowieso in der Vergangenheit. Aber es könnte jederzeit passieren, dass sie jemand fragen würde: »Sagen Sie mal, sind Sie nicht die Frau, die mit dem Apostel Petrus verwandt ist?«

Was sollte sie darauf sagen? »Da muss ein Irrtum vorliegen. Sehe ich etwa wie eine Heilige aus?«

Eine unangenehme Situation. Ihr Name und ihre Adresse wurden zwar auf ihre dringenden Bitten verschwiegen, aber ein findiger Journalist würde das sehr schnell recherchieren können. Das war nur eine Frage der Zeit.

Es wäre wirklich das Beste, wenn sie eine Zeitlang mit Fabian bei ihrer Freundin Clara wohnte …

Sie hasste Gaston, der ihr das alles eingebrockt hatte. Wie hatte er zum Schluss gesagt: »Kein Wort zu irgendjemand.« Natürlich, damit er freie Hand hatte und selbst groß herauskam.

Sie würde Fabian jetzt bei seinem Freund abholen, ihn eine Woche lang nicht zum Kindergarten schicken, bei Clara wohnen und ein paar Tage die Frühschicht ab sechs übernehmen. Um diese Zeit waren noch nicht so viele Leute unterwegs.

Inzwischen könnten vielleicht aktuellere Nachrichten den goldenen Petruszettel verdrängt haben. Und alles nur wegen Gaston, Gaston, Gaston. Der liebenswürdige Franzose, der Charmeur, der Mann mit den perfekten Picknickmanieren.

Sie seufzte, ging schneller, holte ihre Sonnenbrille heraus und setzte sie auf. Trotzdem blickte sie zu Boden, damit die Entgegenkommenden ihr Gesicht nicht sehen konnten. Dabei herrschte so ein wunderbares Frühlingswetter und es wäre herrlich, das Gesicht der Sonne zuzuwenden und es von einem lauen Frühlingswind streifen zu lassen. Zum Glück besaß Clara eine Terrasse, auf der man sitzen und die Sonne genießen konnte. Sie könnte ihr die Haare schneiden, dann würde sie auch wieder anders aussehen.

»Hallo Selma!«

Erschrocken blickte sie sich um und sah, dass Ron neben ihr ging. Es war ihr gar nicht aufgefallen, dass er aufgetaucht war. Wahrscheinlich war sie so mit sich selbst beschäftigt gewesen. Warum war das Auto bloß nicht angesprungen? Dann wäre sie jetzt schon längst weg. Stattdessen musste sie sich nun mit Ron herumärgern.

»Du schon wieder!«

»Ja, ich schon wieder.«

»Du hast mich bei der Arbeit abgepasst, um mich zu treffen, vermute ich mal.«

»Anders geht es ja wohl nicht. Übrigens, heute Morgen in der Zeitung, das warst du doch, oder?«

»Ja«, sagte Selma einsilbig.

»Dieses Schmuckstück, von dem du erzählt hast?«

»Genau.« Sie blieb stehen. »Was willst du von mir, Ron? Bestimmt willst du dich nicht mit mir über den Apostel Petrus unterhalten.«

»Nein, nicht in erster Linie.«

Selma ging langsam weiter und Ron passte sich ihrem Tempo an. Ein Junge mit hängenden Hosen auf einem Skateboard sauste an ihnen vorbei und lehnte sich elegant in eine Rechtskurve.

»Ich wollte dich treffen, um dir noch einmal zu sagen, dass es mir wirklich ernst ist. Ich vermisse dich und … Fabian. Selma, ich werde nicht mehr trinken.«

»Das hast du schon öfter gesagt, Ron. Ich glaube dir nicht.«

»Ich werde nie mehr trinken.«

»Wenn das stimmt, wäre es großartig, es würde mich für dich freuen. Aber wir leben immer noch getrennt.«

»Warum gibst du mir keine Chance, Selma?«

Sie blickte ihn an und schüttelte den Kopf. »Ich habe dir sieben oder acht Chancen gegeben. Ich kann dir nicht mehr vertrauen. Verstehst du das denn nicht? Wie können wir zusammenleben, wenn ich dir nicht mehr trauen kann? Ich mache diese Tretmühle mit dem ständigen Hin und Her nicht mehr mit. Hoffen, dann wieder enttäuscht werden und wieder hoffen und wieder enttäuscht werden. Das zehrt an den Kräften.«

»Gut, ich verstehe das. Was schlägst du vor? Was soll ich denn noch machen, um dein Vertrauen zurückzugewinnen?«

»Mach endlich eine Therapie und beweise mir, dass du ein Jahr lang trocken bist. Und inzwischen wird uns die Trennung guttun. Ich kann mich auf bloße Worte nicht mehr verlassen. Mehr habe ich dazu nicht zu sagen.«

»Und wenn du in der Zeit einen anderen Mann kennenlernst?«

»So etwas kann passieren. Aber mit Männern habe ich zurzeit wenig im Sinn.«

»Auch nicht mit diesem ... Archäologen, von dem in der Zeitung stand?«

Selma dämmerte es allmählich, dass Ron eifersüchtig war. Irgendwie ein erhebendes Gefühl.

»Meine Güte, Ron, ich habe kein Verhältnis mit ihm. Aber ich kann dir nicht versprechen, was in einem Jahr ist. Du kannst mich nicht überwachen. Also, lass mich bitte in Ruhe. Ich bringe Fabian so oft du willst zu Clara, dort kannst du ihn dann abholen.«

Vor ihnen tauchte ein großes »U« auf.

»Okay, Selma. Ich weiß Bescheid. Übrigens liebe ich dich.«

Er nickte ihr zu und ging weiter, während Selma in den U-Bahn-Schacht der Linie 8 stieg.

Als sie wenig später in der Bahn saß und durch die Reklametafeln hindurchsah, die an den Wänden für Farbe sorgten, ließ sie die Begegnung noch einmal an sich vorüberziehen.

Er ist ja wirklich hartnäckig. Irgendwie scheine ich ihm etwas zu bedeuten. Und was ist, wenn er es wirklich schafft? Würde ich wieder mit ihm zusammenwohnen wollen? Wäre es nicht für alle Beteiligten das Beste? Können Liebe und Vertrauen nicht wieder wachsen?

Aber würde ich mich dann nicht wie eine Therapeutin fühlen, die auf ihren Patienten aufpassen muss? Eine Ehe ohne Entspannung. Aber klar: Fabian würde sich freuen.

Während die Bahn langsam anfuhr und die Frau auf dem Plakat mit dem riesigen Gesicht und dem fantastischen Parfüm lächelnd zurückblieb, spürte Selma einen kleinen Hauch von Sehnsucht nach einer heilen Familie, wo sie nachmittags ankäme und einen Mann vorfände, der gerade mit seinem Sohn spielte, und der Kaffeetisch gedeckt war.

Kitschige Träumereien!

Sie verließ die U-Bahn, ging nach Hause, um sich umzuziehen und dann ihren Sohn abzuholen.

Als sie mit Fabian wieder zu Hause ankam, machte sie heißen Kakao und verteilte Fabians Lieblingskekse auf einem Teller.

»Du, Mama?«

»Ja.«

»Was ist denn mit dem Mann, der neulich da war? Ist das dein Freund, weil Papa nicht mehr da ist?«

»Nein. Er ist ... er war hier, um sich Schmuck anzuschauen, der vielleicht sehr, sehr alt ist.«

»So alt wie Oma aus Kassel?«

»Noch viel älter. So viel wie ... wie fünfzig Omas.«

Fabian hielt seinen Keks in der Luft, als er versuchte, sich fünfzig Omas vorzustellen.

»Übrigens, Fabi, wir werden für ein paar Tage zu Clara ziehen«, sagte Selma nach einer Weile.

»Echt?«

»Ja, wir werden dort zusammen sein und spielen und du brauchst eine Woche lang nicht zum Kindergarten zu gehen.«

Fabian blickte sie mit großen Augen an, dann stieß er seine Faust in die Luft und schrie: »Toll, toll, toll, toll!«

Ich hoffe nur, dass Clara nach zwei Tagen nicht schon genug von uns hat.

33

BERLIN MITTE, 7. JUNI

Es nützte nichts, wenn er sich die Ohren zuhielt oder Watte in die Gehörgänge stopfte. Die Stimmen kamen aus seinem Inneren, aber deswegen waren sie nicht weniger real.

Ja, es waren inzwischen mehrere Stimmen. Eine gewichtige Stimme, die Allja gehörte, eine hohe, weibliche Stimme, die zeitweise einen keifenden Charakter annahm, und eine Stimme, die langsam daherkam und völlig blödsinnige Fragen stellte.

Am schlimmsten war es, wenn er sich ausruhte und schlafen wollte, dann wurden sie noch lauter und nervender.

»Du fauler Sack«, begann dann garantiert die keifende Stimme, die er Xanthippe nannte. »Ja, ja, immer nur ausruhen, anstatt das zu tun, was Allja von dir verlangt, was? Hast du dich nach Leuten umgehört, die Zugang zu Sprengstoff haben? Sitzt den ganzen Tag im Auto und verteilst lächerliche Pakete. Das ist doch keine Arbeit! Und, das Ticket nach Israel schon gekauft? Natürlich nicht. Meinst du, die warten auf dich? Da wählt man dich aus, unter Millionen von Kandidaten, du könntest in die Geschichte eingehen, aber nein, der Herr lässt sich Zeit …«

Manchmal wurde Xanthippe leiser, wenn er laute Musik von Bach oder Mozart anstellte. Der Eingangschor des Weihnachtsoratoriums zum Beispiel war hervorragend geeignet. Oder die wuchtigen Chöre der Matthäuspassion. Und auch Mozarts Requiem brachte Xanthippe zum Schweigen.

Aber er konnte nicht Tag und Nacht Musik hören. Irgendwann musste er auch schlafen.

Noch nervender war Otto, der dreiste, vollkommen verblödete Fragesteller. War Xanthippe endlich mal ruhiggestellt, meldete sich unter Garantie Otto zu Wort und fragte: »Kommen Eierschalen in den Grünabfall, obwohl sie doch weiß sind, oder kommen sie zum Altpapier, weil sie zur Verpackung gehören? Das will ich mal gerne wissen.«

Und wenn Vincent sich verführen ließ, diese idiotischen Fragen zu beantworten, kam garantiert der Einwurf: »Also doch in das Altpapier, oder?«

»Grünabfall«, begann dann Vincent von vorne. »Verstehst du? Grünabfall!«

Otto: »Sind Eierschalen denn grün?«

»Nein, aber sie sind organisch, deshalb zum organischen Abfall, den wir auch Grünabfall nennen.«

»Wer ist wir?«

»Wir, das sind die Einwohner Berlins.«

»Organisch … ein komisches Wort. Was heißt das? Verlieren Hühner ihre Organe?«

Wenn die Unterhaltung sich dann verhedderte, fing Vincent an zu zittern und war kurz davor, in die Luft zu gehen, auch ohne Sprengstoffgürtel. Aber er riss sich zusammen und legte Musik auf. Bei Otto funktionierte allerdings weder Bach noch Mozart. Otto wurde nur ruhig bei volkstümlicher Blasmusik, die summte er mit und stellte dann wenigstens keine Fragen mehr.

Allja hielt sich eher vornehm zurück. Nur gelegentlich warf er ein paar tiefsinnige Sätze ein wie: »Überleg es dir: dein Leben als Opfer für die Heiligkeit.«

Seit zwei Stunden wusste Vincent, wie er alle drei Stimmen

zum Verstummen bringen konnte – wenn er laut sagte: »Ich werde es tun.« Dieser Satz wirkte wie eine Beruhigungstablette auf seine unsichtbaren Begleiter.

Und er war ja auch inzwischen selbst davon überzeugt, dass er es tun sollte. Irgendjemand musste dieses Opfer bringen. Also brauchten sie ihn eigentlich gar nicht so zu quälen.

Gestern, als er mit der U-Bahn unterwegs war und die Fahrgäste verstohlen musterte, stellte er sich vor, dass kein Mensch auch nur ahnte, dass eine Art unsterbliche, historische Gestalt in der U-Bahn saß: der große Vincent! Vincent, the Great!

Es war doch ein erhebendes Gefühl, ein verborgener Prophet und Märtyrer zu sein, die rechte Hand Alljas sozusagen.

Im Augenblick saß er im Bus und betrachtete in der Scheibe sein halb durchsichtiges Spiegelbild. Wenn er die Haare ein wenig in die Stirn fallen ließ, sah er sogar ein bisschen verwegen aus.

Inzwischen hatte er auch schon eine Idee, wie er diese Sprengung anpacken könnte.

Zunächst würde er heute Abend in der Gruppe von seinem »Berufungstraum« erzählen. Von den Stimmen musste er ja nichts sagen. Dann nahm er sich vor, die nächsten Tage in diverse Lokale zu gehen, wo sich alle möglichen Ausländer aufhielten, und er könnte immer wieder Sätze fallen lassen wie: »Wenn ich die Möglichkeiten hätte, würde ich in Israel auch etwas sprengen, selbst wenn ich dabei draufgehe. Aber man kommt ja mit Sprengstoff nicht ins Land. Das ist unmöglich.« Vielleicht nahm dann irgendjemand mit ihm Kontakt auf?

Gestern war er zwischendurch schwach geworden und hatte überlegt, ob er nicht zu einem Neurologen gehen und ihm von seinen Stimmen erzählen sollte, aber dann schlug der ihm womöglich vor, sich in ein Landeskrankenhaus einweisen zu lassen. Also, lieber nicht. Mit Bach, Mozart, mit etwas Blasmusik und seinem Beruhigungssatz kam er gerade so über die Runden. Und ab und zu überkam ihn immer wieder diese religiöse Euphorie: Er allein würde etwas tun, das in der ganzen Welt für Aufsehen sorgte.

Wie lange kann ich so etwas im Verborgenen halten, bis es zur Ausführung kommt? Heute Abend werde ich immerhin einen Teil davon meinen Brüdern und Schwestern erzählen.

Er blickte von oben auf die Straßen hinunter, über die er zu schweben schien. Heute wollte er sich endlich ein Flugticket kaufen und er hoffte, dass Xanthippe, Otto und Allja dann eine Zeitlang Ruhe gaben.

Abends wäre er dann in der Gruppe, um von seinem Traum zu erzählen. Er wollte es so darstellen, dass es wichtig und geheimnisvoll klang.

Der Bus hielt, Vincent stieg aus und erkundigte sich in einem Reisbüro nach einem Flug. Verwundert stellte er fest, dass es überhaupt keine Probleme gab, kurzfristig an ein Ticket zu kommen. Also kaufte er eines für den übernächsten Tag. Je eher er dort war, desto schneller brachte er es hinter sich.

»Wissen Sie«, sagte die Frau hinter dem Tresen, »zurzeit wollen nicht viele nach Israel reisen.« Sie blickte ihn kritisch an und fragte dann: »Brauchen Sie einen Sprachführer für Ivrit?«

»Wofür?«

»Für das moderne Hebräisch. Aber Sie kommen auch ganz gut mit Englisch über die Runden. Bei Deutsch würde ich vorsichtiger sein, besonders bei älteren Leuten.«

»Vielen Dank.«

»Wollen Sie das Ticket morgen abholen oder möchten Sie solange noch etwas anderes erledigen?«

»Ich hole es morgen ab.«

Er verließ das Reisebüro und ging zu Fuß weiter. Das frühlingshafte Wetter verführte zum Spazierengehen. Die Linden hatten jetzt ihre Blüten und Blätter voll entfaltet, während die Ahornbäume sich mit dem Grün noch zurückhielten.

Vincent genoss den Gang durch die Straßen, weil sie für ihn so ruhig waren. Den Autolärm bemerkte er gar nicht. Die Ruhe kam von innen, von der völligen Abwesenheit der Stimmen. Ein wunderbarer Zustand!

Man muss ihnen nur ein wenig gehorchen und sie sind zufrieden, wie jaulende Hunde, denen man einen Knochen hinwirft.

Außerdem weiß ich immer noch nicht, wie das alles funktionieren soll. Ich habe zwar morgen das Flugticket, aber mit dem Sprengstoffgürtel komme ich nicht ins Flugzeug. Also, wenn ich ein Auserwählter bin, soll sich die göttliche Gesellschaft etwas einfallen lassen.

Im Stillen dachte Vincent, dass die Stimmen etwas Vorübergehendes seien, bis er so weit gefestigt war, gegen alle inneren und äußeren Widerstände seinen Auftrag durchzuführen. Er würde nach Israel fliegen, um zur Verfügung zu stehen. Alles andere würde sich ergeben. Und wenn nicht, hätte er ein paar Tage Badeurlaub am Meer gehabt und würde das Ganze eben später wiederholen.

Aber wenn er es überhaupt nicht machte, dann fiele sein Leben in seine vorherige Bedeutungslosigkeit zurück. Er musste es tun!

Unterwegs zum Treffpunkt seiner Gruppe gönnte er sich einen kleinen Imbiss in einem Feinschmeckerrestaurant und stand zehn Minuten vor acht vor dem mehrstöckigen Haus mit Jugendstilfassade, in dem sich der Versammlungsraum befand.

Inzwischen war er so entspannt wie schon lange nicht

mehr. Ja, er freute sich sogar ein wenig auf seinen Vortrag. Sein Traum würde Eindruck machen. Er musste ja nicht in die Einzelheiten der Sprengung gehen. Nur dass er auserwählt worden war, um den Grundstein für den dritten Tempel in Jerusalem zu legen.

Wie immer war er der Erste, der kam. Das war auch ganz gut so. Außer ihm hatten nur noch zwei aus der Gruppe einen Schlüssel.

Er zog die Vorhänge zurück, öffnete die Fenster und fand es einfach himmlisch, dass keine einzige Stimme zu hören war. Jetzt erst merkte er, wie ungestört sein Leben bisher ohne die Stimmen verlaufen war. Aber auch ereignisloser.

Ein paar Sekunden lang lehnte er sich auf das Fensterbrett und blickte hinunter auf den Innenhof. An einer Ecke war eine große Sandkiste, in der buntes Spielzeug verstreut herumlag. Offensichtlich wurde der Sandkasten benutzt. Ein Holztisch und vier Klappstühle, wie man sie in Berliner Biergärten benutzte, standen in einer Ecke. Jemand hatte dort vor Jahren einen kleinen Baum gepflanzt. Vincent konnte von oben nicht genau erkennen, was für ein Baum das war. An einem Schuppen lehnten Fahrräder, weiter hinten standen vier Mülltonnen.

Es klingelte. Vincent löste sich von seinen Hinterhofbetrachtungen, ging zur Tür und betätigte den Summer.

Ein Blick in den Flurspiegel zeigte ihm seinen Kopf mit dem blonden Vollbart, diesmal von einer Schirmmütze gekrönt. Er wollte die Mütze aufbehalten, damit die Leute nicht immer auf seinen Verband starrten.

Als ungefähr zwanzig Mitglieder eingetroffen waren, ging Vincent nach vorne, begrüßte die Anwesenden und fragte nach Neuigkeiten. Jemand wollte Grüße loswerden. Dann wurde es still. Vincent merkte, dass die meisten auf seine

Mütze starrten. Und so fing er an, von seinem Erlebnis mit der Bundeslade und der steinigen Auseinandersetzung mit Abdul zu erzählen. Dabei stellte er es so dar, dass man den Eindruck bekam, er sei eine Art selbstloser Märtyrer, der für seine Überzeugungen litt.

Er genoss die Blicke von zwei gut aussehenden Frauen, die er vorher noch nicht bemerkt hatte. Es kamen also immer noch neue Leute dazu.

»Und jetzt muss ich euch von einem Traum berichten, der mein Leben verändert hat«, sagte er. Alle blickten gespannt auf und Vincent hatte die ungeteilte Aufmerksamkeit der Gruppe.

Er erzählte ausführlich in allen Einzelheiten von der Traumbegegnung mit Allja, dem Vorhanggott, und merkte, dass einige die Stirn runzelten.

»Mir ging es so, wie es einigen von euch wahrscheinlich auch gegangen wäre«, sagte Vincent. »Ich nahm das Ganze zunächst gar nicht ernst. Zwar erfüllte mich der Traum mit einer gewissen Verwunderung, dass ausgerechnet ich erwählt worden sein sollte, den Grundstein für den dritten Tempel in Jerusalem zu legen, aber ich dachte mir: Man kann viel zusammenträumen, wenn die Nacht lang genug ist, oder?«

Er lachte und merkte, dass er die Kritiker aus der Gruppe gewonnen hatte, die nickten und dabei grinsten.

»Aber dann sprach Gott wieder zu mir. Diesmal … in der Küche. Ich hörte deutlich seine Stimme und bekam eine Gänsehaut, das kann ich euch sagen.«

»Was?«, fragte jemand. »Du hast eine richtige Stimme gehört, ohne dass jemand im Raum war?«

»Genau. Wenn ihr den Koran oder die Bibel aufschlagt, werdet ihr feststellen, dass fast alle Propheten Gottes Stimme deutlich gehört haben.«

»Und was genau sagte … ähm … die Stimme?«, rief ein Mann.

»Ich bin auserwählt worden, den Grundstein für den dritten heiligen Tempel zu legen.«

»Gut, Vincent, das hast du schon gesagt, als du uns den Traum erzählt hast, aber was genau bedeutet das?«

Vincent überlegte. »Vielleicht das Ende der Omarmoschee.«

Eine Sekunde lang war es still, dann setzte ein lautes Gemurmel ein.

»Bitte, hört mir zu, Freunde!«

Das Gemurmel ebbte nur langsam ab.

»Hört mir bitte zu! Es mag hart klingen, dass vielleicht die Omarmoschee zerstört werden könnte. Aber wissen wir, ob nicht der dritte Tempel all das Gute der Moschee enthält, nur noch in viel größerem Maße? So wäre es im Grunde gar keine Zerstörung, sondern … sondern eine Art Erweiterung. Ich stelle mir den dritten Tempel als ein Zentralheiligtum aller Religionen vor, heißt es doch bei dem Propheten Jesaja im zweiten Kapitel, dass alle Völker nach Jerusalem zum Tempel strömen würden. Viele Juden glauben, dass der Messias kommt, wenn der dritte Tempel gebaut wird.«

Er hatte sich eine Bibel besorgt, schlug die Stelle auf und las:

»›Viele Völker ziehen los und rufen einander zu: Kommt, wir wollen auf den Berg des Herrn steigen, zum Tempel des Gottes Israels! Dort wird er uns seinen Weg zeigen und wir werden lernen, so zu leben, wie er es will. Denn vom Berg Zion aus wird der Herr seine Weisungen geben, dort in Jerusalem wird er der ganzen Welt seinen Willen verkünden.‹«

Zunächst war es nach dem Zitat still geworden. Man spürte, dass der Großteil der Zuhörer beeindruckt war, aber dann standen zwei Männer auf.

Einer rief: »Vincent, du bist vollkommen durchgeknallt. Dieser Steinwurf in Köln hat dein Gehirn vernebelt! Es kann niemals Gottes Wille sein, eine Moschee zu zerstören!«

Ein anderer erhob sich ebenfalls und rief: »Nein! Wartet! Es stimmt, was Vincent gesagt hat. Es geschehen seltsame Dinge. Habt ihr nicht in der Zeitung gelesen, dass es jetzt eine Frau gibt, die direkt vom Apostel Petrus abstammen soll?«

»Ich kenne diese Frau!« Das war Rons Stimme und Vincent wandte sich ihm zu und hörte genau hin.

»Ich bin mit ihr verheiratet«, fuhr Ron fort, »aber wir leben zurzeit getrennt.«

Während Ron sich leise mit seinem Nachbarn unterhielt, durchzuckte Vincent ein ungeheurer Gedanke. Natürlich! Es passte alles zusammen: Diese Frau würde die neue Führerin sein. Verwandt mit dem großen Apostel. Er musste sie aufsuchen und sie für seinen Plan gewinnen. Sogar ihre Adresse hatte er noch.

Nach seinem eigenen, gewaltsamen Tod und dem Bau des dritten Tempels sollte sie die Scharen, die nach Jerusalem strömen würden, sammeln und ihnen den Zugang zu Allja eröffnen!

Mein Gott, ein Mosaikstein nach dem anderen fügt sich zusammen!

Er wollte mit seinem Vortrag fortfahren, aber schon standen ein Ehepaar und ein junger Mann auf und wandten sich zum Gehen.

»Wo wollt ihr hin?«, fragte Vincent laut.

»Wir bleiben hier nicht länger«, sagte der Mann, der sonst immer hinterher den Raum aufgeräumt hatte. »Das Ganze hier gleitet in eine gefährliche Spinnerei ab. Ich will damit nichts zu tun haben. Du solltest dringend einen Arzt aufsuchen, Vincent. Das ist meine Meinung.«

»Ja, geht nur!«, rief Vincent ihnen hinterher. »Dann müssten Elia, Jesaja, Mohammed und Paulus auch krank gewesen sein, findet ihr nicht?«

Einige lachten.

Vincent spürte, dass es für heute genug war.

Er hob die Hände und sagte mit salbungsvoller Stimme: »Freunde, lasst uns hier schließen. Betet für mich, dass ich die nächsten Prüfungen bestehe.«

34

BERLIN-PANKOW, 9. JUNI

Auf der Terrasse, die von Claras Wohnung nach draußen führte, stand ein breiter, weißer Sonnenschirm, unter dem Selma saß, mit einem Glas Apfelsaft in der Hand. Es war so warm, dass man ohne Schutz nicht in der Sonne sitzen konnte. Über den Rosen, die Clara gepflanzt hatte, summten Bienen. Die Tulpen waren schon lange verblüht und hatten den Akeleien Platz gemacht.

»Selma, dein Handy klingelt!«

Clara kam aus dem Wohnzimmer nach draußen und reichte ihrer Freundin den handlichen Apparat, aus dem synthetisch die Melodie eines Mozartmotivs herausblubberte.

Selma blickte misstrauisch auf das Display.

»Ja?«

»Ich bin's, Gaston. Selma, schalt nicht ab, ich muss dringend mit dir reden, es ist …«

Selma drückte auf den roten Knopf und legte das Handy neben die Saftflasche.

»Abgewürgt? Wer war's denn?«

»Dieser Archäologe, Gaston Lemaire, der mir den ganzen Mist eingebrockt hat.«

»Aber vielleicht ist es ja wirklich etwas Wichtiges.«

»Ich bin nur wütend auf ihn.«

»Na ja, immerhin weißt du durch ihn, dass du vom Apostel Petrus abstammst.«

»Das hab ich selbst herausbekommen, als ich die Wortfetzen richtig ergänzt und in der Bibel nachgelesen habe. Übrigens eine interessante Lektüre. Zurzeit lese ich alles, was Petrus in seinem Brief geschrieben hat. Klingt ein bisschen geschraubt. Ungewöhnlich für einen einfachen Fischer. Als Nächstes kommen die Evangelien und Paulus dran.«

»Na ja, aber ohne die Kenntnisse der aramäischen Sprache, die dieser Gaston ...«

»Clara. Ich will mir nicht den Tag durch Gaston verderben lassen, bitte!«

»Na schön. Aber gib's zu: Ein bisschen verliebt warst du doch in ihn.«

Selma ließ sich in die Lehne des Gartenstuhls zurücksinken und seufzte: »Was soll ich darauf antworten?«

Clara goss sich Apfelsaft in ein leeres Glas und trank einen Schluck.

»Sag einfach: Ja.«

»So einfach war das nicht. Weißt du, nach der Trennung von Ron hatte ich absolut keine Lust auf neue Männerbekanntschaften. Ich fand den Franzosen ganz sympathisch. Er hat etwas von einem großen Jungen, ist intelligent, charmant, aber ...« Sie stockte.

»Aber was?«

»Na ja, erst als er weg war, dämmerte es mir, dass ich dabei war, mich zu verlieben. Ich habe es nicht wahrhaben wollen. Und dann ist da immer noch Ron, der mich nicht in Ruhe lässt und zu den unpassendsten Zeiten auftaucht. Am Anfang habe ich ihn nur abgewimmelt, aber er will ehrlich an sich arbeiten. Nur – ich kann das noch nicht glauben. Vor ein paar Wochen war alles klar für mich: strikte Trennung. Schluss. Jetzt komme ich wieder ins Nachdenken.«

Clara legte ihre Hand auf Selmas Hand. »Du hängst zwischen zwei Männern fest.«

»Nein, Clara! Mit Gaston bin ich fertig. Ihm ging es doch nur darum, eine archäologische Sensation in die Medien zu bringen. Vielleicht hat er mir gegenüber jetzt ein schlechtes Gewissen und will sich bei mir einschmeicheln, aber nicht mit mir! Mein Gott, ich bin ihm auf den Leim gegangen!«

Clara stand auf. »Bevor ich's vergesse, ich habe heute deinen Briefkasten geleert. Ein Brief von der israelischen Botschaft war dabei. Ich bringe ihn dir.«

Sie verschwand im Wohnzimmer und kam mit einem Brief zurück.

»Bitte!«

»Komisch. Was will denn die israelische Botschaft von mir?«

»Vielleicht will dich der Botschafter besuchen? Immerhin hast du jetzt jüdische Vorfahren.«

»Quatsch. Ich glaube, mindestens ein Drittel der Deutschen haben jüdische Vorfahren.«

Sie riss das Kuvert auf und überflog den Inhalt.

»Und? was ist es?« Clara stand abwartend an der Terrassentür.

»Sie laden mich ein, eine Woche lang Israel zu besuchen. *Besuchen Sie das Land Ihres Vorfahren Schimon* … Am Air-France-Schalter liegt ein Ticket für mich bereit. Ich muss nur anrufen, das Datum durchgeben und bestätigen. Zwei Hotelgutscheine für Jerusalem und Tel Aviv liegen auch dabei.«

»Gratuliere, Selma. Immerhin eine positive Seite.«

Selma blinzelte in die Sonne und verjagte eine Biene von ihrem Saftglas. »Ich verstehe nicht, warum die das machen«, sagte sie.

»Ganz einfach: Das ist Werbung. Wenn du dort hinfliegst, wird es die Presse erfahren, ein Imagevorteil für den Staat Israel, um aus den Negativschlagzeilen herauszukommen.«

»Hm«, meinte Selma. »Ich kann unmöglich Fabian eine Woche allein lassen.«

»Warum denn nicht? Er fühlt sich bei mir wohl. Und du kommst mal aus allem raus. Weg von Ron, von diesem Gaston und seinen Telefonanrufen, weg von der Presse. Und wenn du wiederkommst, gibt es inzwischen eine neue Schlagzeile und du bist für die Presse nicht mehr wichtig.«

Selma schwieg, dann murmelte sie: »Vielleicht hast du sogar recht.«

35

BERLIN-KREUZBERG, 10. JUNI

»Du bist in letzter Zeit so … so verändert. Seit diesem Steinwurf«, sagte Nick und blickte Vincent fragend an.

»So? Bin ich das?«

Nick saß hinter dem Steuer seines Wagens und Vincent spielte den Beifahrer. Es dämmerte bereits. Die Straßenlampen flackerten eine nach der anderen auf und die Lichter der Schaufenster und Kneipen spiegelten sich in den regennassen Gehsteigen.

Zum dritten Mal drückte Nick auf den Sprühhebel der Scheibenwischanlage, um den schmierigen Film aus Regen und Blütenstaub durchsichtiger zu machen.

»Ja«, setzte Nick nach. »Ich hab das neulich schon gesagt: Du wirkst so geistesabwesend. Und wenn du denkst, dass dich niemand sieht, führst du Selbstgespräche oder wirfst plötzlich mit seltsamen Wörtern um dich. Was ist los mit dir?«

»Meine Güte! Nur weil ich mal *Wiederblicken* statt *Wiedersehen* gesagt habe?«

»Nein. Aber neulich hast du auch wieder so ein seltsames Wort gebraucht. Aber es fällt mir jetzt nicht ein.«

Vincent schwieg und lenkte dann ein: »Na ja, dieses Erlebnis in Köln hat mich ziemlich aus der Bahn geworfen.«

Nick schwieg und wartete auf mehr Erklärungen. Der Audi hielt vor einer roten Ampel.

Vincent fuhr fort: »Ich hätte nicht gedacht, dass mein … dass meine friedliche Vorstellung von einer Harmonie aller Religionen so heftig abgelehnt wird.«

»Ich hab dir doch schon immer gesagt, dass das bei den meisten nicht gut ankommt.«

Soll ich ihm von meinem Traum erzählen und den Stimmen? Besser nicht.

Die Ampel schaltete auf Gelb und dann auf Grün. Nick ließ die Kupplung kommen und fuhr langsam weiter, während der Regen zunahm.

»Nick, lass mich hier mal raus.«

Sein Mitbewohner bog in eine Seitenstraße ein und hielt an einer Bushaltestelle.

»Was willst du eigentlich in Kreuzberg?«

»Ich treffe einen alten Bekannten. Wir haben uns in einer Kneipe verabredet.«

»Vielleicht eine weibliche Bekannte?«

Vincent verdrehte die Augen. »Nein. Ein Mann. Außerdem, du kennst doch Iris.«

»Das hat nichts zu sagen.«

Vincent machte die Tür auf und verabschiedete sich.

Als Nicks Auto außer Sicht war, ging er weiter und drückte sich an den Hauswänden entlang, um nicht allzu nass zu werden. Es sah nicht so aus, als ob er eine dringende Verabredung hätte.

Er stellte sich schließlich unter eine Markise, die den Regen abhielt, und wartete den Schauer ab.

»Ich hoffe nur, dass du auch etwas unternimmst und nicht nur eine Kneipentour machst«, sagte Xanthippe mit einem spöttischen Unterton.

Vincent zog sein Handy aus der Tasche, ließ es ausgestellt und tat so, als ob er telefonierte. Er hatte keine Lust, als Verrückter zu gelten, der laute Selbstgespräche führte.

»Beruhige dich. Ich werde es tun!«, sagte er. »Ich hab verstanden, worum es geht. Lasst mich also gefälligst in Ruhe. Ich komme auch ohne euch zurecht!«

»Gut so. Ja, so gefällst du mir, Vincent.«

»Und wo willst du die Sache hochgehen lassen?« Das war Ottos interessiert naive Stimme.

»Mist! Sind denn heute alle anwesend?«

»Ja, und wo willst du die Sache hochgehen lassen?«, wiederholte Otto.

»Na wo wohl? Auf dem Tempelplatz natürlich. Aber frag mich nicht, wie das funktionieren soll.«

»Aber da ist doch ein Flughafen.«

»Nein, der Flughafen liegt ihn Tel Aviv.«

»In Tempelhof ist ein Flughafen.«

»Meine Güte, wir reden nicht von Deutschland, sondern von Israel.«

»Aber in Berlin ist der Tempelhof.«

»Aber es steht kein Tempel darauf.«

»Warum heißt er dann Tempelhof?«

»Keine Ahnung, aber es gibt dort keinen Tempel.«

»Dann gibt es in Jerusalem vielleicht auch keinen Tempel?«

»Nein. Ja. Es gibt keinen Tempel mehr dort, nur eine Mauer und einen Platz.«

»Aber warum heißt es dann Tempelplatz, wenn es keinen Tempel mehr gibt?«

Vincent biss die Zähne zusammen, um diesem Irrsinn nicht noch mehr Nahrung zu geben.

»Lasst mich in Ruhe!«

Trotz des Regens waren Leute unterwegs: Eine junge Mutter mit Kopftuch, stark geschminktem Gesicht und lackierten Fingernägeln schob einen Kinderwagen vorbei. Halbwüchsige Jungen mit Handys redeten auf zwei Mädchen ein. Ihre Haare standen in alle Richtungen und schimmerten feucht. Aber nicht vom Regen.

Vincent drehte sich unter der Markise um und blickte auf ein erleuchtetes Schaufenster, in dem zwischen Wasserpfeifen und Klobürsten ein in Zellophan eingeschweißtes Bild eines kitschigen Jesus stand.

Ein klassisches Beispiel von Respektlosigkeit. Bei meinem nächsten Vortrag könnte ich die Szene einflechten. Neulich, als ich in Kreuzberg unterwegs war, standen in einem Schaufenster …

Vincent streckte seine Hand aus und als er sah, dass es nicht mehr regnete, ging er weiter. In einer Seitenstraße entdeckte er die leuchtenden Buchstaben *Café Istanbul.*

Kurz entschlossen ging er hinein und wurde von einer Rauchwolke empfangen, obwohl rauchen verboten war. Aber es roch irgendwie sanfter oder süßer als in deutschen Kneipen und Vincent merkte auch warum: Einige der Gäste hatten eine Wasserpfeife auf ihrem Tisch stehen. Das leise Blubbern war nicht zu überhören und drang sogar durch die Vierteltonkaskaden einer orientalischen Melodie, die aus den versteckten Lautsprechern pulsierte.

Im Raum verteilt standen niedrige Tische. Darum herum Polster, auf denen Leute saßen oder lagen.

Man trank Kaffee, Bier und Cocktails.

War es für strenge Moslems nicht verboten, Alkohol zu trinken?, überlegte Vincent, während er nach einem freien Platz Ausschau hielt. Offenbar hielten sich aber nicht alle daran, so wie Abdul.

An einem länglichen Tisch saßen zwei Männer und unterhielten sich. Das war der einzige halbwegs freie Platz. Vincent setzte sich dazu, wurde freundlich begrüßt und bestellte sich einen türkischen Kaffee.

Es war gar nicht schwer, ins Gespräch zu kommen, und irgendwann ließ er dann seinen Satz fallen, dass er bereit sei, in Israel etwas in die Luft zu sprengen, auch wenn er dabei draufginge.

Die beiden Männer blickten ihn zwar erstaunt an, sagten aber nichts dazu.

Im dritten Lokal wurde er tatsächlich angesprochen. Er wollte gerade gehen und war froh, dass er seinen Stimmen zumindest gezeigt hatte, wie bereitwillig er bis jetzt seinem Auftrag gefolgt war.

Da legte ihm jemand eine Hand auf die Schulter.

»Hey, Mann. Ich spendier dir einen Kaffee.«

Vincent drehte sich um und sah einen mittelgroßen Mann, der arabisch aussah und ihn angrinste. Er lud ihn mit einer Handbewegung ein, an der Theke Platz zu nehmen. Nach einer Weile fing der Fremde an und sagte: »Ich hab deine Bemerkung vorhin zufällig gehört. Meinst du das im Ernst?«

Vincent merkte, dass sein Herz schneller schlug. Und er begriff plötzlich, dass es eine Sache war, davon zu reden und sich etwas vorzunehmen, aber ein völlig anderes Gefühl, wenn ein Selbstmordattentat plötzlich nicht nur eine Möglichkeit blieb.

»Na ja«, sagte Vincent nach einer Weile, »das ist sowieso nicht möglich bei den Sicherheitsvorkehrungen an den Flughäfen.«

Der Mann lächelte leicht und hob seine Tasse. »Ich bin da anderer Meinung. Wie bist du überhaupt auf den Gedanken gekommen?«

Vincent erzählte, dass er im Traum von Allja den Auftrag bekommen habe, in Israel etwas zu zerstören.

»Du bist Moslem?«, fragte der Mann erstaunt, der keinen Unterschied zwischen Allah und Allja herausgehört hatte.

Vincent wollte das Missverständnis aufklären, aber dann fiel ihm ein: Warum sollte der Mann nicht bei seiner Vermutung bleiben? Das würde manches vereinfachen.

»Ich bin ganz am Anfang der neuen Religion«, sagte er zweideutig, »und muss noch viel lernen, aber dass ich mich für ein Opfer zur Verfügung stelle, steht fest.«

»Mann, das ist großartig. Mit deinen blonden Haaren siehst du wie ein ganz normaler europäischer Tourist aus und du bewegst dich wie ein Europäer. Hast du dir schon überlegt, was du zerstören willst?«

Vincent zuckte mit den Schultern. »Irgendein offizielles Gebäude. Ich fliege übermorgen. Trotzdem kann ich mir nicht vorstellen, wie ich mit Sprengstoff durch die Flughafenschleusen komme.«

Wieder grinste der Mann. »Es gibt da Möglichkeiten. Es ist einfacher, als du denkst. Aber lass uns in einen Nebenraum gehen.«

Vincent wurde es zunehmend unbehaglicher.

»Und warum willst du mir dabei helfen?«, fragte er den Fremden, als sie in einem ruhigen Nebenzimmer standen. »Wo ist der Haken?«

Der Mann blickte ihn an und seine Augen funkelten: »Ich bin Palästinenser. Die Israelis haben meine beiden Söhne erschossen. Nicht im Krieg. Das hätte ich vielleicht noch hinnehmen können. Sie waren sieben und neun.« Seine Stimme wurde hart. »Ich denke, das ist Grund genug.«

Der Mann, der seinen Namen nicht nannte, holte sich einen Stuhl heran und machte eine Handbewegung, dass Vincent Platz nehmen sollte.

»Also, es ist so«, begann er. »Ich werde dir Geld und eine Kontaktadresse in Jerusalem geben. Du schreibst sie von dem Zettel ab, und zwar mit Kuli auf deine Fußsohle. Danach verbrennst du den Zettel. Diese Adresse darf nicht in die falschen Hände geraten.«

»Auf meine Fußsohle?«

»Ja. Bei den Sicherheitskontrollen am Flughafen werden sie nicht unter deine Fußsohlen schauen, aber ein Buch oder einen Zettel könnten sie unter Umständen finden.«

»Und ...«, begann Vincent, »was ich nicht ganz verstehe: Du vertraust mir, ohne mich zu kennen, gibst mir Geld und diese Adresse. Ich könnte es mir ja anders überlegen, die Leute verraten und das Geld für irgendetwas anderes ausgeben.«

Der Mann sagte nichts, sondern blickte an Vincent vorbei, dann flüsterte er: »Von dem Augenblick an, in dem du das Geld und die Adresse bekommst, wirst du überwacht. Wenn du uns verrätst, wirst du eines Tages in deinem Bett tot aufwachen. So einfach ist das.«

Vincent merkte, wie sein Herz anfing, schneller zu schlagen. Er versuchte es mit einem kleinen Scherz. »Ach so funktioniert das«, lächelte er. »Vertrauen ist gut ...«

»... Kontrolle ist besser. Genau. Ich sehe, wir haben uns verstanden. Und? Machst du mit?«

Vincents Gedanken überschlugen sich, aber er stellte fest, dass er den Weg schon zu weit gegangen war. Und was sollte er seinen Stimmen sagen, wenn er einen Rückzieher machen würde? Nun, das gehörte wahrscheinlich zum Auftrag eines Propheten, auch die unangenehmen Seiten durchzuziehen.

Als er eine Stunde später wieder in seiner Wohnung ankam, hatte er Magenschmerzen. Plötzlich schien alles gar nicht mehr so unrealistisch zu sein und er überlegte wieder, ob er überhaupt noch eine Chance hatte, aus dieser Situation herauszukommen.

»Na, mein Lieber, hast du schon die Hose voll, bevor es losgeht?« Das war die keifende Stimme.

Mein Gott, sie können Gedanken lesen.

»Natürlich wissen wir, was du denkst«, sagte Xanthippe mit schadenfroher Stimme. »Du elender Feigling.«

»Ja, du bist ein feiger Feigling.« Das war Otto.

»Lasst mich in Ruhe.«

Er ging zu seiner Stereoanlage und suchte nach den Brandenburgischen Konzerten von Bach.

»Ja, ja, wir lassen dich in Ruhe. Du kannst dir deine Therapeutenmusik sparen. Du brauchst jetzt deinen Schlaf für die große Aufgabe. Such dir jemanden, der dich unterstützt und dir seinen Segen gibt, und dann wirst du die Welt verändern durch eine einfache Explosion.«

»Peng, das war sein letztes Wort, dann trugen ihn die Englein fort«, sagte Otto.

36

BERLIN, SCHWESTERNSTATION, 11. JUNI

Selma blickte zum zwanzigsten Mal in den Rückspiegel und sah das rote Auto, das sie jetzt schon den ganzen Vormittag verfolgte. Nach der ersten Adresse auf ihrer Tour war ihr der Wagen bereits aufgefallen. Ob das wieder diese Einbrecherin war? Meine Güte, sie musste doch wissen, dass sie den Schmuck nicht mehr hatte! Was sollte das? Wollte sie sie unter Druck setzen?

Sie bremste abrupt, um den Fahrer oder die Fahrerin besser erkennen zu können. Auch das Auto hinter ihr bremste, aber es war näher gekommen und Selma sah, dass ein Mann hinter dem Steuer saß. Ein Mann mit einem blonden Vollbart und einer Schirmmütze.

Seltsam, ich habe diesen Kerl noch nie gesehen. Was will der bloß von mir?

Die zwölfte Adresse auf ihrer Tour. Sie bremste, parkte vor der Tür, sprühte ihre Hände ein, griff nach der Dokumentenmappe und ihrer Tasche und verschwand im Windfang des Hauses, bevor das Verfolgerauto gekommen war. Leider fuhr sie ein auffälliges Fahrzeug mit dem Schriftzug der Schwesternstation.

Die Frau, die sie betreute, gehörte zu den Patientinnen, die nicht selbst aufmachen konnten. Also suchte Selma den richtigen Schlüssel und öffnete die Tür, während sie gleichzeitig rief: »Ich bin's, Schwester Selma.« Man durfte die Leute nicht unnötig erschrecken und plötzlich im Wohnzimmer auftauchen.

Aber sie wurde ja erwartet und hörte die dünne Stimme ihrer Patientin: »Ich weiß, ich weiß, kommen Sie nur herein!«

Selma begrüßte die Frau, die im Wohnzimmer auf einem erhöhten Bett lag, machte auf Smalltalk und blickte währenddessen unauffällig aus dem Fenster, ob sie das Fahrzeug sah.

Dann machte sie die Insulinspritze fertig. Die Patientin drehte sich schon aus täglicher Gewohnheit auf die Seite. Während Selma spritzte, die Stelle desinfizierte und danach alles in der Dokumentation eintrug, merkte sie schon, dass die alte Dame noch länger mit ihr reden wollte, und ein bisschen Zeit hatten sie ja noch.

»Und wie geht's Ihren Kindern, Frau Fischer?«

»Wie soll's Ihnen gehen? Sie rufen ja nie an.«

»Wann hat denn Ihre Tochter das letzte Mal angerufen?«

Die Frau überlegte. »Ich glaube gestern.«

Selma seufzte unhörbar. Die Tochter würde niemals die Erwartungen ihrer Mutter erfüllen können. Das war wie ein Fass ohne Boden.

»Gestern war der Anruf? Aber das ist doch gar nicht so lange her, Frau Fischer. Ehrlich gesagt, rufe ich meine Mutter nur einmal pro Woche an. Und wenn ihr das nicht genug ist, ruft sie mich an.«

»Das ist etwas anderes. Sie ist ja nicht krank.«

»Na ja, gebrechlich ist sie schon und sie lebt allein.«

Die Patientin ließ ein undefinierbares Knurren vernehmen. Selmas Bemerkungen passten ihr nicht und brachten ihr Wertesystem durcheinander. Bevor sie schmollte, sagte Selma versöhnlich:

»Na, dann wird Ihre Tochter Sie sicher heute oder morgen anrufen.«

»Kann schon sein.«

Selma stand auf und verabschiedete sich.

Als sie aus dem Haus trat, war kein Auto zu sehen. Sie wusste nicht genau die Marke, aber die rote Farbe war ziemlich auffällig.

Ob ich ihn abgehängt habe?

Sie blickte auf die Uhr: kurz vor zwölf. Noch ein letzter Patient. Diesmal ein Mann, dessen Frau vor ein paar Monaten gestorben war und der nicht einmal in der Lage war, sich selbst einen Kaffee zu machen, ganz abgesehen von so schwierigen Dingen wie Kartoffeln oder Reis zu kochen. Immerhin hatte sie ihm neben der medizinischen Behandlung beigebracht, sich ein einfaches Nudelgericht zuzubereiten.

Auch nach diesem Patienten tauchte das rote Auto nicht mehr auf und sie dachte schon, sie hätte sich die Verfolgung eingebildet.

Erleichtert stieg sie in ihr Dienstfahrzeug und fuhr zur Zentrale zurück.

Es war wie immer ein Kommen und Gehen um diese Zeit. Der Korb mit den Geburtstagsgeschenken für die Patienten war schon fast leer. Sie hängte die Schlüssel an ihren Platz, schrieb ein paar Bemerkungen für ihre Nachfolgerin auf, klemmte zwei Zettel in die Klammer und kletterte müde und zufrieden in ihren blauen Golf.

Als sie nach der kurzen Fahrt einen Parkplatz bei Claras Wohnung gefunden hatte und ausgestiegen war, sah sie das rote Auto wieder. Sie hatte zwischendurch nicht mehr daran gedacht und nun hatte er sie also bis hierher verfolgt. Wahrscheinlich wollte er ihren neuen Standort herausfinden, weil er sie bei ihrer ursprünglichen Adresse nicht gefunden hatte. Unauffällig blickte sie beim Vorbeigehen in das Innere des Fahrzeugs. Niemand war zu sehen. Seltsam.

Selma zuckte mit den Schultern und ging zu dem Dreifamilienhaus, in dem Clara wohnte. Da trat ein Mann aus dem Schatten eines anderen Hauses und kam ihr entgegen. Sie erkannte ihn wieder an dem blonden Bart und der Schirmmütze.

Was will der Kerl bloß von mir?

Unwillkürlich spannte sie ihre Bauchmuskeln an und machte eine Faust.

»Entschuldigen Sie ... kann ich Sie kurz sprechen?«, fragte er und seine Stimme klang sogar freundlich.

Selma blieb unschlüssig stehen. »Um was geht es denn? Ich kenne Sie überhaupt nicht.«

»Dafür kenne ich Sie ein bisschen. Sie sind doch ein Nachkomme des Apostels Petrus, oder?«

»Ach so. Das ist es.« Ein wenig fühlte sich Selma erleichtert.

Vielleicht ein Autogrammjäger ...

»Ich habe Ihre Adresse von Ihrem geschiedenen Mann, er geht zu meinem ... zu meiner religiösen Gesellschaft, aber bei Ihrer Adresse habe ich Sie nie erreicht und deshalb ...«

»Und deshalb haben Sie mich verfolgt.«

Vincent nickte und tat etwas zerknirscht. Das kam immer gut an. Selma betrachtete ihn kurz. Eigentlich ein sympathisches Aussehen, aber gleichzeitig hatte der Mann so etwas Ruheloses. Seine Augen sprangen wie kleine Vögel hin und her, als suchten sie irgendetwas.

Es war für Selma sonnenklar, dass sie ihn unter keinen Umständen ins Haus lassen würde. Das hätte gerade noch gefehlt.

»Und was wollen Sie nun von mir?« Sie ging ein Stück näher zur Haustür.

»Ja, es ist so«, sagte Vincent, »ich bin dabei, eine neue Religion zu gründen, eine Religion, in der sich Juden, Christen und Moslems zusammentun können. Das zentrale Heiligtum wird der dritte jüdische Tempel sein, der all das enthalten soll, was für diese Religionen wichtig ist. Wenn er in Betrieb ist, dann wird der wahre Messias kommen, so sagen viele Gläubige.«

Selma runzelte die Stirn.

Das habe ich doch schon irgendwo gehört? Richtig, bei Frau Erdmann.

»Der dritte jüdische Tempel? Aber wenn überhaupt, dann kann er doch nur auf dem Tempelplatz in Jerusalem gebaut werden und da steht schon die Omar ...«

Vincent hob die Hände. »Ich weiß, ich weiß. Deshalb bin ich ja zu Ihnen gekommen. Ich bin nämlich ein Prophet und habe den Auftrag von Gott erhalten, die Moschee in die Luft zu sprengen, damit Platz für den dritten Tempel wird, und wenn ...«

»Halt, halt«, unterbrach ihn Selma. »Nicht so schnell. Habe ich Sie richtig verstanden? Sie wollen die Omarmoschee in die Luft sprengen?«

»Ja, das hat Gott mit lauter Stimme zu mir gesagt. Wissen Sie, ich habe eine ... eine mystische Begabung und es gibt Boten aus der anderen Welt, die zu mir sprechen.«

Selma grinste innerlich.

Alles klar: ein Verrückter. Ich muss ihn irgendwie loswerden. Vielleicht mit der Frage: In welchem Krankenhaus sind Sie untergebracht?

»Tja, also … wie heißen Sie eigentlich?«

»Vincent.«

»Also, Vincent. Es tut mir wirklich leid, aber ich werde Ihnen bei der Sprengung nicht behilflich sein, und nun entschuldigen Sie mich.«

Sie drehte sich um und wollte die Haustür aufschließen.

»Sie brauchen mir dabei auch nicht zu helfen«, hörte sie Vincents Stimme hinter sich. »Ich werde das allein tun und dabei sterben, wie es Märtyrern bestimmt ist.«

Ich muss auf seine Gedanken eingehen und ihn dann abwimmeln.

»Okay, das ist sehr edelmütig, dass Sie sich opfern, und nun muss ich aber wirklich nach oben und …«

Was wünscht man eigentlich einem Selbstmordattentäter? Also dann: viel Erfolg? Hals- und Beinbruch? Alles Gute bei Ihrem eigenen Tod? Hoffentlich liegen Ihre Körperteile nicht zu weit verstreut in der Gegend herum?

»Wissen Sie«, fuhr Vincent ungerührt fort. »Ich werde sterben und mit Feuer und Donner zum Himmel fahren wie Elia.«

»Und die anderen mit Ihnen«, sagte Selma. »Aber ich denke eher, dass Sie in einen feurigen Fahrstuhl steigen, der nur Knöpfe für die unteren Etagen hat.«

Vincent wischte mit einer Handbewegung die Worte zur Seite. »Das ist unwichtig. Lassen wir die Witze. Wichtig ist, dass ich eine Botschaft für Sie habe!«

»Ach! Und wie lautet die?«

Selma konnte sich noch nicht entscheiden, ob sie genervt sein oder das Bizarre dieser Situation genießen sollte.

»Meine Botschaft an Sie lautet: Sie selbst werden die Führung dieser neuen, umfassenden Religion übernehmen, wenn ich mich geopfert habe. Sie sind der wahre Nachfolger des apostolischen Stuhles. Dafür brauchen Sie auf keinen Wahlausgang zu warten. Ich werde Sie als meine Nachfolgerin einsetzen und das vorher schriftlich festlegen. Sie werden in Jerusalem wohnen und die Suchenden willkommen heißen.«

Meine Güte, dieser Vincent hat ja nicht gerade bescheidene Gedanken! Allmählich geht er mir doch auf die Nerven.

Selma steckte den Schlüssel ins Schloss und sagte mit viel Nachdruck: »Nicht mit mir, Vincent. Ich habe keine Ahnung von religiösen Dingen. Suchen Sie sich jemand anderes, vielleicht den Nachfolger von Judas.«

»Bitte, Selma, überlegen Sie es sich! Ich werde später noch mal nachfragen. Sie brauchen sicher Zeit, um nachzudenken. Ich verstehe, wenn das alles ein bisschen plötzlich kommt.«

»Ja, gut, ich denke darüber nach, also dann, auf Wiedersehen, Vincent, und … lassen Sie sich nicht unter Druck setzen. Vielleicht können Sie die Sprengung auch verschieben.«

Sie gab ihm schnell die Hand, öffnete die Tür, zwängte sich in den Hausflur und machte die Tür wieder zu. Hinter dem Glas sah sie seinen Schatten noch ein paar Sekunden stehen, dann entfernte er sich.

Aufatmend ging Selma die Stufen nach oben, schloss auf und rief: »Da bin ich!«

37

BERLIN-PANKOW, 11. JUNI

Es ist kein Zufall, dass die Nachfolgerin des Petrus in Berlin wohnt, in derselben Stadt wie ich. Das ist von langer Hand vorbereitet worden. Das göttliche Schicksal hat seine Fäden gezogen und ich spiele die Hauptrolle.

Vincent saß nach seiner kurzen Begegnung mit Selma in Nicks rotem Audi und war guter Laune. Seine Stimmen ließen ihn gerade in Ruhe und Berlin zeigte sich von seiner schönsten Seite bei diesem milden Frühlingswetter: Die Kastanien in dieser Straße wechselten sich mit den roten und weißen Blütenkerzen ab. Ein schönes Bild.

Wahrscheinlich schwiegen die Stimmen, weil sie seine Ernsthaftigkeit spürten. Sie mussten ihn nicht mehr zu seinem Auftrag antreiben.

Er parkte den Wagen fünfhundert Meter von Selmas neuem Wohnsitz entfernt und stieg aus. Sie brauchte nicht gleich das auffällige Auto zu sehen, wenn sie nachmittags die Wohnung verließ, was er hoffte. Jetzt galt es, das Eisen zu schmieden, solange es noch heiß war.

Er ging den Weg zurück und suchte nach einem Café, in dem er die Haustür beobachten konnte. Leider gab es nur eine Imbissbude. Nun gut, besser als nichts.

Er würde die Tür im Auge behalten und Selma ein zweites

Mal ansprechen. Klar, dass sie vorhin überrascht war. Das Ganze musste sich erst bei ihr setzen. Aber wenn sie begriff, dass auch sie erwählt worden war in dem neuen religiösen Drama, in dem er und sie die Hauptrollen spielten, wenn sie verstand, welche große Führungsaufgabe ihr anvertraut wurde, dann ließ sie sich sicher bewegen, mit ihm zusammenzuarbeiten.

In der Imbissstube, die Vincent jetzt betrat, lag ein Geruchsmix von gegrilltem Fleisch und Knoblauch in der Luft. Nach eifrigem Studieren der Speisekarte bestellte er sich Weißkraut mit Gyros und eine Cola.

Es war praktisch, dass er gleich bezahlen musste, dann konnte er die Imbissbude sofort verlassen, wenn Selma aus der Haustür trat.

Er stellte sich an einen der Bistrotische, die nahe am Ausgang standen, und blickte beim Essen ständig auf die Straße. Über ihm, in einer Ecke, war ein Fernseher angebracht, der irgendwelche Videoclips zum Besten gab.

Vincent war nicht der einzige Gast. Zwei Männer mit schwarzen Haaren und grellen T-Shirts standen hinter ihm und unterhielten sich in einer fremden Sprache, wahrscheinlich Türkisch.

Nach einer Stunde wurde Vincent die Zeit allmählich lang. Er wusste ja nicht einmal, ob Selma überhaupt das Haus verlassen wollte. Er konnte nur darauf hoffen. Schweren Herzens entschloss er sich, zu gehen. Außerdem brauchte Nick das Auto am frühen Abend.

Seine gute Laune von vorhin war verschwunden.

Doch als er die Imbissbude verließ, um in den roten Audi einzusteigen, öffnete sich plötzlich die Haustür von Selmas neuem Domizil. Schnell trat Vincent hinter eine dicke Kastanie und konnte sein Glück kaum fassen: Die neue geistliche Führerin trat auf den Gehsteig.

Er ließ ihr einen Vorsprung, dann überquerte er die Straße und holte sie ein.

»Hallo!«

Überrascht drehte sie sich um und Vincent sah eine ärgerliche Falte auf ihrer Stirn.

»Sie schon wieder!«

»Ja. Ich … dachte, dass ich Sie gerne nochmals sprechen wollte. Vielleicht haben Sie über meinen Vorschlag nachgedacht …?«

»Ihren Vorschlag?«, fragte Selma und beschleunigte ihre Schritte. »Was für einen Vorschlag?«

»Dass wir zusammenarbeiten. Sie wollten darüber nachdenken, haben Sie gesagt. Ich bereite den Grund für Sie vor und Sie bauen darauf ein neues, religiöses Gebäude für alle Menschen.«

Er sah, wie sich ihr Mund ärgerlich verzog.

»Gut. Ich habe nachgedacht und bin zu dem Schluss gekommen, dass ich nicht mit Ihnen zusammenarbeiten will. Ich bin nicht die Autorität, die Sie sich vorstellen. Ich habe überhaupt kein Interesse am Aufbau eines neuen religiösen Dingsbums. Ich habe eben eine neue Stelle begonnen und möchte einen Jungen großziehen. Diese Herausforderungen reichen mir erst mal. Also, bitte, lassen Sie mich mit … mit Ihren verrückten Ideen in Ruhe.«

Vincent ließ nicht locker und redete weiter: »Diese Ideen sind nicht verrückt. In der Bibel stehen Prophezeiungen, die von einem Tempel reden, zu dem alle Völker strömen. Am Bau dieses dritten Tempels könnten Sie mitwirken, wenn ich die Bühne verlassen habe.«

»Was? Welche Bühne?«

»Sie erinnern sich: Ich werde die Moschee in die Luft sprengen und wie Elia im Feuer zum Himmel fahren. Und dann sind Sie an der Reihe.«

Selma blieb stehen, stemmte die Hände in die Seiten und sagte mit etwas erhobener Stimme: »Zum Kuckuck, hören Sie mit dieser idiotischen Eliamasche auf und lassen Sie mich gefälligst mit Ihrem Gefasel in Ruhe! Wenn Sie nicht augenblicklich verschwinden, rufe ich mit meinem Handy die Polizei und die wird Sie dann hoffentlich in eine Klinik einweisen. Das ist nämlich der Ort, wo Sie hingehören.«

Vincent merkte, dass sie es ernst meinte, und blickte betreten zu Boden. »Gut, also, ich sehe schon, dass Sie noch nicht bereit sind. Ich gehe. Aber so schnell werden Sie mich nicht los. Nein, so schnell werden Sie mich nicht los.«

Er drehte sich um und ging zurück. Und in derselben Sekunde hörte er, wie Xanthippe zu ihm sprach: »Bei solchen Frauen muss man zu anderen Mitteln greifen. Ich werde dir ein paar Tipps geben.«

38

JERUSALEM, 11. JUNI

Rabbi Jizchak war zu Fuß unterwegs, um ein paar jüdische Metzger und ihre Instrumente auf ihre kultische Reinheit zu prüfen und zu sehen, wie koscher ihr Betrieb lief. Schon ein Messer, das eine winzige Scharte aufwies und das Fleisch nicht schnitt, sondern zerriss, machte ein Stück Rindfleisch unkoscher.

Jizchak war kein Unmensch und hatte seinen Besuch telefonisch angekündigt. Manchmal ließ er sich von den Metzgern auch vorführen, wie geschickt sie Fett und Sehnen von einem Fleischstück trennen konnten. Eine besondere Kunst bestand darin, die Adern, in denen sich noch winzige Reste von Blut befanden, sauber zu entfernen, ohne das Fleisch unnötig zu beschädigen.

Rabbi Jizchak hatte früher selbst Tiere geschächtet und das Fleisch zerlegt und kannte sich aus.

Manchmal, wenn er noch Zeit hatte, ließ er sich zum Spaß die weiteren Vorgänge in der Küche zeigen, die mehr in das Gebiet der Köchin fielen: das Wässern und Salzen des Fleisches, bis auch der letzte Rest von Blut verschwunden war. Und er sagte nicht Nein, wenn man ihm zum Schluss ein schön durchgebratenes Stück Fleisch anbot. Er hielt es für eine gute Regel, das Nützliche mit dem Angenehmen zu verbinden.

Seine erste Adresse führte ihn in die El-Arman-Straße in der Nähe des jüdischen Viertels zu seinem alten Bekannten Reuven.

Die Sonne hatte den Zenit schon überschritten, aber trotzdem war es noch so heiß, dass man auf der schattigen Seite der Straße gehen musste, um nicht schweißgebadet anzukommen.

Rabbi Jizchak hatte sich für diese Fälle eine langsame Gangart angewöhnt, die gerade so schnell war, dass man gut vorwärtskam, und gerade so langsam, dass man nicht unnötig schwitzte. Manchmal lächelte er, wenn er die Touristen mit roten Köpfen durch die engen Straßen gehen sah. Für sie war es vielleicht die normale Art, zu gehen, auf ihn wirkte das wie gehetzt.

Er schauderte, wenn er an den arabischen Ständen vorbeikam, die Fleisch anboten und ihre frisch geschlachteten Stücke draußen aufgehängt hatten, wo Staub und Fliegen sich mischten.

Während er sich gewandt durch die Menge schlängelte, dachte er an den letzten Besuch im Tempelmuseum und sein Gespräch mit Tobias, seinem Freund. Wie kam es nur, dass er immer mehr Zweifel bekam, wenn er an den Bau eines dritten Tempels dachte? In der ganzen Welt gab es Juden, die begeistert von dem Gedanken waren, in einem dritten Tempel den Gott Israels anzubeten nach zweitausend Jahren tempelloser Zeit. Es wäre ein starkes Zeichen der Verbundenheit. Aber ihn störte das immer mehr, denn es wäre auch ein Zeichen von Gewalt, da es unweigerlich mit dem Verschwinden der Omarmoschee einhergehen würde. Ein anderer Platz für einen dritten Tempel wäre undenkbar.

Er fühlte sich in dieser kritischen Rolle nicht besonders wohl. Viel lieber wäre er freudig dabei, wenn man sich im Tempelinstitut traf, um die neuesten Ereignisse und Informationen zusammenzutragen.

Vor ihm tauchte eine Touristengruppe auf und er sah, wie die Frauen krampfhaft ihre Handtaschen festhielten. Er lauschte auf die Worte und meinte, dass sie schwedisch oder dänisch klangen.

Unvorstellbar, welche weiten Reisen diese Menschen auf sich nahmen, um einmal nach Jeruschalajim zu kommen und durch diese engen stinkenden Gassen zu gehen!

Endlich hatte er Reuvens Haus erreicht und klingelte an der Tür. Als niemand aufmachte, drückte er auf die Klinke und fand, dass die Tür offen war. Vorsichtig betrat er den winzigen, dunklen Flur und ging nach hinten, wo sich der Schlachtraum befand mit der Kühlkammer.

»Schalom!«, rief er. »Ich bin's, Jizchak, die Kontrolle!«

Von oben hörte er weibliches Gelächter und dann das unbekümmerte Poltern von jugendlichen Schritten.

»Es ist der Rabbi!«, rief ein Mädchen, eine von Reuvens Töchtern. Sie kam etwas gesitteter herunter, grüßte und führte Jizchak in einen sauberen, gekachelten Raum, an dessen rechter Wand eine Fülle verschiedenartiger Messer hing.

»Mein Vater kommt gleich«, sagte sie. »Der Rabbi soll sich schon mal die Messer ansehen, hat er zu mir gesagt.«

Sie verschwand wieder nach oben und Jizchak hörte ihr Gelächter, als ob sie es oben liegen gelassen hätte und jetzt wieder aufgriff.

»Gut, also die Messer«, murmelte Jizchak und griff sich das erste aus der Reihe. Er holte seine Lesebrille heraus und eine Lupe und besah sich das Messer von allen Seiten, dann ließ er die Schneide langsam über seinen Daumennagel gleiten. Er nickte und griff zum zweiten Messer. Währenddessen betrat Reuven den Raum, mit umgebundener Schürze, und gab Jizchak die Hand.

»Schalom, alter Kontrolleur. Na? Hast du schon etwas gefunden?«

»Sieht alles sehr ordentlich aus, mein Lieber«, sagte der Rabbi und ließ sich bei seiner Arbeit nicht stören.

»Aber hier, Reuven.« Er reichte ihm ein Messer. »Die Schneide ist an meinem Nagel kurz hängen geblieben.«

»Lass sehen!«

Der Metzger griff nach dem Messer und führte den Nageltest selbst durch.

»Du hast recht. Eine kleine Unebenheit. Ich lege es zur Seite. Wenn du durch bist, kommst du dann nach oben? Michal hat ein Stück Lamm für dich zubereitet. Vorschriftsmäßig gewässert und gesalzen. Und sie probiert ein paar Spezialkräuter aus.«

»Gerne.«

Jizchak nickte und nahm sich die langen feinen Geräte vor, die für das Herauslösen der Sehnen und Adern bestimmt waren.

»Ach, bevor ich's vergesse«, sagte Reuven, »ich habe dir etwas aus der Zeitung ausgeschnitten. Tierschützer in Europa beklagen sich, dass die Tiere durch das Schächten zu viel leiden. Einfach lachhaft. Hier.« Er reichte dem Rabbi ein Stück Zeitung, das der im Stehen überflog.

Resignierend schüttelte er den Kopf. »Diese Leute haben keine Ahnung, dass durch den fachmännischen Schnitt beim Schächten die Tiere weniger leiden als in diesen bestialischen Schlachthöfen.«

Als Reuven nach oben gegangen war und Jizchak wieder allein war und die restlichen Werkzeuge prüfte, murmelte er vor sich hin: »Messer, immer wieder Messer. Fleisch und Blut von Tieren. Und wenn der Kult in einem dritten Tempel wieder aufgenommen werden sollte, müssten Tausende von Tieren geschlachtet werden. Ströme von Blut würden fließen und die Tierschützer der ganzen Welt würden aufschreien.«

Wenn sie sich schon über das Schächten aufregen, dann werden sie sich über das kultische Schlachten erst recht aufregen!

Er legte das letzte Messer weg, bog seinen Rücken gerade und erstarrte in der Bewegung. »Genau!«, sagte er zu sich selbst. »Das ist es! Deshalb fühle ich in mir ein wachsendes Unbehagen. Meine Fantasie ist zu gut. Ich kann mir den praktischen Vollzug der alten Opferriten in diesem Ausmaß zu gut vorstellen. Ich sehe förmlich die Ströme von Tierblut vor mir, die vielen Kadaver. Sicher, das Fleisch wird auch gegessen, aber das Fett müsste man verbrennen und eine Rauchwolke würde über dem Tempel hängen. Es wäre ein Rückschritt, wieder mit den Tieropfern zu beginnen, nachdem wir es zweitausend Jahre auch so ausgehalten haben! Will Gott wirklich dieses viele Blut fließen sehen, um vergeben zu können?«

Er ging zu der Kühlkammer, um exemplarisch ein paar koschere Fleischstücke zu betrachten, die zum Stempeln freigegeben waren. Im Prinzip wusste er, dass Reuven gewissenhaft war, aber es war nun einmal seine Aufgabe, alles zu prüfen. Auch das war eine Art Gottesdienst für ihn: den Gläubigen wirklich koscheres Fleisch anzubieten, um das göttliche Gesetz zu erfüllen.

Sorgfältig betrachtete und befühlte er fünf Rinderhüften und eine Lammschulter und nickte zufrieden.

Als er sich die Hände wusch, dachte er dabei:

Es wird mir immer klarer: Hesekiels Tempel ist symbolisch gemeint. Dabei bleibe ich. Die Frage ist nur: Wofür steht er? Was genau will er abbilden? Auf jeden Fall merke ich immer mehr, dass ich gegen einen dritten Tempel bin. Aber, meine Güte, wenn ich das laut sage, gibt es einen Aufstand!

Er ging zurück in den Hausflur und roch den würzigen Duft von gebratenem Lamm. »Und nun zu den fleischlichen Genüssen!«

39

BERLIN-PANKOW, 11. JUNI, ABENDS

»Ich habe dir ein paar Bücher mitgebracht, Selma«, sagte Clara und legte einen Stoß Bücher auf den Tisch, an dem ihre Freundin saß und Kerzenwachs aus verschiedenen Messingständern herauspulte. Sie musste irgendetwas Sinnvolles tun.

»Was für Bücher?«

»In zwei Tagen fliegst du nach Israel und da sollte man sich zumindest informieren, was es da so gibt.«

Sie setzte sich zu Selma an den Tisch.

Selma seufzte und schüttete das Ergebnis ihrer Kratzerei auf eine Zeitung. Dann nahm sie einen alten Lappen und träufelte Öl darauf.

»Eigentlich wollte ich mich in Israel entspannen und im Meer baden ...«

»He! Du bist in einem Land, das von Archäologen durchlöchert worden ist wie ein Schweizer Käse. Jeder Quadratzentimeter ist mit Geschichte vollgepackt und du ...«

»Von Archäologen habe ich die Schnauze voll.«

»Er hat übrigens wieder angerufen und seine Stimme klang ziemlich verzweifelt.«

»Wer?«

»Na, Gaston.«

»Ach so, ich dachte der Verrückte mit dem blonden Bart.«

»Der dich an der Haustür abgefangen hat?«

»Ja der. Ich hoffe, dass er kapiert, dass ich bei ihm nicht mitmache. Ich glaube allmählich, dass der Mann gefährlich ist. Und der liebe Ron hat ihm auch noch meine Adresse gegeben. Ich fasse es nicht!«

»Und dein Archäologe? Ist der auch gefährlich für dich?«

Selma schnaubte verächtlich durch die Nase. »Er ist nicht mein Archäologe. Und du meinst …«, fügte sie nach einem kurzen Zögern hinzu, »seine Stimme klang verzweifelt? Der Ärmste! Er tut mir ja so leid!«

Clara schüttelte über den spöttischen Tonfall ihrer Freundin nur den Kopf und sagte: »Weißt du, ich finde, du könntest dir zumindest mal anhören, was er dir zu sagen hat.«

»Nein, Clara, das will ich nicht. Im Augenblick bin ich ihm nicht gewachsen. Er kann sehr charmant sein und dann schmelze ich dahin wie Butter in der Sonne und lasse mich von ihm einwickeln. Nein, nein. Es wird schon nicht so dringend sein.«

»Du und die Männer!«

Selma rieb mit dem ölgetränkten Lappen die letzten Kerzenreste von dem Messingleuchter.

»Manchmal denke ich über Ron und mich nach, und dann habe ich ein schlechtes Gewissen, dass ich ihn immer so abblitzen lasse. Klar, er hat dem Verrückten meine Adresse gegeben. Aber wahrscheinlich hat er sich nicht viel dabei gedacht.«

»Na hör mal«, sagte Clara, »deine Wut ist aber schnell verraucht! Ron hat schließlich dein Leben zugrunde gerichtet. Weißt du nicht mehr, wie du manche Nacht mit Fabi hier bei mir übernachtet hast, weil der liebe Ron zu Hause herumgetobt hat? Einmal hattest du ein blaues Auge!«

»Ja, ja, das weiß ich doch. Trotzdem … Diesmal klang er so … so wild entschlossen, mit dem Trinken aufzuhören. Die Trennung hat ihn wohl ziemlich mitgenommen.«

Clara stützte ihren Kopf in die Hände und blickte die Freundin an. »Ach, Selma. Du brauchst dich doch nicht für ihn verantwortlich zu fühlen. Er hat in seinem Leben Mist gebaut und er muss selbst klarkommen. Er ist erwachsen.«

»Und dann bin ich ein Nachkomme des Apostels Petrus und ich denke manchmal, es passt irgendwie nicht zusammen, dass wir getrennt leben.«

Clara beugte sich vor. »Halt! Bleib so sitzen … Ja … richtig, man könnte meinen …«

Selma blickte sie misstrauisch an. »Was ist denn?«

»Wenn man genau hinsieht, könnte man meinen, dass ein Heiligenschein über deinem Kopf …«

»Clara, du bist … du bist …!«

Sie stockte, weil es klingelte.

Ihre Freundin blickte auf die Uhr. »Wer klingelt denn um diese Zeit? Ich schau mal nach.«

Sie stand auf und kam gleich wieder.

»Da ist ein Mann, der dich sprechen will.«

»Vom Fernsehen? Von der Presse? Ich bin nicht zu sprechen.«

»Nein, weder noch. Ich glaube, es ist dieser Spinner. Jedenfalls trägt er einen blonden Bart und eine Schirmmütze.«

»Oh nein! Ich geh nicht hin, am besten, du wimmelst ihn ab. Lass dir was einfallen.«

Clara nickte und ging wieder zur Tür. Selma hörte Vincents lauter werdende Stimme und schloss verzweifelt die Augen.

Schließlich tauchte Clara wieder auf. Ihr Tonfall klang nicht mehr so souverän wie vorhin.

»Hör mal, Selma, der Kerl geht nicht eher weg, bis er dich gesprochen hat. Ich glaube, uns bleibt nichts anderes übrig, als dass du ein paar Worte zu ihm sagst. Vielleicht geht er dann.«

Selma stand wütend auf und warf den Lappen auf den

Tisch. »Das ist das letzte Mal. Morgen rufe ich bei der Polizei an!« Und an Clara gewandt setzte sie hinzu: »Aber du kommst mit. Und wir lassen ihn nicht in die Wohnung, hörst du?«

»Klar.«

Mit einem seltsamen Gefühl im Bauch ging Selma über den Flur an die Wohnungstür.

Im Treppenhaus stand Vincent und lächelte breit. Ein Lächeln, das Selma noch wütender machte.

»Guten Abend. Was … wollen Sie denn noch von mir? Ich habe Ihnen doch deutlich gesagt, dass ich mich bei Ihren Plänen heraushalte!«

Vincents Grinsen verschwand und er sagte: »Selma, du bist von Gott auserwählt worden, gemeinsam mit mir …«

»Jetzt reicht's mir aber. Ich kenne Sie kaum und finde es eigenartig, dass Sie mich duzen.«

Vincent neigte den Kopf zur Seite, als lauschte er auf etwas. Dann sagte er: »Ich bin ein Prophet. Und religiöse Führer sollten sich untereinander duzen.«

»Gut«, sagte Selma. »Sie haben es nicht anders gewollt. Ich rufe jetzt die Polizei!«

Sie griff nach ihrem Handy und wollte die Ziffern eintippen.

Plötzlich geschah etwas, mit dem die beiden Frauen nicht gerechnet hatten. Vincent ließ sich vor ihnen auf die Knie fallen und flüsterte: »Bitte, Selma, segne mich, segne mich, oh, segne mich! Dann werde ich wirklich gehen und dich in Ruhe lassen. Wahrscheinlich kann nur Gott selbst dich überzeugen.«

Er fing an, laut zu stöhnen.

Selma war wie vor den Kopf gestoßen. Ein erwachsener Mann kniete vor ihr. Bisher hatte sie das in ihrem Leben noch nicht erlebt. Das Treppenhauslicht ging aus und die kniende Gestalt verwandelte sich in einen bedrohlichen Schatten.

Bis die Polizei kommt, kann er alles Mögliche angestellt haben. Was soll ich bloß tun?

Von oben hörte man eine Tür gehen.

»Los, tu was, segne ihn«, flüsterte Clara ihrer Freundin ins Ohr. »Der Typ ist völlig durchgeknallt. Eher geht der nicht mehr weg. Wir müssen ihn loswerden. Wer weiß, ob er nicht irgendwo ein Messer versteckt hat.«

»Ich habe keine Ahnung, wie so etwas geht«, flüsterte Selma zurück.

»Ganz einfach. Du legst ihm deine Hand auf den Kopf und sagst mit Grabesstimme: *Ich segne dich*. Fertig.«

»Ist da wer?«, hörten sie von oben eine Stimme.

»Ja, ich bin's, Frau Rippert«, rief Clara nach oben. »Wir ... wir haben Gäste, die wir gerade verabschieden.«

»Ach so, na dann.«

Clara stieß Selma in die Rippen. »Los jetzt, bevor das ganze Haus zusammenläuft. Er scheint ja ziemlich viel Respekt vor dir zu haben.«

Immer noch kniete Vincent vor ihnen und schaukelte leicht hin und her. Und jetzt sah Selma, wie seine Hand langsam zum Gürtel glitt. Ob er da ein Messer versteckt hatte?

Selma schluckte, legte schnell ihre rechte Hand auf Vincents Kopf und sagte mit tiefer Stimme: »Ich segne dich!«

Vincent ließ seine Hand sinken und stöhnte auf.

Jemand machte wieder Licht, wahrscheinlich war es Frau Rippert, und man hörte die Holzstufen knarren. Gleich würde sie herunterkommen.

Aber jetzt kam Leben in den knienden Vincent. Er erhob sich, verneigte sich vor Selma und stolperte die Treppe hinunter.

Clara zog die verdutzte Selma in die Wohnung und machte die Tür zu.

»So, das hätten wir geschafft. Deine erste Amtshandlung als Petrusnachfolgerin.«

»Ich brauche jetzt dringend einen Schnaps«, sagte Selma. »Und es ist mir völlig egal, ob das zu dem heiligen Petrus passt oder nicht.«

40

BERLIN-PANKOW, 12. JUNI

Die Gelegenheit war günstig. Clara war zur Arbeit gefahren und Fabian bastelte an einem neuen Tankstellenset von Playmobil.

Selma holte sich das Telefon und wählte Rons Nummer. Sie war sich nicht sicher, ob sie ihn überhaupt erreichte. Zur Not könnte sie ihn auf seinem Handy bei der Arbeit anrufen.

Es klingelte dreimal, viermal, dann schaltete sich der Anrufbeantworter ein.

Sie unterbrach die Verbindung und wählte Rons Handynummer.

»Ja?«

»Ich bin's, Selma.«

»Selma.« Seine Stimme klang angenehm überrascht.

»Hör mal, Ron, gestern war dieser religiöse Spinner aus deinem Club mehrmals bei mir. Du hast ihm ›netterweise‹ meine Adresse gegeben. Als er mich dort nicht fand, hat er mich von der Arbeit bis zu Claras Wohnung verfolgt. Was hast du dir eigentlich dabei gedacht, Ron!«

Sie hörte Geräusche und nahm an, dass Ron in eine Ecke ging, um ungestörter telefonieren zu können.

»Ja, das war ein Fehler. Deine Adresse habe ich ihm vor ein paar Wochen gegeben, weil ich gedacht habe, er könnte dich bewegen, wieder zu mir zurückzukommen. Aber irgendetwas ist jetzt mit ihm passiert, er ist nicht mehr so gut drauf … »

»Ron! Dieser … Vincent ist nicht einfach nur weniger gut drauf, er ist total verrückt. Er hört Stimmen, die ihm den Befehl geben, die Omarmoschee in die Luft zu sprengen. Gestern Abend war er hier und ist im Treppenhaus vor mir auf die Knie gefallen, um meinen Segen zu bekommen.«

»Vielleicht sollte ich das auch mal tun.«

»Ich finde das nicht komisch, Ron. Mir war das super peinlich. Direkt unheimlich. Aber inzwischen glaube ich, dass er nicht nur einen Sockenschuss hat, sondern wirklich gefährlich ist. Stell dir nur mal vor, er fliegt tatsächlich nach Israel und zieht das durch. Das wäre eine Katastrophe. Das bedeutet Krieg.«

»Aber Selma, wie will er das denn machen? Die Kontrollen für Flüge nach Israel gehören zu den schärfsten der Welt. Klar, es klingt ziemlich abgefahren, was er sagt. Aber er ist harmlos.«

»Harmlos? Ich finde nicht, dass er harmlos ist. Solche Typen entwickeln ein unheimliches Gespür dafür, wie sie ihre Ideen in die Tat umsetzen können. Ich finde, du und die anderen aus eurer Gruppe habt die Pflicht, Vincent anzuzeigen. Wer weiß, was er noch alles vorhat? Irgendwann gibt ihm sein Gott den Befehl, alle Leute, die blaue Mützen tragen, umzubringen. Er muss dingend in eine psychiatrische Anstalt.«

Am anderen Ende der Leitung war es ruhig.

»Wir haben gestern mit ein paar Leuten über Vincent diskutiert«, sagte Ron schließlich. »Er hatte geniale Ideen und … na ja … es gab auch ein paar Leute, die so geredet haben wie du.«

»Ron, wenn ihr ihn nicht anzeigt, dann werde ich es tun. Dieser Mann ist gefährlich, verstehst du? Ich brauche aber seinen Nachnamen.«

Ron schwieg.

»Ron? Bist du noch da?«

»Ja.« Seine Stimme klang gestresst. »Selma, es ist besser,

wenn wir von unserem Club das machen. Was du sagst, hat mich auch nachdenklich gemacht. Ich werde mich mit den anderen in Verbindung setzen und sie davon überzeugen.«

»Ja, tu das!«

»Und Selma, bevor du auflegst … Wie ist es mit uns und mit Fabian? Du weißt, es ist mir ernst.«

»Ja. Aber es ist noch zu früh. Ich kann noch nicht.«

»Du sagst: *noch nicht*. Heißt das, dass du dir vorstellen kannst, dass es irgendwann geht?«

»Vielleicht Ron. Mehr geht im Augenblick nicht.«

»Okay. Das reicht mir erst mal.«

»Ciao, Ron.

»Mach's gut, Selma.«

Sie drückte auf den Knopf und ließ sich auf den Küchenstuhl sinken.

Was habe ich da gesagt? Bin ich völlig übergeschnappt? Ich habe ihm Hoffnung gemacht. Und er weiß nicht, dass ich mir abends vor dem Einschlafen vorstelle, wie Gaston aussieht. Ich krieg ihn nicht aus dem Kopf, obwohl er mich reingelegt hat.

Morgen fliege ich nach Israel. Dann bin ich zumindest abgelenkt.

Sie ging in ihr neues Schlafzimmer, das sie sich mit Fabian teilte, um schon einmal ihre Kleidung zu sortieren, die sie mitnehmen wollte.

Neben ihrem Bett auf dem Boden lagen die Bücher, die Clara für sie besorgt hatte. Im Zimmer nebenan hörte sie das Klicken der Plastikteile und Fabians Stimme, der den Figuren Leben einhauchte.

Sie setzte sich aufs Bett und blätterte die einzelnen Bände durch.

Es waren ein Reiseführer für das gesamte Land und zwei Bücher über einzelne Sehenswürdigkeiten.

Sie erinnerte sich, von der Klagemauer gehört zu haben, und las einige Abschnitte über den Tempel, der im 6. Jahrhundert vor Christus zerstört, dann notdürftig wiederaufgebaut und von Herodes erweitert wurde. Die heutige Klagemauer sollte den Rest der westlichen Seitenwand dieses Tempels darstellen, der im Jahr 70 nach Christus von den Römern geschleift worden war.

Unter dem Stichwort »Tempelplatz« fand sie einiges über die Omarmoschee oder den Felsendom.

Und dann stieß sie auf den Tempelberg und las von der Bundeslade und von ihrem geheimnisvollen Verschwinden und den vielen Theorien, wo sie angeblich sein sollte. Jemand behauptete, dass man sie in den Blutkanälen versteckt hatte, die unter dem Tempelberg lagen.

Blutkanäle!

Sie las mehr darüber und erfuhr, dass diese Kanäle damals angelegt worden waren, um das Tieropferblut abfließen zu lassen.

Ihre Lektüre wurde so interessant, dass sie beim Schmökern die Zeit vergaß und erst wieder merkte, dass sie nicht allein in der Wohnung war, als Fabian irgendetwas gegen die Wand warf.

Sie rappelte sich auf und ging zu ihm hinüber.

»Was ist denn los?«

»Das blöde Ding hält nicht fest und … und … und …«

»Lass mal sehen.«

Sie versuchte, gemeinsam mit ihrem Sohn die Tankstelle weiter aufzubauen, bis sie auf die Uhr blickte und rief: »Das Mittagessen! In einer halben Stunde kommt Clara zurück.«

41

TEL AVIV, 13. JUNI

Die Taxifahrer rissen sich förmlich um Vincent. Er war noch durcheinander von der ausführlichen Kontrolle und gab dem ersten nach, der aber einen unverschämten Preis verlangte.

Die Fahrt vom Flughafen Lod bis in die City von Tel Aviv ging über eine Autobahn und Vincent fiel ein, dass er wohl besser und billiger mit dem Bus gefahren wäre. Aber nun war es auch egal.

Als sie die Stadt erreichten und sich dem Meer näherten, blickte Vincent erstaunt nach draußen. Tel Aviv sah fast aus wie eine südeuropäische Stadt am Meer: Hochhäuser, Autos, Palmen, Reklame, Straßencafés und Männer und Frauen in Shorts und Bikinis, die vom Strand kamen.

Er hatte sich eine orientalischere Atmosphäre vorgestellt. Vielleicht gab es die auch irgendwo.

Vincent spürte seinen Kopf. Es kam ihm vor, als sei er zu klein für sein Gehirn. Die Hitze draußen hatte ihn wie ein Raubtier angefallen und das Taxi hatte wohl keine funktionierende Klimaanlage, denn die Fenster waren heruntergekurbelt und der Mann am Steuer ließ seinen linken Arm heraushängen.

Bei einer roten Ampel winkte der Taxifahrer einer Frau zu, die in einem Straßencafé saß. Sie stand auf und kam herüber. Sie tauschten in paar Worte und er schnorrte eine Zigarette von ihr.

Es war schon Grün und die anderen Autos hinter ihnen hupten. Schließlich bequemte er sich, weiterzufahren, nachdem er die Zigarette angezündet hatte.

Vincent erinnerte sich an eine ähnliche Szene in Berlin, wo sich ein Ausländer vor ihm auch mit jemandem unterhalten hatte und er fast durchgedreht war. Hier sah das ganz natürlich aus.

»Do you have an old city in Tel Aviv?«, fragte Vincent.

»Not old here. In the south of Tel Aviv you have poor people and bad houses, but here you feel like in … in Nizza.«

Sein Handy piepte und er redete beim Fahren ohne Pause auf irgendjemanden ein. Zwischendurch drehte er sich zu Vincent um: »Which hotel?«

Vincent nannte ihm den Namen und war erleichtert, dass er wenigstens einen Pauschalpreis mit dem Fahrer ausgemacht hatte, auch wenn er viel zu hoch war.

Beim nächsten Ampelstopp sah er eine Sushi-Bar, in der Mädchen mit dunklen Augen und schwarzen Locken bedienten. Sie sahen nicht besonders asiatisch aus.

Sein Fahrer lehnte sich nach draußen und fragte einen jungen Orthodoxen mit blassem Gesicht und Schläfenlocken nach dem Hotel. Der zuckte die Schultern und gab die Frage an seinen Begleiter weiter, einen Mann mit blondem Pferdeschwanz und rotem T-Shirt, der einen Kinderwagen schob, in dessen Einkaufsnetz eine Waffe lag. Er nickte und beschrieb mit der Hand einen unsichtbaren Weg.

Offensichtlich hatte der Taxifahrer Vincents verwunderten Blick angesichts dieses seltsamen Paares bemerkt und sagte lachend: »In Tel Aviv – everything is possible, you know.«

Schließlich standen sie vor dem Hotel und Vincent war froh, dass sein Koffer klein und handlich war. Als er die Eingangshalle betrat und zur Rezeption ging, dachte er:

Das ist also Israel. Ich habe es mir jedenfalls anders vorgestellt.

Er wurde höflich auf Englisch begrüßt, musste den Zettel ausfüllen, seinen Pass abgeben und ein junger Mann mit extrem kurzen Haaren und einer Art Uniform packte Vincents Koffer und brachte ihn auf sein Zimmer.

Abwartend blieb er an der Tür stehen, bis Vincent begriff, dass der Mann auf ein Trinkgeld wartete. Er gab ihm zwei Dollar, weil er noch keine Schekel getauscht hatte. Wahrscheinlich war auch das zu viel.

Die Tür schloss sich, Vincent ließ sich seufzend auf sein Bett fallen und starrte auf die Schattenstreifen, die von den Fensterlamellen auf die weiße Wand geworfen wurden. Immerhin war er in einem Viersternehotel abgestiegen.

Man hatte ihn mit viel Geld ausgestattet, damit er in keine Notsituation geriet und der Plan wegen irgendwelcher dummer Geldsorgen ins Wasser fiel.

Vincent gähnte, zog seine Socken aus, holte sich einen Zettel und einen Kuli und drehte seine linke Fußsohle nach oben. Auf der Ferse stand seine Kontaktadresse in Jerusalem oder Jeruschalajim, wie die Leute hier sagten.

Er schrieb alles sorgfältig ab und ging danach ins Bad, um die Schrift auf seiner Fußsohle abzuwaschen. Das hatte er seinem Mittelsmann versprechen müssen. Und auch der Zettel mit der Straße sollte sofort verbrannt werden, wenn er an dieser »Fußadresse« angekommen war.

Die Kontrolle am Flughafen war ziemlich streng gewesen. Er hätte keinen Würfelzucker unter den Armen verstecken können. Sein Koffer und sein Handgepäck waren minutiös durchgefilzt worden wie bei allen anderen auch und ein Sicherheitsbeamter hatte jeden Quadratzentimeter seines Körpers abgetastet.

Gut, das war also überstanden. Morgen würde er nach Jerusalem fahren und diese Adresse aufsuchen. Nur diesmal mit dem Bus und nicht im Taxi. Alles Weitere würde man ihm dort zeigen und erklären.

Natürlich wäre es unmöglich gewesen, die Munition unbemerkt ins Land zu schmuggeln. Sie war längst da, war vor Monaten schon über einen geheimen Grenzübergang westlich von Nablus eingeschleust worden und wartete auf den Nächsten, der bereit war, ein Attentat zu verüben.

Vincent streckte sich aus. Es war angenehm kühl, aber nicht kalt. Wenn nicht diese Sprengung wäre, könnte er das Leben hier sogar genießen.

Nein, nein! Diese Gedanken sollte er erst gar nicht weiterverfolgen! Er war hier wegen seiner historischen Sendung. Gott Allja hatte ihn für würdig befunden, den Platz frei zu machen für ein weltweites Zentralheiligtum. Er durfte von dieser Berufung jetzt nicht abrücken.

Aber es war seltsam: Diese halbe Stunde in den Straßen von Tel Aviv hatte ihn zwar müde gemacht, aber gleichzeitig belebt. Gab es das, dass man müde war und gleichzeitig belebt wurde? Das Leben in dieser Stadt pulsierte in den Straßen und Häusern und in dem ganzen quirligen Treiben. Und dabei lebte man doch in Israel unter einer ständigen Bedrohung. Woher kam diese pure Lebensfreude? Dieses laute Lachen auf der Straße? Es schien ihm, als ob sich die Leute aus Tel Aviv einen Dreck um die Bedrohung ihres Landes scherten. Sie lebten. Und das genügte ihnen. Fertig. Irgendwie beneidenswert!

Eines war jedenfalls gut: Seine quälenden Stimmen schwiegen und ließen ihn im Augenblick in Ruhe.

Vielleicht blieben sie ja ruhig? Das wäre … genial. Sie wussten ja, dass er den Plan durchziehen würde. Sie mussten ihn nicht mehr antreiben.

Und wenn ... nur mal rein theoretisch ... wenn ich es nicht mache, was wäre dann? Wenn ich einfach hier Urlaub am Meer mache? Werde ich tatsächlich überwacht oder war das nur eine leere Drohung?

Er richtete sich auf. Der Gedanke wirkte auf ihn prickelnd wie Sekt. Es war ja nur ein Gedankenspiel. Er würde seine Berufung auf keinen Fall aufgeben, sondern nur ... verschieben. Wenn er das Attentat nicht ausübte, ja, dann würde er den Rückflug buchen und die Tage hier aus vollen Zügen genießen. Wäre es nicht tatsächlich alles zu früh? Er brauchte einfach noch ein paar Jahre Zeit für die Sprengung! Es war alle so überstürzt abgelaufen. So schnell. Außerdem: Die Omarmoschee lief ihm nicht davon. Es reichte doch, wenn er die Sprengung vertagte und sie durchführte, wenn er alt war, wenn er sowieso bald sterben würde.

War er denn bescheuert, dass er sich auf dieses windige Abenteuer auf Leben und Tod eingelassen hatte in einem Alter, in dem man sich eigentlich ein Leben aufbauen sollte und es nicht wegwerfen durfte? Ein Ticket zu kaufen ohne Rückflug?

Mein Gott, wenn diese verdammten Stimmen schwiegen, nur mal angenommen, dann würde eine goldene Zeit für ihn anbrechen, er würde seinen Club in Berlin erweitern, er würde endlich seine Ausbildung zu Ende machen, eine Stelle finden, Iris heiraten und eine Familie gründen. Berufung und Familie könnten unter Umständen zusammenpassen!

Vincent sah vor seinem geistigen Auge das Steinlöwendenkmal im Berliner Tiergartenpark. Wie der Löwe mit visionärem Blick nach vorne geschaut hatte und wie um ihn herum die Familie lagerte. Genau so, wie Iris es damals bei ihrem Spaziergang gesagt hatte: Berufung und Familie mussten sich nicht automatisch ausschließen. Er würde seinen religiösen Club weiter aufbauen und sie würden zwei oder drei Kinder haben.

Damals! Wie das klang? Und dann, wenn er alt war, würde er die Sprengung durchführen.

Wie war es nur gekommen, dass er sich so in eine Richtung verrannt hatte? Er allein als Beglücker der Menschheit! Nein, das ganz normale Leben mit einer Familie, das war es, worauf es zunächst ankam, das andere kam dann hinterher, fast nebenbei. Für Iris war das schon immer klar gewesen. Frauen hatten da einen untrüglichen Instinkt.

Gab es eigentlich etwas Schöneres, als Kinder großzuziehen und zu erleben, wie sie heranwuchsen und ihr eigenes Leben in Angriff nahmen?

Seine Berufung würde er auf keinen Fall aufgeben. Nein, nein, auf keinen Fall. Die stand fest. Aber doch nicht jetzt! Seine kleine Gemeinschaft wäre ohne ihn niemals lebensfähig. Zuerst müsste er mehr Leute um sich sammeln, seine Ideen sollten international werden. Und erst, wenn alles gefestigt war, konnte er an die Sprengung denken. Er würde versuchen, seinen Stimmen dieses neue Konzept beizubringen. Das müssten sie einfach einsehen.

Vincent trat ans Fenster und zog den Rollladen weiter nach oben. Das Zimmer hatte Meerblick. Blau schimmernd mit ein paar weißen Schaumkronen bewegte es sich hinter den Häusern. So lebendig, so … energisch! Und am Strand warf es weiße Schaumlinien über den Sand. Blau und weiß wie die Nationalfarben von Israel.

42

FLUGHAFEN BERLIN-TEGEL, 14. JUNI

Es war gut, dass Fabian im Kindergarten war und nicht mitbekam, wie seine Mutter ins Flugzeug stieg. Das wäre alles viel zu aufregend für ihn gewesen und es hätte womöglich tränenreiche Abschiedsszenen gegeben.

Um halb elf gab es einen Air-France-Flug über Paris nach Tel Aviv. Clara und Selma kamen gerade von der Abfertigung und hatten Selmas Koffer aufgegeben.

»Schön, dass du mich mit dem Auto gefahren hast, Clara«, sagte Selma. »Es ist sonst so umständlich erst mit der U6 und dann mit dem Bus und dem Koffer …«

»Komm, wir setzen uns in das Bistro gegenüber der Anzeigetafel«, schlug Clara vor.

Sie besetzten einen Tisch in der Nähe des roten Treffpunktzeichens, das von der Decke hing. Clara besorgte zwei Tassen Milchkaffee und Selma trank dankbar das heiße Getränk und sagte lange nichts.

»So ein Quatsch!«

»Was?« Selma schreckte auf.

»Hier, das Schild: *Wir bauen für Sie um*. Als ob das Umbauen ausschließlich für die Passagiere gedacht ist.«

»Hm«, sagte Selma einsilbig.

»Aufgeregt?«, fragte Clara nach einer Weile.

»Ein bisschen schon. Ich werde mir bestimmt Sorgen um

Fabian machen. Die Trennung von Ron und dann die Mutter eine Woche weg ...«

»Aber du hast doch gesehen, wie gerne er wieder in den Kindergarten ging. Es wurde ihm bei uns mit der Zeit langweilig.«

»Du hast natürlich recht. Gedanken eines Muttertiers.«

»Muhhh«, sagte Clara und Selma musste lachen.

Aber dann fing sie wieder an: »Na ja und ich weiß nicht, wie das alles in Israel wird und so ...«

»Selma! Du wirst dort abgeholt, musst ein kleines Interview über dich ergehen lassen und dann ab nach Jerusalem in dein Hotel. Ganz einfach.«

Über ihnen knackte ein Lautsprecher und eine weibliche Stimme sagte: »Achtung, Passagiere mit der Flugnummer AF 2301 Charles de Gaulle/Paris werden gebeten, sofort in den Warteraum zu gehen. Die Kontrolle dauert heute etwas länger. Attention! All passengers with flight number ...«

Selma blickte Clara ratlos an. »Was soll das denn?«

»Stärkere Kontrollen. Vielleicht nur Routine.«

»Das fängt ja gut an. Am liebsten würde ich wieder umdrehen.«

»Selma, nun sei kein Frosch. Diese Reise ist eine tolle Chance, von allem mal wegzukommen. Heute Morgen musste ich wieder ein Fernsehinterview abwimmeln.«

»Mensch Clara, wenn ich dich nicht hätte ...«

»Ich weiß, ich weiß, ich bin eine tolle Frau.«

»Ich frage mich, warum sie diese Zusatzkontrollen machen?« Selma stand auf und griff nach ihrem Handgepäck.

»Vielleicht hat dieser religiöse Zirkel tatsächlich seinen verrückten Leiter angezeigt und jetzt kontrollieren die Sicherheitsbeamten alle Flüge, die nach Israel gehen.«

»Na gut, das hätte ja dann wenigstens einen Sinn. Ich habe

nämlich keine Lust, dass der blonde Vincent vor mir wieder auf die Knie fällt. Das war peinlich genug.«

»Aber wieso denn? Ist es nicht erhebend für eine Frau, wenn junge Männer vor ihr auf die Knie fallen?«

»Dazu sage ich nichts.«

Selma näherte sich der Passkontrolle und wollte Clara zum Abschied umarmen.

»Ach, beinahe hätte ich es vergessen«, sagte Clara und griff in ihre Umhängetasche. »Ich habe immer noch deine Post dabei, die wir unterwegs aus deinem Briefkasten geholt haben.«

»Stimmt. Ich sehe sie im Flugzeug durch.«

Selma nahm die Briefe und steckte sie in die Seitentasche ihres Handgepäcks, dann umarmten sie sich und Selma ging durch die Sperre und kramte nach ihrem Pass.

Tatsächlich wurde diesmal gründlicher kontrolliert und mit ein wenig Verspätung rollte das Flugzeug langsam auf seine Abflugbahn zu. Als man sich nach dem Start wieder abschnallen konnte, lehnte sich Selma in ihrem Sitz zurück, gähnte herzhaft, schloss die Augen und versuchte, sich zu entspannen.

Sie hörte nebenbei, wie eine Stewardess Zeitungen verteilte. Heute Morgen bei all der Hektik war sie nicht dazu gekommen, Zeitung zu lesen. Sie öffnete die Augen und nahm sich eine.

Schon auf der ersten Seite stutzte sie und wurde plötzlich hellwach.

Das war doch – richtig, das war Ron, der in die Kamera lächelte. Und als Überschrift prangte der Satz: *Ehemann der Apostelin gibt Interview.*

Selma schloss die Augen. Das konnte nicht wahr sein. Jetzt wurde sie schon als Apostelin gehandelt.

Sie überflog den Artikel, in dem Ron in allen Einzelheiten von seiner geheimnisvollen Frau erzählte, die sich erst kürzlich von ihm getrennt hatte, weil er angeblich ab und zu ein Glas zu viel trank.

»Haben Sie den Eindruck, dass Ihre Frau so eine Art Heilige ist?«, lautete eine Frage.

»Das nicht gerade«, äußerte sich Ron. »Einen Heiligenschein habe ich in unserer Garderobe nie gesehen. Echte Heilige würden doch vergeben und wieder mit einem neu anfangen, oder?«

»Mistkerl!«, flüsterte Selma. Dann nahm sie das Bild näher unter die Lupe und suchte nach Einzelheiten. Schließlich ließ sie das Blatt sinken.

Auf dem Tisch im Hintergrund stehen zwei offene Bierflaschen. Er hat also wieder angefangen und dieses Lächeln kenne ich nur zu gut. Diese Besoffenheitseuphorie. Seine Versprechungen haben nicht einmal zwei Monate gehalten.

Sie stopfte die Zeitung wütend in die Ablage unter dem Klapptisch und blickte aus dem Fenster. Wolkenfelder, von der Sonne beschienen, türmten sich auf und sie erinnerte sich, dass sie sich als Kind vorgestellt hatte, aus dem Flugzeug zu klettern und von einer Wolke zur nächsten zu hüpfen.

Jetzt war ihr nicht nach Hüpfen zumute.

Gerade hatte sie zaghaft angefangen, Ron zu glauben, dass er es diesmal schaffen könnte. Er war so motiviert gewesen. Ein Hoffnungsschimmer so dünn wie die Haut auf gekochter Milch. Und jetzt das. Man sollte Alkoholikern niemals trauen. Niemals, niemals, niemals! Sie versprechen einem das Blaue vom Himmel.

Während sie den Schatten des Flugzeugs auf einem Wolkenfeld verfolgte, spürte sie ein Kitzeln auf ihrer Wange und stellte erstaunt fest, dass sie weinte. Die Tränen strömten lautlos weiter und sammelten sich am Kinn.

Selma zog ihre Tasche unter dem Sitz hervor und kramte nach einem Papiertaschentuch. Dabei erwischte sie die Post, die sie rasch am Flughafen eingesteckt hatte, und holte sie mit der Packung gleichzeitig heraus. Zum Glück war der Flieger nicht ausgebucht, sodass niemand neben ihr saß.

Hastig wischte sie die Tränen weg und putzte sich die Nase. Verstohlen blickte sie sich um. Niemand schien ihr Weinen bemerkt zu haben.

Warum habe ich nur immer Pech mit den Männern, fragte sie sich und presste ihre Lippen aufeinander, weil eine Welle von Selbstmitleid aus ihrem Inneren nach oben kroch. Wenn sie sich nicht zusammenriss, würde sie die nächste halbe Stunde wie eine Heulsuse in ihrem Sitz verbringen.

Sie griff nach den Briefen, um sich abzulenken.

Da waren eine Rechnung von einem Versandhaus, zwei Werbebriefe und ein handgeschriebener Brief aus Frankreich. Ohne Adresse.

Sie riss ihn auf und erstarrte. Es war ein Brief von Gaston. Schon wollte sie ihn weglegen, aber dann sagte sie sich, dass jetzt sowieso alles egal sei, und fing an zu lesen:

Liebe Selma, ich schreibe dir aus Verstörung, weil ich dich telefonisch nicht erreiche und du auch nicht mit mir sprechen willst. Ich kann verstehen, dass du sauer bist auf mich, weil es so aussieht, als ob ich dich verraten habe. Bitte lies weiter und wirf den Brief nicht weg!!!

Als ich in Lyon ankam und nach Hause fuhr, merkte ich, dass ich verfolgt wurde. Ich vermute, es war dieselbe Person, die bei dir eingebrochen ist, um an den Schmuck zu kommen oder an den Goldzettel.

Aus irgendeinem Grund wusste sie, dass ich nach Frankreich zurückfliege. Wahrscheinlich hat das Museum Auskunft gegeben.

Ich habe es zuerst nicht ganz ernst genommen, aber es wurde immer schlimmer. In meinem Briefkasten lag ein Drohbrief. Der Mann oder die Frau wollte den Goldzettel haben, sonst würde es mir schlecht gehen.

Ich überlegte, was ich tun sollte. Und da fiel mir ein: Wenn ich den Fund sofort öffentlich machte, dann wäre der Grund der Bedrohung weg. Also ging ich noch am Abend zu einer großen Zeitungsredaktion und erzählte den Leuten von der Sensation. Am nächsten Tag wollte ich dich anrufen, um dir alles zu erklären. Aber dein Telefonanschluss war irgendwie kaputt. Ich kam nicht durch und deine Handynummer war im Museumstelefon gespeichert. Und dann hast du die Neuigkeit über die Zeitung erfahren. Ich habe deine Handynummer schließlich herausbekommen, weil du mich angerufen hast, aber du wolltest nicht reden. Dann habe ich bei deinem Mann angerufen, um die Telefonnummer deiner Freundin zu erfahren. Aber du wolltest von mir nichts mehr wissen. Ich war verzweifelt und habe schon überlegt, nach Berlin zu fliegen. Aber wenn du nicht mit mir sprechen wolltest, was hätte das genützt?

Deshalb der Brief. Ich kann nur hoffen, dass du ihn liest. Melde dich bitte!!! Hier sind zwei Telefonnummern, unter denen du mich erreichen kannst.

Übrigens habe ich dabei gemerkt, wie viel du mich bedeutest, oder heißt es mir?

Ich möchte dich schrecklich gerne wiedersehen.

Dein Freund Gaston.«

Selma ließ den Brief sinken und holte das zweite Taschentuch hervor. Diesmal weinte sie aus anderen Gründen. Dieses Weinen tat ihr gut. Erleichterung erfasste sie und sie lächelte, während sie wieder nach draußen in den Himmel sah.

»Ich möchte dich schrecklich gerne wiedersehen …«, flüsterte sie.

Was war ich für ein Idiot! Ich hätte nur einmal das Telefon annehmen müssen. Warum denke ich immer gleich das Schlimmste von einem Menschen? Zu dumm, jetzt muss ich mit dem Telefonieren warten, bis wir in Paris sind.

Die Leute vor ihr klappten ihre Tische nach unten. Es gab einen Snack. Aber Selma war mit ihren Gedanken nicht beim Essen, sondern dachte ununterbrochen an Gaston. Es war, als hätte jemand einen Deckel aufgemacht und alles, was unten gehalten worden war, kroch jetzt heraus, und sie merkte, dass sie hoffnungslos in ihn verliebt war. Eigentlich schon die ganze Zeit, nur hatte sie ihre Gefühle bisher mit Gewalt nach unten gedrückt und einen schweren Stein auf den Deckel gelegt.

Sobald das Flugzeug gelandet und das Telefonieren wieder erlaubt war, schaltete sie ihr Handy an und probierte die Nummern. Bei dem Festnetzanschluss war der Anrufbeantworter dran und sein Handy reagierte überhaupt nicht. Schließlich sprach sie auf sein Telefon in Lyon ein paar Sätze, damit Gaston wusste, dass sie wieder okay war.

Am liebsten hätte sie jetzt sofort einen Flug nach Berlin gebucht und die Fortsetzung ihrer Reise sausen lassen. Womöglich war Gaston sogar unterwegs zu ihr nach Berlin, um sie zu treffen!

Irgendwann würde er ihre Nachricht abhören und Clara könnte ihm alles erklären. Und was wäre, wenn Gaston sich in Clara verlieben würde? Bisher hatte er ja nur gesagt, dass sie ihm viel bedeutete. Sie stellte sich vor, dass er sich mit Clara zusammensetzen würde, um mit ihr über sie zu sprechen, und während sie redeten, würde der Funke überspringen. War es nicht so, dass Männer schnell entflammbar waren? Und Clara war eine attraktive Frau.

Nein, nein, nein. Nicht daran denken! Oh Gott, ich halte das nicht aus!

Auf jeden Fall werde ich nach der Landung gleich bei Clara anrufen, um sie auf den neuesten Stand zu bringen und herauszubekommen, ob Gaston in Berlin ist.

Mit gemischten Gefühlen schnallte sie sich wieder an, während die Motoren aufheulten.

43

JERUSALEM, POLIZEIREVIER DAVID, EL-KHATTAB-STRASSE, 14. JUNI

Auf Gavriel Eliesers Schreibtisch sammelten sich herrenlose Papiere auf der blauen Ablage und es war nur gut, dass eine große Muschel aus Eilat das Ganze beschwerte, sonst hätte ein Windstoß alles weggefegt.

»Sieht nach Regen aus«, brummte Elieser und nahm den Hörer in die Hand, weil es klingelte.

»Ja?«

»Bist du es, Gavriel?«

»Nein, hier spricht König Schaul.«

»Okay. Hör zu. Bis jetzt ist der Verrückte aus Berlin noch nicht aufgetaucht. Trotzdem meint der Chef, dass ihr und die Abteilung *Heilige Stätten* die Einsatzkräfte auf dem Tempelplatz vorsichtig aufstocken solltet. Sicherheitsleute in Zivil und ein paar Polizisten in Uniform, aber nicht zu auffällig. Die Moslems machen sich sonst gleich in die Hosen. Wir werden auch die muslimischen Behörden informieren. Sonst hacken sie nachher auf uns herum. Und natürlich geben wir Namen und Aussehen von dem Typ an sämtliche Hotels in Jeruschalajim und Tel Aviv durch.«

»Und warum das Ganze, wenn der Kerl noch nicht aufgetaucht ist?«

»Er könnte ja über den Libanon einreisen oder über die West-Bank, vielleicht in der Nähe von Hawara.«

»Geht nicht. Die sind misstrauisch. Warum sollte ein Tourist über Nablus nach Israel einreisen?«

»Er könnte sagen, dass er palästinensische Christen besucht hat.«

»Hm. Außerdem fällt er mit seiner Haarfarbe auf.«

»Wieso? Wenn er Tourist ist? Oder er hat sich die Haare gefärbt. Aber wir bleiben weiter dran. Es wäre eine Katastrophe, wenn er den Tempelberg stürmt.«

»Es wäre nicht das erste Mal, dass wir so etwas verhindert haben. Aber klar, wir erhöhen die Sicherheitsstufe. Schalom.«

Gavriel legte auf. »Auch das noch«, murmelte er. Als ob die Demonstrationen, die kleinen Übergriffe, die Diebstähle und Anrempelungen der israelischen Miliz nicht ausreichten. Nein, es musste auch noch so ein Blödmann aus Berlin kommen, um – was wollte er? – ach ja, den Grundstein für den dritten Tempel zu legen. Lachhaft, dieser Typ. Als ob ein Einzelner die Moschee sprengen könnte, dieses riesige, massive Bauwerk. Da müsste schon eine ganze Gruppe mit Sprengstoffgürteln kommen. Aber gefährlich war es natürlich. Selbst wenn die Moschee nur beschädigt wurde, würde die moslemische Welt völlig unberechenbar reagieren.

Er konnte auf diese Bauhilfe gerne verzichten. Er brauchte keinen dritten Tempel. Ihm genügte die Westmauer des alten Tempels. Damit hatten sie schon genug Scherereien. Aber er wusste auch, dass es Gruppen gab, denen so ein Angriff gerade recht war. Einige der Orthodoxen würden jubeln und behaupten, der Gott Israels hätte dabei seine Hand im Spiel gehabt.

Eine Windböe fuhr in die Plastiklamellen vor dem halb offenen Fenster und ein wolkenbruchartiger Regen setzte ein. Gavriel war mit ein paar schnellen Schritten beim Fenster und schloss es, aber eine Regenpfütze hatte sich schon unter dem kalten Heizkörper gesammelt. Er warf ein paar alte Zeitungen auf die Pfütze und schaute dem Regen zu, der gegen die Scheiben knallte.

Wenn dieser Deutsche seinen Plan durchführte, würde er posthum zum Märtyrer einer neuen Ära erklärt werden, einer Ära mit einem dritten Tempel. Aber nein! Völlig unmöglich! Selbst wenn er es schaffte, die Moschee zu zerstören, würde die arabische Welt alles tun, um den Neubau eines dritten Tempels zu verhindern. Und das, was er vorgehabt hatte, wäre sinnlos gewesen.

Diese Attentäter dachten einfach nicht weiter! Man musste die praktischen Details berücksichtigen, wenn man einen Plan durchführen wollte. Aber na ja – der Kerl war eben verrückt. Und er, Gavriel Elieser, hatte den Auftrag, die Moslems und ihre kostbaren Moscheen zu schützen, seine eigenen Leute vor den eigenen Leuten und vor durchgeknallten Touristen. Und wenn nur etwas schiefging, würde man ihm noch die Schuld geben.

Ein Scheißjob. Halleluja!

44

JERUSALEM, MEKOR HAIM, 15. JUNI

Als Vincent sich mit dem Bus der City von Jerusalem näherte, sah er, wie groß der Kontrast zu Tel Aviv war. Es fehlte dieses Leichte, Helle. Ihm kam es vor, als ob eine düstere Wolke über der Heiligen Stadt hinge. Und nicht nur, weil es gestern geregnet hatte und der Himmel immer noch nicht klar war. Die Häuser in den Außenbezirken Jerusalems waren ungepflegter und schmutziger als die im Norden Tel Avivs. Die Hochhäuser schienen dunkler, rußiger zu sein, die Straßen enger, die Menschen misstrauischer. An einer Hauswand sah er eine Schmiererei, die nur teilweise entfernt worden war: einen Davidsstern, der in der Mitte ein Hakenkreuz enthielt.

Vincent fühlte sich, als ob er zu seiner eigenen Hinrichtung führe. Und das stimmte vermutlich ja auch.

Obwohl er sich in Tel Aviv ein Rückflugticket gekauft hatte, war er nicht ruhiger geworden. Denn es passierte genau das, was er heimlich befürchtet hatte.

Gerade, als er beschwingt vom Reisebüro gekommen war und die Straße überqueren wollte, hatte sich Xanthippe wieder gemeldet: »Aha, du machst einen Rückzieher. Feigling!«

Fast wäre er in ein Auto gerannt.

»Ich mache keinen Rückzieher. Ich verschiebe die Aktion nur. Die Zeit ist noch nicht reif. Es ist noch nichts vorbereitet.

Unsere Gemeinschaft ist noch zu klein. Wir müssen erst eine weltweite Bewegung sein, damit wir mit einem neuen Tempel überhaupt etwas bewirken können. Er muss von einem jüdischen Heiligtum zu einem allgemeinen Menschheitsheiligtum umfunktioniert werden. Und das ist noch ein langer Weg. Also, wir blasen die Sache jetzt ab. Es macht jetzt keinen Sinn. Ihr könnt mich nicht zwingen.«

Er ärgerte sich, weil er den MP3-Player mit seiner Beruhigungsmusik nicht mitgenommen hatte.

»Was? Wie? Wir können dich nicht zwingen? Hast du das gehört? Er will uns nicht mehr gehorchen!«

Vincent war es vorgekommen, als sei die Stimme unsicher geworden, und er hatte sich ein heimliches Lächeln nicht verkneifen können. Meine Güte, hatte er sich gesagt, warum habe ich mich eigentlich nicht früher dagegen gewehrt?

Erleichtert war er in seinem Hotel angekommen und nahm sich gerade vor, seinen Aufenthalt hier zu verlängern und in dieser Symphonie von Licht und Meer endlich zu entspannen. Er hatte es bitter nötig.

Sein Rückflugticket hatte er wie eine Trophäe auf den Schreibtisch gestellt.

Dann hatte Allja zu ihm gesprochen mit einer süßen, sanften Stimme, aber mit einer Sanftheit, hinter der sich schneidende Härte verbarg.

»Mein Sohn. Ich weiß, es ist schwer für dich, deinen Auftrag jetzt zu erfüllen. Auch andere Propheten vor dir hatten sich gescheut, das zu tun, was getan werden musste. Ich verstehe, dass du denkst, die Zeit sei noch nicht reif. Aber glaube mir, du bist seit Jahrzehnten auserwählt worden, den Grundstein für den dritten Tempel jetzt zu legen. Jetzt ist die richtige Zeit. Was danach kommt, das liegt nicht mehr in deinen Händen. Das Universum blickt auf dich. Enttäusche uns nicht. Glaubst du denn, der Strand von Tel Aviv könnte die Herrlichkeiten des Paradieses aufwiegen, in das du eintreten wirst? Du wirst dein Leben hergeben für eine neue Zeit. Tausende werden kommen, um in diesem Tempel zu beten. Aber wenn du wartest, wird die Chance für dich nicht mehr kommen. Oh, Vincent, mein Sohn, überwinde dich. Wenn nicht, werde ich dir Schmerzen zufügen müssen, die du deinem ärgsten Feind nicht wünschen wirst. Um dir eine kleine Kostprobe zu geben, fangen wir gleich einmal an.«

Vincent hatte wie erstarrt auf seinem Hotelstuhl gesessen und gespürt, wie seine Schläfen und sein Nacken feucht wurden, dann durchzuckte eine Schmerzwelle seinen Körper von unten nach oben und er dachte, dass er zerplatzen würde.

Wieder meldete sich Alljas Stimme: »Willst du diese Schmerzen für den Rest der Ewigkeit aushalten oder willst du nicht lieber nach Jerusalem fahren und dein bescheidenes Opfer darbringen, das nur eine Sekunde dauert?«

Vincent war vor Erschöpfung auf die Knie gefallen. Seine Aufschubpläne, die in Tel Aviv so plausibel ausgesehen hatten, waren in sich zusammengefallen wie ein Kartenhaus und er hatte gestammelt: »Oh Herr, verzeih, dass ich an deiner Weisheit gezweifelt habe. Ich werde gehorchen und es so schnell wie möglich durchführen!«

Und jetzt saß er in diesem stickigen Bus und näherte sich Mekor Haim, einem südlichen Teil der Neustadt von Jerusalem, die neben einem Industriegebiet lag.

Er hatte sich eine Karte besorgt und auch die Straße gefunden. Er schätzte, dass er nach der Bushaltestelle wahrscheinlich noch zehn Minuten zu Fuß gehen musste.

Mit einem beklemmenden Gefühl im Magen blickte er nach draußen. Der Himmel war zwar aufgerissen und die Sonne ließ ihr Licht über die glänzenden Dächer gleiten, aber das Tageslicht nahm schon ab. Der Nachmittag war gerade dabei, in den Abend überzugehen, und das Grün der Bäume färbte sich schon ins Braungrüne. Das ging hier sehr schnell.

Nach zwei weiteren Stopps hielt der Bus und Vincent stieg aus. Ein weiterer Schritt zu seinem Ziel. Jetzt spürte er auch wieder seine Bedeutung. Ja, wie konnte er daran zweifeln. Wenn man auserwählt wurde, sollte man bedingungslos gehorchen. Man war ein Werkzeug, nichts weiter.

Es wäre schön gewesen, wenn diese Petrusurenkelin Selma sich auf seine Pläne eingelassen hätte. Er hätte sie als seine Nachfolgerin bestätigen können. Aber – man kann nicht alles haben. Und jetzt war es für eine Sinnesänderung zu spät. Sie war in Berlin und er in Jerusalem.

Er blickte sich um: Der Bus bog gerade um die Ecke und verschwand. War er der Einzige, der das Fahrzeug verlassen hatte? So schien es jedenfalls. Von einer Wand hing ein Plakat in Fetzen herunter und am Rand der Straße schillerte eine Benzinlache.

Nach zehn Minuten hatte er das Lagergebäude erreicht. Ein Schriftzug aus hebräischen Zeichen war an der Front angebracht. Wie war das noch? Was hatte ihm der Informant in Berlin gesagt? Er solle an der rechten Nebentür einmal, zweimal, dann dreimal klopfen, wenn ihn niemand sah.

Vincent atmete tief ein und aus, ging rechts um das Gebäude herum, fand den Nebeneingang und machte seine Klopfzeichen.

Nichts rührte sich. Er wiederholte sie. Schon wollte er sich umdrehen, da schwang die Tür lautlos nach innen, jemand packte seinen Oberarm und zog ihn in einen dämmrigen Raum, der nach Metall und feuchten Lumpen roch.

45

JERUSALEM, ALTSTADT, 15. JUNI

Fast zur selben Zeit erreichte Selma in einem kleinen, klimatisierten Touristenbus Jerusalem.

Ihr Zeitungsinterview hatte sie hinter sich und sie freute sich auf die Atmosphäre der Heiligen Stadt und später auf ihr hoffentlich ruhiges Hotelzimmer, das sich in der Nähe des Damaskustores befinden sollte. Für sie glänzten die feuchten Dächer und Straßen in einer milden Abendsonne. Als sie sich der Altstadt mit ihren verschachtelten Steinwürfeln näherten, sagte Ada, Selmas Reisebegleiterin, auf Deutsch: »Wissen Sie was? Wir halten am Zionstor, gehen zu Fuß durch das jüdische Viertel, überqueren die Via Dolorosa und treffen unseren Fahrer am Damaskustor. Die größte Hitze ist vorbei und es ist noch Tageslicht. Eine angenehme Atmosphäre nach dem Regen. Wenn es Ihnen aber zu viel ist, können wir das auch noch morgen nachholen.«

»Nein, nein«, wehrte Selma lachend ab, »eine gute Idee. Dann bekomme ich gleich etwas von der Atmosphäre der Altstadt mit.«

Der Bus bog in die *David Hamelech* ab, kam an einer Windmühle vorbei und hielt kurze Zeit später am Zionstor an einer Stelle mit absolutem Halteverbot.

Die Frauen stiegen aus und der Fahrer rief Ada noch etwas auf Hebräisch zu. Sie tippte sich an die Stirn.

»Was hat er gesagt?«

»Wir seien zu hübsch für die Altstadt und sollten aufpassen, keine Heiratsanträge anzunehmen.«

»Geht das hier so schnell?«

»Unter Umständen ja«, sagte Ada. »Normalerweise sollten Sie eigentlich mit einem Mann durch die engen Gassen gehen. Sie werden sonst angepöbelt.«

»Aber Sie sind kein Mann«, stellte Selma fest, »das ist nicht zu übersehen.«

»Ich bin fast wie ein Mann«, erwiderte Ada lachend. »Wenn man als Frau in der Armee gedient hat, hat man ein paar Tricks drauf. Sie wissen ja: Es gibt bei Männern eine empfindliche Stelle und meine Trefferquote ist sehr hoch. Aber meistens genügt ein Schlag in den Magen.«

Sie standen vor dem Tor aus hellen Kalksteinen. »Hinter uns ist übrigens der Berg Zion«, erklärte Ada. »Dort können Sie morgen den Raum besichtigen, wo angeblich das letzte Abendmahl stattgefunden hat.«

Selma warf einen Blick zurück und sah mehr einen Hügel als einen Berg, der von graugrünen Bäumen bekrönt war. Die Spitze eines Kirchturms ragte heraus.

Sobald sie durch das Tor gegangen waren, hatte Selma den Eindruck, sie würden ein riesiges Haus betreten mit tausend verschachtelten Wohnungen, Durchgängen und Treppen. Die Straßen wirkten auf sie wie lange Flure zwischen den Zimmern.

»Das jüdische Viertel ist relativ neu«, erklärte Ada. »Die anderen Teile der Altstadt sind so holprig und brüchig, dass man froh ist, wenn man heil durchkommt.«

Es war verwirrend. Überall hingen Tücher und Ketten, lagen Stoffballen auf wackligen Tischen oder es stand eine lange Reihe mit Säcken auf dem Pflaster, in denen Linsen,

Reis, Nüsse, getrocknetes Kokosfleisch, Getreide und Körner, die sie noch nie gesehen hatte, ausgebreitet dalagen.

Eine bunte Menge strömte Selma aus überdachten Gassen entgegen: Frauen, die teilweise verschleiert oder ganz verhüllt waren, und auch modern angezogene Mädchen. Kinder rannten dazwischen herum und kreischten, Orthodoxe in schwarzen Anzügen hasteten an ihr vorbei, ängstlich bemüht, sie nicht anzusehen. Männer in langem Gewand und Burnus blickten sie interessiert an und gelegentlich schlenderte ein Geschäftsmann im Anzug mit Weste vorbei. Ein Soldat in Uniform wechselte gerade sein Gewehr auf die andere Schulter und riskierte einen neugierigen Blick.

»Darf ich Sie etwas fragen?«, begann Selma. »Warum geben die Palästinenser eigentlich keine Ruhe? Warum dieser ständige Konflikt?«

Ada lachte bitter auf. »Können Sie vielleicht eine leichtere Frage stellen?«

Selma sagte nichts und Ada fuhr fort: »Ich kann nur sagen, wie ich das sehe: Die Palästinenser als verschworene Gruppe gibt es eigentlich erst, seit es den modernen Staat Israel gibt. Vorher lebten hier Juden und Araber mehr oder weniger friedlich zusammen. Die Palästinenser sind erst durch die Besatzung zusammengeschweißt worden. Na ja, immerhin ist dieses Land die Heimat der Juden seit dreitausend Jahren, lange bevor Mohammed geboren wurde. Die wenigsten Leute wissen, dass eine Menge Araber unter uns leben, die ganz normale israelische Staatsbürger sind. Ein Fünftel!«

Ada redete sich in Fahrt.

»Wissen Sie, mir kommt es so vor, als ob die Palästinenser wie Salz in einer Wunde sind, die nicht zuheilen soll, denn die Radikalen wollen immer noch, dass es den Staat Israel nicht gibt. Können Sie sich vorstellen, dass in palästinensischen Schulbüchern der Staat Israel überhaupt nicht existiert? Und ich frage mich: Warum führen die meisten Palästinenser hier ein elendes Leben, obwohl ihre muslimischen Brüder stinkreich sind? Man hält diese Wunde künstlich offen. Das ist meine Meinung. Und ich finde es einfach feige, durch Selbstmordattentate Unschuldige in den Tod zu reißen. Es ist so sinnlos.«

Ada machte eine Pause und Selma fragte: »Aber es gibt ja auch Gewalt, die von Israel ausgeht, Mord, Brutalität, der Libanonkrieg, oder nicht?«

Ada zuckte mit den Schultern. »Klar. Aber manches ist auch Propaganda. Vor einiger Zeit erschien ein Bild in der New York Times. Man sah einen blutüberströmten jungen Mann und im Hintergrund einen israelischen Polizisten mit erhobenem Knüppel, der etwas brüllt. Unterschrift: Palästinenser und die israelische Polizei am Tempelberg. Wollen Sie wissen, was wirklich los war?«

»Ja.«

»Erstens war es nicht der Tempelberg. Im Hintergrund sieht man eine Tankstelle, die es dort gar nicht gibt. Zweitens: Der blutende Mann war amerikanischer Jude auf Besuch in Israel und der Polizist war gerade dabei, eine Gruppe Jugendlicher zu vertreiben, die den Touristen zusammengeschlagen hatten, palästinensische Rowdies. Mit Bildern kann man heute alles machen. Ich traue keinem Bild mehr.«

Sie schien vor dem nächsten Satz zu überlegen und Selma hütete sich, sie zu unterbrechen.

»Inzwischen«, sagte Ada, »hat fast jede palästinensische Familie irgendeinen Verwandten, der von uns verletzt oder getötet wurde. Und natürlich ist auch von unserer Seite Unrecht passiert. Der Hass auf uns ist groß, also Grund genug, immer weiter zu kämpfen. Ich weiß nicht, wie sich das jemals ändern soll. Eigentlich ist es völlig verrückt, in diesem winzigen Land zu leben, das nie zur Ruhe kommt.«

»Und warum leben Sie dann hier?«

Ada blickte Selma überrascht an. »Ich bin hier geboren und … und ich liebe dieses Land.«

Selma spürte, dass für Ada damit die Frage erledigt war, denn den letzten Satz hatte sie mit bebender Stimme gesprochen. Offensichtlich hatte sie keine Lust, tiefer einzusteigen, und beendete das Thema mit einem Witz: »Ein deutscher Tourist will eine Tour durch Israel machen und bespricht sich mit einem Reiseleiter. Der fragt zurück: ›Und was wollen Sie nachmittags machen?‹«

Sie gingen weiter. In einer Straße wurden die Stände weniger und man sah Hauseingänge, Schilder und gelegentlich Schaufenster. Bei einem blieb Selma stehen.

Sie zupfte Ada am Ärmel. »Was ist das?«

Auf einem Brett stand eine Art weißer Palast mit verschiedenen Höfen.

»Ach das!«, Ada winkte ab. »Das ist angeblich ein Modell des dritten Tempels. Es gibt ein paar religiöse Spinner, die jetzt schon alles sammeln, was dazugehört.«

»Aber wie ich gelesen habe, steht doch der Felsendom auf dem Platz.«

»Richtig. Sie sehen, wie unrealistisch das Ganze ist, aber so sind wir nun mal: Fantasten, Atheisten, Gläubige, Realisten, Soldaten, Linke, Rechte, und das alles in einem Land. Gott erbarme sich unser.«

Selma dachte, dass sie Ada lieber nicht von Vincent erzählen sollte und dem, was er angeblich vorhatte.

Als sie das jüdische Viertel verlassen hatten, wurden sie mehrmals von jungen Männern angerempelt, die das sicher nicht aus Versehen machten. Jemand versuchte, nach Selmas Bluse zu grabschen.

Sofort bekam er einen gezielten Schlag von Ada in den Magen und einen zornigen Ausruf hinterher.

Selma ging schneller.

»Was haben Sie zu ihm gesagt?«

»Verschwinde, du Arsch, ich kenne deine Mutter.«

»Und kennen Sie tatsächlich seine Mutter?«

»Natürlich nicht. Aber die Erwähnung der Mutter kühlt diese Burschen ein wenig ab. Übrigens können Sie jetzt rechts die goldene Kuppel der Omarmoschee sehen.«

Selma blickte nach rechts.

»Unterhalb davon und ein wenig versetzt befindet sich die Klagemauer, aber es hat jetzt keinen Sinn, da hinzugehen, die sehen wir uns morgen an.«

Manchmal war das Gedränge so stark, dass sie nur zentimeterweise vorwärtskamen.

»Halten Sie Ihre Handtasche fest«, schrie Ada Selma ins Ohr. »Es gibt Fixer, die Geld brauchen.«

Endlich erreichten sie das Damaskustor und Selma sah ihren Bus, der mit einer Warnblinkleuchte halb auf dem Gehsteig parkte.

Erschöpft ließ sie sich auf die Rückbank fallen, als sie das Auto erreicht hatten.

»Anstrengend, was?«, fragte Ada und lächelte.

»Na ja, schon. Aber ein Erlebnis.«

»Jetzt ruhen Sie sich erst mal in Ihrem Zimmer aus und ich hole Sie gegen halb neun zum Essen ab, okay?«

»Ja, danke. Das ist nett.«

Das Hotel war mittelgroß, kühl und freundlich. Beim Anmelden gab es keine Probleme.

»Mein Zimmer finde ich schon«, sagte Selma zu dem Mann an der Rezeption.

»Oh nein, Sie können unmöglich den Koffer allein nach oben tragen«, wehrte er ihren Vorschlag ab und winkte einem jungen Mann, der sich mit großem Eifer Selmas Koffer nahm.

Das bedeutet wieder Trinkgeld!

Endlich war sie allein. Die Rollläden vor den Fenstern waren noch zugezogen, um die Hitze nicht hereinzulassen. Selma zog sie hoch, öffnete das Fenster und blickte hinaus. Vor ihr lag die Altstadt in der Abendsonne wie ein Berg aus grau-weißen Steinen, Dächern und Antennen. Unter ihr tobte der Verkehr. Man musste also nachts das Fenster schließen, das immerhin eine Doppelverglasung hatte.

Jemand klopfte. Selma runzelte die Stirn. Wer mochte das sein? Der Zimmerservice vielleicht oder Ada?

Sie ging zur Tür und öffnete sie vorsichtig einen Spalt.

Es stand kein Zimmerservice vor der Tür und auch nicht Ada, sondern jemand, den sie hier überhaupt nicht erwartet hatte.

»Ich bin's«, sagte Gaston und grinste. »Darf ich reinkommen oder stellst du dich immer noch stur?«

46

JERUSALEM, MEKOR HAIM, 15. JUNI

Das Gespräch mit den Palästinensern hatte eine Stunde gedauert. Sie waren äußerst misstrauisch gewesen. Warum sollte ein westlicher Tourist für ihre Sache sein Leben hingeben? Ja, es gab in den siebziger Jahren Kontakte zwischen der deutschen RAF und der PLO, aber das war lange her. Das war eine andere Zeit gewesen.

Vincent konnte ihr Misstrauen nachvollziehen. Und im Grunde half er ihnen ja auch nicht, sondern verfolgte seine eigenen Ziele oder die von Allja und den Stimmen.

Aber als er ihnen versichert hatte, dass er Allah diente – er hatte den Namen Allja schnell ausgesprochen – und ein Opfer bringen wollte, hatten sie schließlich zugestimmt. Er konnte diesen naiven, unschuldigen Blick jederzeit anbringen und der wirkte fast immer.

Sie hatten ihn gebeten, hier zu übernachten und in kein Hotel zu gehen. Man wolle nichts riskieren. Ein Bett mit Eisengestell und durchgelegener Matratze war vorhanden. Morgen sollte er ein Bad nehmen. Seinen Bart würden sie abrasieren und seine Haare kurz schneiden und schwarz färben, damit er in der israelischen Polizeiuniform nicht auffiel, die sie ihm geben wollten. Danach sollte er mit Öl gesalbt werden für seinen großen Auftrag.

Jetzt saß Vincent in einem ehemaligen Lagerraum an einem breiten Tisch und aß mit ihnen zusammen Abendbrot: Fladen, gedünstetes Gemüse, Fleischspieße, eine scharfe, helle Soße und heißen Tee.

Im Hintergrund waren Fässer gestapelt. Von der Decke hingen nackte Glühbirnen. Eine Frau war nirgends zu sehen. Das hier schien allein Männersache zu sein.

»Wir haben für dich eine Bushaltestelle in der Nähe einer Polizeiwache ausgesucht«, sagte der Anführer mit seinem harten englischen Akzent.

Er war ein bärtiger, grauhaariger Mann, der mit einer Jeans und einem T-Shirt bekleidet war.

»Du wirst den Zionisten einen schweren Schlag zufügen, Vincent.«

Vincent nickte bedeutungsvoll.

»Deine Tarnung als israelischer Polizist wird dir unnötige Fragen ersparen. Wenn dich jemand anhält, sagst du auf Ivrit: ›Ich bin unterwegs zu einem Einsatz.‹«

»Ich kann kein Ivrit«, erwiderte Vincent kauend.

»Das macht nichts. Wir bringen dir diesen Satz bei. Kein Problem. Den Sprengsatz werden wir unter deinem Unterhemd anbringen und es gibt eine schwarze Schnur in der Hosentasche, die du ziehen musst. Und dann ist alles vorbei. Übrigens, diese Weste ist eine Neuentwicklung. Falls ein Soldat oder ein Polizist misstrauisch wird und dich erschießen will, bevor du die Schnur ziehst, geht die Explosion automatisch hoch durch die Erschütterung des Schusses.«

Vincent schluckte und fragte: »Und was ist danach?«

»Was meinst du damit?«

»Ich meine: Was kommt nach der Explosion?«

»Du wirst von einem Engel abgeholt werden.«

»Und mein … mein Körper?«

»Man wird ihn begraben … jedenfalls das, was von ihm übrig ist.«

»Kann man … kann man ihn nicht nach Berlin …?«

»Bist du verrückt? Wenn das Attentat vorbei ist, werden wir uns nicht persönlich einschalten. Die Israelis würden uns sonst hochgehen lassen. Aber es gibt natürlich ein Bekennerschreiben und ein Video. Und vielleicht beantragen deine Verwandten eine Überführung.«

Eine Stunde später lag Vincent in einem Feldbett. Immerhin gab es frische Bettwäsche. So sehr er sich auch anstrengte, er konnte nicht einschlafen.

Vielleicht ist das meine letzte Nacht! Aber ich habe sie ausgetrickst. Und es klappt alles vorzüglich. Die Idee mit der Uniform ist genial. Mit dieser Verkleidung kann ich mich dem Tempelplatz nähern und wenn es irgendwelche Sperren gibt, wird man mich durchlassen.

Er wurde am nächsten Morgen sanft geweckt. Man behandelte ihn mit großem Respekt.

Nach dem einfachen Frühstück, das aus einem Becher Kaffee und einem luftigen Weißbrot bestand, auf das jemand Honig verteilt hatte, wurde er in einen anderen Raum geführt. An einer Wand hing eine Fahne mit den palästinensischen Farben und dem roten Dreieck. Ein Mann mit einer Videokamera stand bereit.

Vincent verstand nicht, was er hier sollte.

Der Anführer drückte ihm ein Blatt in die Hand und ein Gewehr.

»Du stellst dich jetzt an diese Wand mit der Fahne, stemmst das Gewehr in die Hüfte und liest die Verlautbarung vor. Wir werden das filmen und den israelischen Behörden und deinen Angehörigen schicken.«

Vincent schluckte. »Aber ich weiß nicht, ob … ob meine Angehörigen das wollen?«

»Natürlich wollen sie es. Sie werden stolz auf dich sein.«

»Okay.«

Ich werde ihnen eine Fantasieadresse geben. Ich glaube nicht, dass Iris diesen Film sehen will.

»So! Du kannst jetzt sprechen.«

Vincent blickte auf das Blatt, das einen Text in englischer Sprache enthielt.

»Das Gewehr, Vincent!«

Vincent stützte das Gewehr auf seine rechte Hüfte, hielt den Lauf mit der rechten Hand fest und las zögernd den Text:

»Im Namen des Allbarmherzigen.

Um den Kampf des palästinensischen Volkes zu unterstützen, stehe ich jetzt hier. Ich habe nur meinen Körper, um dem Schrei der Unterdrückten Geltung zu verschaffen.

Als Antwort auf die Willkür und die Verbrechen der zionistischen Besatzungsmacht habe ich mich entschlossen, den Weg des Märtyrers zu gehen.

Wir haben alles versucht, um einen friedlichen Abzug der Israelis aus den besetzten Gebieten zu erreichen, aber die Judaisierung wird mit Macht vorangetrieben und ethnische Säuberungen werden immer wieder durchgeführt.

Es ist wichtig, dass auch westliche Kräfte solidarisch mit dem palästinensischen Volk sind, das vergebens auf den Frieden wartet und gezwungen ist, Gewalt anzuwenden.

Ich grüße meine Angehörigen und empfange den Tod spielzeugvoll!«

»Halt!« rief er Mann mit der Videokamera und drückte auf *Pause*.

»Was ist denn?«, fragte Vincent irritiert.

»Du hast dich versprochen. Statt joyfully hast du toyfully gesagt. Das Wort spielzeugvoll gibt es überhaupt nicht.«

»Was? Habe ich das wirklich gesagt?«

»Ja.«

»Soll ich … soll ich weitermachen?«

»Nein«, sagte der Mann mit der Kamera. »Am besten, du fängst noch mal an, also: Im Namen und so weiter.«

Vincent atmete tief durch, stemmte das Gewehr wieder in die Hüfte und begann das Gleiche von vorne. »Im Namen des Allbarmherzigen …«

Er merkte, dass das Gewehr immer schwerer wurde. Jetzt kam die Versprecherstelle: »Ich grüße meine Angehörigen und empfange den Tod freudig. Ich bezeuge: Es gibt keinen Gott außer Allah und Mohammed ist sein Prophet.«

Mit klopfendem Herzen ließ Vincent nach dem muslimischen Bekenntnis das Gewehr sinken. Viel länger hätte er es nicht halten können. Heldentum erforderte Kraft.

Im Hintergrund hörte er, wie Männerstimmen leise in einem monotonen Singsang etwas Arabisches rezitierten, wahrscheinlich ein Gebet. Und die kehligen und gutturalen Laute berührten ihn, als ob der Sprechgesang ihm gelten würde.

Vielleicht war das ja auch so. Vielleicht beteten sie für ihn.

Der Anführer nahm ihn in die Arme und sagte: »Wir sind stolz auf dich.«

Vincent war noch zu verwirrt, um etwas sagen zu können, weil er eine Welle der Sympathie spürte. Plötzlich fühlte er sich als Teil dieser Gruppe, die mit großer Ernsthaftigkeit für ihre Freiheit kämpfte. Es war keine Show, die sie abzogen, sie glaubten wirklich an dieses Mittel, um ihren Kampf zu gewinnen.

Und ich betrüge sie, obwohl sie mir vertrauen, ich schlage mich auf die andere Seite und sprenge ihr Heiligtum in die Luft! Aber ich muss es tun. Ich muss es tun. Ich bin schon zu weit gegangen und die Stim-

men lassen mir keine Wahl mehr. Ich habe ja versucht, alles aufzuschieben. Aber was kann man gegen Alljas Willen tun?

Zwei junge Männer begleiteten Vincent in einen Raum, in dem eine Duschkabine und eine primitive Toilette untergebracht waren.

Er sollte sich duschen und sich dann auf diese Holzbank legen. Man würde ihn mit Olivenöl einreiben, seine Haare schneiden und Gebete sprechen.

Auf einem Tisch lag eine Zeitung mit hebräischen Schriftzeichen. Vincent stutzte, als er sie sah. Das konnte doch nicht sein. Er nahm sie in die Hand. Tatsächlich, da war Selmas Kopf abgebildet. Was bedeutete das?

Er ging mit der Zeitung in den Nebenraum und zeigte sie einem der Männer.

»Was steht da?«

Der Mann überflog den Artikel und sagte: »Eine Frau, die Selma heißt und eine Urenkelin eines gewissen Schimon ist, hält sich zurzeit in Jerusalem auf und hat ein Interview gegeben.«

Vincent stand da wie vom Donner gerührt. Selma war gar nicht mehr in Berlin, sondern ganz in seiner Nähe. Also hatte sie es sich doch anders überlegt. Sie war gekommen, um seine Arbeit fortzuführen. Unglaublich, wenn man bedachte, wie ablehnend sie zuerst gewesen war.

Wenn das kein Zeichen Alljas war, dass er alles führte und lenkte!

Er wusste jetzt, was er zu tun hatte: Er, Vincent, der Große, würde vor seinem Attentat verlangen, mit Selma zu reden, und zwar in einer Fernsehübertragung. Und dann könnte er vor aller Welt Selma als neue religiöse Führerin einsetzen.

Er würde sich würdevoll von ihr verabschieden und in einer großartigen Explosion diese Welt für immer verlassen.

Noch immer ganz in Gedanken zog er sich aus und duschte. Und er fühlte, als das warme Wasser seinen Körper herunterlief, dass er über eine neue Schwelle trat. Als sei diese Dusche eine Art Taufe für das ewige Leben.

Als er schließlich abgetrocknet und nackt auf seinem Handtuch lag, wurde ihm feierlich zumute. Das war vermutlich der letzte Tag seines Lebens.

Aber was ist mit meinem Rückflugticket, mit meinem Pass, den Papieren? Was ist mit meinen Kleidern und dem Koffer? Was werden sie damit machen? Wie wird Iris reagieren, wenn sie erfährt, dass ich den Tempel in die Luft gesprengt habe?

Alle vertrauen mir hier. Ich werde aufgenommen in die Schar ihrer Märtyrer, ich, ein Deutschamerikaner, der in Berlin lebt. Und ich werde meine Nachfolgerin einsetzen und meinen Auftrag erfüllen. Mein kurzes Leben hat sich dann erfüllt und alles, was …

Zwei kräftige Männer betraten den Raum, unterbrachen Vincents Gedanken und machten sich schweigend ans Werk, träufelten Olivenöl auf ihre Hände und begannen, fast zärtlich das Öl über seinem Körper zu verstreichen. Vincent erinnerte sich an den Besuch eines türkischen Bades, in dem er einmal eine Massage erhalten hatte.

Mein Gott, wie lange ist das her? Jahrzehnte? Jahrhunderte?

Es roch nicht nur nach Olivenöl, sondern nach etwas anderem. Richtig, nach Lavendel und nach etwas Bittersüßem. War das vielleicht Myrrhe?

Als Kind hatte er den alten Lavendelzerstäuber seiner Urgroßmutter bewundert mit dem dicken Gummiballon. Würde er sie dort treffen, wenn er an der schwarzen Schnur zog?

»Setz dich«, sagte einer der Männer, »wir werden dir die Haare schneiden.«

Vincent richtete sich auf. Jemand legte ihm ein Handtuch über die nackte Schulter. Das kalte Metall einer Schere schnitt ihm die blonden Locken ab und seinen Bart.

Er fühlte die Seife auf seinem Gesicht und das Rasiermesser.

Wie ein Schaf, das zur Schlachtbank geführt wird.

»Vincent!«

Vincent drehte sich um, sodass der Mann mit dem Rasiermesser ihn leicht verletzte.

»Nicht bewegen!«

Es war niemand zu sehen.

»Vincent, auch wir werden stolz auf dich sein«, sagte Allja. »Also, werde nicht im letzten Augenblick schwach. Erinnere dich an die Schmerzen. Sie werden mit dem Tod nicht enden.«

»Bitte nicht bewegen«, sagte der Mann mit dem Rasiermesser. »Ich will dich nicht umbringen.«

47

JERUSALEM, POLIZEIREVIER DAVID, EL-KHATTAB-STRASSE, 16. JUNI, 9.10 UHR

Noemi platzte zur Tür herein.

Gavriel Elieser blickte auf. »Schon mal was von Anklopfen gehört?«

Sie reagierte nicht und rief atemlos: »Chef, der Verrückte ist gesehen worden. Ein Hotel in Tel Aviv hat sich gemeldet und ich habe eben mit jemandem aus Schoresch telefoniert, der gestern mit dem Bus von Tel Aviv nach Jeruschalajim unterwegs war. Er behauptet, dass er in dem Bus einen Touristen gesehen hat, der genau zu unserer Beschreibung passt. Er muss also hier sein, direkt vor unserer Nase.«

Gavriel stand auf. »Es gibt hier viele Touristen, die blond sind.«

»Klar. Aber dem Mann fiel auf, dass der Tourist dauernd Selbstgespräche geführt hat. Es klang nicht nach Englisch, sondern eher wie Deutsch, meint er. Das fand er seltsam. Außerdem hat das Hotel in Tel Aviv seine Passnummer und seinen Namen.«

»Verdammt! Wie ist der Kerl nach Israel gekommen? Wie war das möglich? Alle Flughäfen sind kontrolliert worden!«

»Wahrscheinlich war er schon vor unserer Kontrolle im Land oder er kam über Nablus.«

Noemis Vorgesetzter schüttelte den Kopf. »Nein. Dann

wäre er nicht mit dem Bus von Tel Aviv zur Hauptstadt gefahren.«

Er ging aufgeregt hin und her. »Okay, er ist also hier. Dann müssen wir alles aufbieten und den Tempelplatz dichtmachen. Nicht einmal eine Ameise darf durch unsere Sperre.«

»Aber«, Noemi bekam große Augen, »die Moslems werden toben! Und du solltest das mit dem Chef absprechen!«

»Ich werde, wenn unsere Männer schon anrücken, mit dem Chef telefonieren und mit der Abteilung *Heilige Stätten* und mir die Genehmigung nachträglich holen.«

»Aber du könntest doch vorher ...«

»Das dauert mir zu lange. Soll sich der Chef mit der muslimischen Behörde herumschlagen. Wenn etwas passiert, sind wir schuld.«

»Auf der anderen Seite, Chef, der Typ kann sowieso die Moschee nicht zerstören. Sie ist zu massiv.«

»Das weiß ich, Noemi. Aber selbst wenn ein paar Steine herausbröckeln, ist hier die Hölle los und ich ...«

Das Telefon klingelte und unterbrach Eliesers Redefluss. Ärgerlich drückte er auf den Knopf und Noemi blieb abwartend neben dem Aktenschrank stehen.

»Ja.«

»Geht an alle Dienststellen«, hörte Elieser einen Kollegen. »Heute Morgen gab es ein missglücktes Selbstmordattentat am Checkpoint Hawara. Die Ladung explodierte nur teilweise. Der Palästinenser lebt und wird verhört. Der Posten am Checkpoint liegt noch im Koma.«

»Scheiße!«, brüllte Elieser und legte auf.

»Was ist denn?«

»Einer von diesen Selbstmördern. Bei Hawara. Hat aber nicht richtig geklappt. Und ich bete zu Gott, dass es nicht Joram erwischt hat. Er hat in dieser Woche Dienst.«

»Joram?«

»Er will die Nichte meiner Frau heiraten. Sie haben schon ein Brautkleid ausgesucht. Sie wird vor Wut schäumen und wird sofort dorthin fahren wollen. Wenn jemand ihn aus dem Koma aufweckt, dann sie.«

Elieser stand auf und ging hin und her, während er sprach. »Allmächtiger, was ist bloß mit diesem Land los? Ist sterben mittlerweile attraktiver geworden als leben? Können wir uns nicht friedlich dieses verdammte Land teilen?«

Noemi blickte betreten zu Boden.

»Was machst du überhaupt noch hier, Sergeant Noemi?«, schnauzte er sie an.

»Ist schon gut, ich geh schon.«

»Nein, du hast mich falsch verstanden.« Gavriels Stimme klang schon wieder sanfter, als er fortfuhr: »Ich meine, warum ist eine junge Frau wie du überhaupt in diesem Land? Eines Tages hast du eine Familie, Kinder und musst zusehen, wie sie irgend so ein Idiot in die Luft jagt. Warum heiratest du nicht einen amerikanischen Juden und lebst in Kalifornien?«

Noemi hob ihre Hände. Es sah ein wenig hilflos aus. »Ich geh hier nicht weg. Dann … dann haben die mit ihrem bescheuerten Sprengstoff doch gewonnen.«

Elieser knurrte.

»Und«, fuhr Noemi fort, »kannst du dir vorstellen, irgendwo anders als in diesem verrückten Land zu leben? Ich glaube, ich würde vor Langeweile umkommen.«

48

JERUSALEM, IN DER NÄHE DES DAMASKUSTORS, 16. JUNI, 9.30 UHR

Gaston Lemaire saß schon beim Frühstück, als Selma den Raum betrat, auf den Tisch zuging und den Archäologen auf den Mund küsste.

»Guten Morgen, Selma. Wie hast du geschlafen?«

»Wunderbar.«

Sie setzte sich und goss sich aus der Thermoskanne eine Tasse Kaffee ein, dann sagte sie: »Zweimal bin ich nachts aufgewacht, weil ich dachte, du würdest an meine Tür klopfen.«

Gaston lächelte und bestrich sein Brötchen mit Orangenmarmelade.

»Ah! Hätte ich das tun sollen?«

Selma zuckte mit den Schultern. »Ich war in einem Zustand, in dem ich mich nicht gewehrt hätte.«

»Ich hab es nicht gemacht. Das wäre … zu schnell für mich. Ich wusste ja bis gestern noch nicht, ob die Dame geruht, mir zuzuhören, oder mir den kalten Hals zeigt. Und dann kam alles anders. Briefe schreiben hat immer noch Sinn.«

»Die kalte Schulter«, verbesserte Selma und trank einen Schluck Kaffee. Dann stand sie auf, um sich eine Schale mit Obst zu holen.

»Aha, die kalte Schulter«, wiederholte Gaston.

Er betrachtete seine neue Freundin, wie sie sich Obst auffüllte und dabei eine Haarsträhne hinter ihr Ohr steckte.

Sie musste wohl den Blick gespürt haben, denn sie wandte den Kopf und lächelte in Gastons Richtung.

Als sie sich setzte, sagte Gaston: »Weißt du, ich … bin so schrecklich verliebt in dich …«

»Und ich bin ein Idiot«, erwiderte Selma und fuhr fort: »Warum habe ich dir nicht schon vor Tagen am Telefon zugehört, als du mir alles erklären wolltest?«

»Tja, so sind Frauen nun mal. Dickköpfig und starrsinnig wie eine … eine …«

»Ziege?«

»Ja genau. Ziege ist ein gutes Wort.« Sie lachten.

»Zum Glück gab es Clara«, fing Gaston an, »die mir den Tipp gegeben hat, dich in diesem Hotel zu treffen. Aber was ich gerne wissen würde: Warum ging es dann plötzlich bei dir so schnell?«

Selma steckte ein Stück Guave in den Mund.

»Ach Gaston, das sind Frauengeheimnisse, aber nur so viel: Eigentlich war ich schon die ganze Zeit in dich verliebt, aber habe es nicht wahrhaben wollen. Und … und Ron klang ganz ernsthaft. Ich war hin und her gerissen. Und dann kamen der Zeitungsartikel über Ron und dein Brief. Ich war … gefühlsmäßig vorbereitet.«

»Gefühlsmäßig vorbereitet«, nickte er. »Das klingt gut. Und was hast du heute vor?«

»In einer halben Stunde kommt Ada und holt mich ab. Wir besichtigen den Berg Zion, den Abendmahlssaal, dann gehen wir an der alten Mauer entlang über das Kidrontal zum Garten Gethsemane und über den Ölberg wieder in die Altstadt. Und morgen wollen wir zum See Genezareth, wo mein Vorfahre Fischer war und so.«

»Eine ganz schöne Tour.«

»Möchtest du mit?«

»Würde ich gerne, obwohl ich die Orte kenne, aber ich treffe mich mit einem Kollegen, der …«

»Oder ist es vielleicht eine Kollegin?«

Gaston legte das Messer weg und blickte Selma streng an. »Machst du oft solche Witze? Für mich bist du keine nette Affäre, weißt du. Ich könnte mir selber nicht in die Augen schauen, wenn ich jetzt eine andere Frau anmache. Außerdem habe ich dazu überhaupt keine Lust. Ich bin froh, dass es sich zwischen uns geklärt hat.«

»Ich glaube, das ist meine Angst, dass ich denke … na ja … ich könnte dich wieder verlieren.«

Sie trank einen Schluck Kaffee und blickte an Gaston vorbei zum Fenster.

»Das ist das, was ich eben bisher bei Männern erlebt habe.«

»Gut«, nickte Gaston, »oder eher nicht gut. Jedenfalls, ich bin nicht der Typ, der mit mehreren Frauen gleichzeitig leben möchte. Das würde mich verrückt machen.«

Eine Weile war es still, während von den Nachbartischen internationale Sprachfetzen herüberwehten.

»Und wie fühlt es sich an«, fragte Gaston, »die Nachfahrin des Apostels Petrus zu sein?«

Selma schnupperte an der gelben Marmelade. »Eigentlich fühle ich mich auch nicht anders als vorher. Gut, ich habe inzwischen einiges in der Bibel gelesen, die Evangelien überflogen, ein paar Briefe von Paulus angeschaut, aber ich bin noch immer die Gleiche …«

»Das ist gut so«, sagte Gaston.

»Warum?«

»Geistliche Vollmacht ist nicht vererbbar, sie muss einem von Gott geschenkt oder erworben werden. Gott hat …«

»… keine Enkel, nur Kinder.«

»Ach? Du kennst den Satz?«

»Ja. Fiel mir neulich mal ein und ich dachte, dass ich eigentlich die allerletzte Person bin, die zu dem Apostel Petrus passt. Du hättest sicher einen würdigeren Nachkommen abgegeben.«

Sie aßen wieder eine Zeitlang schweigend, dann sagte Selma: »Und dann werden wir natürlich noch die Klagemauer besichtigen und die Omarmoschee. Ich bin nur froh, dass dieser verrückte Vincent in Berlin ist und nicht hier auftauchen wird. Habe ich dir schon erzählt, dass er bei uns geklingelt hat und vor mir auf die Knie gefallen ist, nachdem er mich schon vorher verfolgt hat?«

»Was?« Gaston schüttelte verwundert den Kopf.

»Ja, ich scheine für ihn eine große Respektsperson zu sein.«

Sie erzählte die Geschichte von Vincents Kniefall, von seinen Stimmen und dem Segen auf dem Flur des Treppenhauses.

»Tja«, sagte Gaston. »Heutzutage scheint das Hören von Stimmen nur noch krankhaft zu sein.«

»Was meinst du damit?«

»Früher konnten die Leute das wohl besser unterscheiden. Es gibt eine Menge Mystiker in der christlich-jüdischen Geschichte, die auch Stimmen gehört haben, aber deswegen nicht krank waren. Im Gegenteil.«

Sie goss sich noch Kaffee nach und ließ die Worte in sich nachklingen. Dann sagte sie: »Was ganz anderes, Gaston. Eines würde mich noch interessieren. Was ist eigentlich aus unserer Einbrecherin geworden? Sie hat sich wohl in Luft aufgelöst? Oder hat sie sich bei dir noch einmal blicken lassen?«

Gaston schüttelte den Kopf. »Nein. Als ich deinen Goldzettel an die große Glocke gehängt habe, war es vorbei.«

»Was wollte sie eigentlich damit?«

»Ich kann nur Vermutungen anstellen. Wahrscheinlich war sie ein Mann.«

Selma schüttelte entschieden den Kopf. »Oh nein. Von hinten sah sie absolut wie eine Frau aus.«

»Das ist kein Problem für einen zierlichen Mann. Es gibt Schaumgummiteile. Vielleicht war er ein radikaler Katholik, der verhindern wollte, dass eine Frau eines Tages im Petersdom residieren wird. Er wollte vielleicht das Beweisstück vernichten und seine Identität bis zur Unkenntlichkeit verwischen. Für ihn muss das ein Horrorszenarium sein: eine alleinerziehende Frau aus Berlin auf dem Stuhl Petri. Grauenhaft.«

»Muss ein Papst nicht gewählt werden?«

»Du hast recht. Aber wenn du von Petrus abstammst, hast du vielleicht Chancen. Allerdings müsstest du vorher Kardinälin sein.«

»Das muss ich mir dann doch überlegen.«

Sie blickte auf ihre Uhr. »Gleich kommt Ada. Ich mach mich mal fertig.«

»Wir könnten uns gegen siebzehn Uhr im Hotel treffen, Selma, okay?«

Selma nickte. »Gut.«

Sie ging auf ihn zu und wollte Gaston küssen, aber der war schon aufgestanden, um sie dabei besser umarmen zu können.

49

JERUSALEM, IN DER NÄHE DES DAMASKUSTORS, 16. JUNI, 17.00 UHR

Selma ließ sich im Foyer auf den Sessel fallen, in dem man so wundervoll versinken konnte. Das Tourismusprogramm war aufregend und anstrengend gewesen. Am meisten hatten sie die uralten Bäume im Garten Gethsemane beeindruckt und die Klagemauer. Eigentlich mehr die vielen Juden, die sich beim Beten ständig verneigten, und die Zettel, die in den Mauerritzen steckten. Heimliche Gebete, die nur Gott und die Beter kannten.

Ungewöhnlich viele Polizisten waren in der Nähe des Tempelplatzes aufgetaucht. Vielleicht eine Übung?

Sie bestellte sich ein großes Glas Bitter Lemon mit Eis und ließ die kühle Flüssigkeit langsam die Kehle hinunterrinnen. Wo steckte eigentlich Gaston? Ach ja, er wollte seine E-Mails abfragen.

Sie spürte eine gewisse Trägheit und hatte große Lust, sich jetzt auf ihr weiches Bett zu legen, um eine gepflegte Siesta zu halten.

Durch die Eingangstür hörte sie Autolärm, das Hupen eines Taxis und jemanden, der irgendetwas anpries. In der Ferne klang eine Sirene. Hinter ihr plärrte der Fernseher. Ein paar Leute standen in der Lounge herum und unterhielten sich.

Plötzlich schien es Selma, als ob es um sie herum stiller wurde, nur der Fernseher lief unbeeindruckt weiter.

Sie drehte sich um und sah, wie die Hotelgäste auf den Fernseher starrten. Ein Sprecher redete ziemlich aufgeregt über irgendetwas. Im Hintergrund sah man einen Platz mit einem Gebäude. War das nicht sogar der Tempelplatz?

Sie stand auf, schlenderte zu der Gruppe um den Fernseher und fragte auf Englisch, ob es irgendwelche Neuigkeiten gäbe.

»Und ob!«, sagte der größere der Männer und deutete auf den Bildschirm. »Es gibt Tzeva Adom!«

»Was ist das?«

»Alarmstufe rot! Unglaublich! Gerade wird berichtet, dass ein Ausländer auf dem Tempelplatz steht, direkt neben der Omarmoschee, in der Uniform der israelischen Polizei, und behauptet, er habe einen Sprengstoffgürtel unter dem Hemd und würde jeden Augenblick in die Moschee stürmen und sie zerstören. Wer … wer auf ihn schießt, löst ebenfalls die Sprengung aus.«

Er hielt inne und lauschte. »Er ist der Meinung, dass hier der dritte Tempel gebaut werden soll. Der Mann ist total verrückt.«

Selma begriff nicht so schnell und fragte nach: »Ein israelischer Polizist will die Omarmoschee sprengen?«

»Nein, nein!«, sagte der Mann. »Er trägt nur die Uniform. So konnte er ungehindert durch die Sperren kommen. Es war alles abgeriegelt, weil das Attentat von einem Unbekannten angekündigt worden war.«

Immer mehr Leute sammelten sich im Foyer und blickten schreckensstarr auf die einsame Gestalt.

»Aber das ist doch …«, murmelte Selma, »… das könnte Vincent sein, wenn man die Haarfarbe und den kurzen Haarschnitt …«

Die Kamera zoomte sein Gesicht heran.

»Ja!«, rief Selma aufgeregt. »Tatsächlich! Er ist es! Mein Gott, er hat es wirklich geschafft, auf den Tempelplatz zu gelangen.«

Sie blickte sich um und sah, wie Gaston eben durch die Eingangshalle kam.

»Gaston!«, rief sie aufgeregt. »Schau dir das an. Vincent ist tatsächlich hier und will die Omarmoschee zerstören!«

»Was?« Gaston kam näher.

»Ich verstehe nicht, was der Reporter sagt«, fuhr Selma fort, »aber die Leute haben es mir übersetzt!«

»Das gibt's doch nicht! Impossible!«

»Du verstehst doch Ivrit! Was sagt der Sprecher?«

Gaston stand da und lauschte. »Vincent will, dass … das Radio, nein, das Fernsehen eine Botschaft von ihm sendet, bevor es losgeht und … das Letzte habe ich nicht verstanden … Did you get it?«, wandte er sich an die Gruppe.

Eine Frau drehte sich um und sagte auf Englisch: »Wenn jemand auf ihn schießt, würde der Sprengstoff auf jeden Fall losgehen. Außerdem hat er seine Hand an der schwarzen Strippe!«

Der Korrespondent hatte sich mit seinem Mikrofon in Sicherheit gebracht und stand hinter einer Mauer.

Vincents Gesicht zitterte auf den Bildschirm und man hörte ihn jetzt direkt auf Englisch sprechen.

»Der Typ ist völlig durchgeknallt«, sagte Selma auf Englisch zu den anderen. »Ich kenne ihn. Ein Verrückter, der eine Einheitsreligion will. Egal, was die machen, er wird auf jeden Fall die Moschee zerstören. Er glaubt, dass er von Gott dazu den Auftrag bekommen hat und …«

Selma stockte, als sie plötzlich ihren Namen hörte, und Gastons Gesicht wurde etwas blasser, als Vincent deutlich sagte: »Ich weiß, dass die Petrusnachfolgerin Selma in Jerusalem ist. Bevor ich meine Tat vollbringe, möchte ich mit ihr reden!«

»Mein Gott. Er will mit dir reden!«, sagte Gaston mit heiserer Stimme zu Selma.

Sie blickten sich wortlos an.

»Woher weiß er, dass ich hier bin?«

»Es stand in der Zeitung.« Gaston schluckte. »Selma! Tu es nicht. Er braucht nur aus Versehen zu stolpern oder jemand verliert die Nerven und schießt auf ihn. Dann wirst du auch zerfetzt … wenn du …«

»Aber Gaston!«, unterbrach ihn seine neue Freundin. »Das wäre eine letzte Chance, ihn davon abzubringen. Ich bin für ihn so eine Art Autorität. Wenn mir das gelingen könnte …«

»Selma! Der Mann ist krank. Du … du kannst ihn nicht mit Argumenten überzeugen.«

»Ja, klar, du hast recht. Und trotzdem … ich würde mir ewig Vorwürfe machen, wenn ich nicht …«

Inzwischen hatte sich der Reporter wieder gemeldet und schrie auf Englisch ins Mikrofon: »Mrs. Selma Ravenberger, please contact the police, Mrs. Selma Ravenberger …«

Selma atmete tief durch. »Gaston, ich muss es probieren. Und übrigens, wo ist dein Gottvertrauen geblieben? Bist du nicht Christ?«

»Ja, ja, ja«, sagte er ärgerlich. »Die Sache wird nicht einfacher, wenn man jemanden liebt. Los, geh schon und melde dich bei der Polizei, aber ich werde dich begleiten.«

Selma rannte zur Rezeption und ließ sich mit der Polizei verbinden.

Ich müsste ihn mit irgendetwas Handfestem abhalten, ihn beeindrucken und ihn überzeugen, dass er etwas Wertvolles zerstört. Aber er wird sagen, dass Gott selbst es ihm befohlen hat. Was kann man gegen so etwas machen?

»Yes«, rief sie in das Telefon. »I am Selma.«

Sie hörte zu und sagte dann zu Gaston, der hinter ihr hergerannt war: »Die Polizei schickt uns einen Wagen mit Sirene vorbei. Los, komm.«

Sie stockte, weil ihr eine Idee gekommen war, und fragte Gaston: »Hast du irgendetwas Glänzendes? Etwas, das von Weitem wie Gold aussieht? Vielleicht Messing oder so?«

Gaston rannte zur Rezeption zurück und hatte eine Blechschachtel in der Hand, in die der Portier normalerweise seine Briefmarken legte.

»Geht das?«

Selma nahm den Deckel, riss ihn im Gehen ab, verbog das dünne Metall und meinte: »Ja, ich denke schon.«

Sie hörten das Polizeiauto, das mit quietschenden Reifen vor dem Hoteleingang bremste.

Rasch stiegen sie ein und der Fahrer fuhr schon los, bevor sie die Türen geschlossen hatten.

Mit zitternden Händen schnallte Selma sich an.

»Weißt du«, begann Gaston. »In so einem Fall hilft nur eins.«

»Was denn?«

»Beten.«

»Jetzt beten?«

»Klar.«

»Das kann ich nicht, Gaston. Ich könnte ein Vaterunser beten oder ein Tischgebet, aber mehr habe ich nicht drauf.«

»Du brauchst keine großen Worte zu machen, Selma. Sprich einfach das, was dich jetzt innerlich bewegt, laut aus und richte es an Gott.«

»Tut mir leid, Gaston, das funktioniert nicht bei mir. Sprich du ein Gebet. Du hast ja Routine.«

»Mit Routine klappt es beim Beten nicht. Ich spreche es dir vor und du sprichst es mir nach.«

»Okay.«

Der Wagen machte eine scharfe Rechtskurve, Gaston wurde gegen Selma geworfen und eine Mülltonne kullerte hinter ihnen über die Straße.

»Gott, ich bitte dich jetzt um Weisheit …«

»Gott, ich bitte dich jetzt um Weisheit …«

»… dass ich Vincent davon abbringen kann, seinen Plan durchzuführen.«

»… seinen Plan durchzuführen.«

»Ich vertraue dir. Amen.«

»Ich vertraue dir. Amen.«

Selma schwieg verblüfft und fragte: »Was? Das war's schon?«

»Ja. Kurz und bündig. Und jetzt überleg dir, wie du anfängst, und dann kriegst du hoffentlich die richtigen Einfälle.«

»Ja, einen Anfang habe ich schon.«

Das Polizeiauto fuhr durch die Absperrung und hielt vor den Treppen zum Tempelplatz.

Selma sah einen untersetzten, großen Mann mit Bauch, der auf sie zukam: »Hallo, mein Name ist Gavriel Elieser. Und Sie sind Selma Raven…?«

»Bitte nennen Sie mich Selma.«

»Okay. Da vorne ist der Mann. Wir haben auch einen Vertreter des Tempelinstituts hier: Rabbi Jizchak. Er hat schon versucht, mit dem Verrückten zu reden. Ohne Erfolg. Das Fernsehen überträgt gerade seine seltsame Ansprache. Wenn er eine Pause macht, dann müssen Sie sofort dazwischengehen. Er wartet auf Sie. Hier ist Ihr Mikro.«

Elieser hielt ihr ein Funkmikrofon hin, das Selma mit schweißnassen Händen entgegennahm.

Sie näherten sich langsam der Stelle und hörten Vincents Stimme. Er hatte ebenfalls ein Mikrofon. Der Mann vom israelischen Fernsehen hatte darauf verzichtet, das Mikrofon zu halten. Vincents Gesicht war gerötet. Er schwitzte mit all dem technischen Gerät unter dem Hemd, denn auf der Brust und an der Seite färbte sich der Stoff schon dunkel.

»... und werde Gottes Auftrag erfüllen«, sagte Vincent gerade auf Englisch, »denn die Zeit ist gekommen für neue, umwälzende Ereignisse. Und zu allen Zeiten muss es Märtyrer geben, die das tun, was getan werden muss ...«

Vincent, der von seiner eigenen Botschaft angerührt war, machte eine Pause.

Sofort rief Selma in ihr Mikrofon: »Vincent! Ich bin da.« Selma merkte, dass ihre Stimme zu leise war.

»Sie müssen es einschalten«, rief Elieser.

Gaston griff nach dem Mikrofon und schob den winzigen Schalter auf »on«.

Vincent hatte die Störung bemerkt und blickte irritiert zu Selma hinüber, dann klärte sich sein Gesicht auf.

»Endlich bist du gekommen.«

»Ja, ich bin da.«

Selma hielt den Blechdeckel hoch.

»Siehst du das, Vincent? Das ist das Goldblech, auf das die Tochter des Apostels ihre Botschaft geschrieben hat, dass der, der dieses Gold hat, der legitime Nachfolger des Petrus ist. Und das bin ich. Bitte, hör mir zu. Ich habe auch eine Botschaft von Gott an dich. Und ich spreche zu dir als ... als göttliche Stimme.«

»Gut, aber nur ganz kurz. Denn ich möchte dich der Welt als meine Nachfolgerin vorstellen, wenn ich gegangen bin. Meinen Auftrag werde ich so oder so durchführen.«

»Ja, ganz kurz. Weißt du, was sich unter dem Tempelberg befindet, Vincent?«

»Felsen, Steine, Erde.«

»Unter dem Tempelberg befinden sich eine große Zahl von Blutkanälen.«

»Blutkanälen?«

»Ja. Zur Zeit, als der Tempel in Betrieb war, musste das viele Blut der Opfertiere abgeleitet werden. Und dazu gab es diese Blutkanäle.«

»Was soll das?«

»Während der Belagerung Jerusalems im Jahr 587 vor Christus wurde die Bundeslade in diesen Kanälen versteckt.«

Vincent lachte. »Das stimmt nicht. Sie befindet sich in Äthiopien, in Aksum.«

»Nein, Vincent. Sie befindet sich direkt unter deinen Füßen. Einer der heiligsten Gegenstände, die es gibt. Wenn du diese Sprengung durchführst, wird das Kostbarste, was Gott den Menschen anvertraut hat, von dir mutwillig zerstört. Willst du das wirklich?«

»Woher … woher willst du wissen, ob sie da unten ist?«

Selma merkte, dass Vincents Stimme eine gewisse Unsicherheit verriet, gleichzeitig sah sie, wie Gaston ihr zulächelte und den Daumen nach oben hielt.

Sie spürte, dass sie jetzt unbedingt überzeugend sein musste, auch wenn sie selbst gar nicht überzeugt war. Konnte eine Lüge Leben retten?

»Vincent. Ich … ich weiß es einfach, weil ich die Nachfolgerin des Petrus bin und Gottes … und Gott hinter mir steht. Wenn du den Sprengstoff zündest, dann wird ein großes Unglück geschehen.«

»Aber … der Tempel muss gebaut werden. Der dritte Tempel muss gebaut werden. Seit zweitausend Jahren warten die Menschen auf der ganzen Welt darauf. Die Zeit ist gekommen. Ich werde nachher in die Moschee rennen und die Sprengladung zünden. Alles ist bereit! Und du selbst sollst die Menschen sammeln und sie an diesen heiligen Ort führen, der …«

»Vincent! Ich befehle dir zu schweigen, ich, die Nachfolgerin des Petrus. Und ich sage dir im Auftrag des höchsten

Gottes: Der dritte Tempel ist schon gebaut worden, weißt du das denn nicht? Deine Stimmen haben dich in die Irre geführt.«

»Der dritte Tempel ist schon …? Wo ist er?«

Selma machte eine Pause und sagte dann sehr langsam: »Der dritte Tempel, das sind wir. Jeder menschliche Körper, sagt der Apostel Paulus, kann zu einem Tempel des Heiligen Geistes werden, wenn … wenn Gott in uns lebt. Und alle zusammen bilden den Körper Gottes auf dieser Erde. Die Gemeinschaft ist der Tempel.«

Vincents Stimme bekam einen nörgelnden Unterton. Er stockte, als würde jemand zu ihm sprechen.

»Aber Allja, unser aller Gott, hat zu mir gesprochen und es mir befohlen. Geh weg, Selma. Du bist die Versuchung, die mir geschickt wurde, um meine Treue zu testen. Ich habe mich in dir getäuscht. Du willst mir nicht glauben!«

»Vincent, hör mir zu. Das ist nicht Gott, der zu dir redet.«

Gaston spürte, wie jemand ihn am Ärmel berührte. Er drehte sich erstaunt um und sah Rabbi Jizchak, der ihn auf Englisch fragte: »Was hat sie gesagt?«

Er erklärte es ihm hastig in wenigen Worten.

»Der dritte Tempel sind wir … Aber natürlich«, murmelte er mehr für sich. »Wie heißt es in der Schrift: *Von dessen Leib werden Ströme lebendigen Wassers fließen* … Das Rinnsal, das unter der Tempelschwelle herausfließt und zu einem lebensspendenden Fluss wird wie in der Vision von Hesekiel … Wir selbst sind der dritte Tempel … wir selbst … die Gemeinschaft der Glaubenden.«

Gaston, der verwundert den Worten des Alten gelauscht hatte, wurde abgelenkt durch Vincent, der mit gequälter Stimme schrie: »Woher willst du wissen, dass das nicht Gott ist, der zu mir redet? Ich höre ihn so deutlich, wie ich dich höre. Ich bin ein Prophet!«

»Vincent! Gott würde dich niemals zwingen, so etwas zu tun. Selig sind die Sanftmütigen, die Friedfertigen. Diese Stimme, die du hörst, ist nicht Gott. Sie kommt aus deinen … deiner Fantasie oder woanders her.«

»Das stimmt nicht. Hör auf zu reden, du machst mich ganz krank.«

»Du bist krank, Vincent. Und wenn du hier herunterkommst, dann landest du nicht in einem Gefängnis, sondern in einem Krankenhaus. Ich werde dich dort besuchen. Aber bitte, tu es nicht. Du zerstörst die Bundeslade und entweihst diesen heiligen Ort. Stattdessen könntest du selbst zu einem Tempel werden.«

Selma ging langsam näher, während Gaston seine Lippen in einem stummen Gebet bewegte.

Es wurde still auf dem Tempelberg. Nur aus der Ferne hört man ein Auto hupen.

»Komm, Vincent«, rief Selma. »Gott liebt dich, egal ob du diesen Ort sprengst oder nicht. Du hast einem falschen Gott gedient, der dich unterdrückt und dich zerstört. Der wirkliche Gott tut so etwas nicht.«

Vincent schüttelte den Kopf und sagte mit gepresster Stimme: »Meine Stimmen werden mich in alle Ewigkeit quälen, wenn ich es nicht tue.«

»Vincent. Das werden sie nicht. Du kannst von den Stimmen erlöst werden. Glaub mir!«

Vincent überlegte und Selma wartete.

»Versprichst du mir das?«

»Ja«, nickte sie heftig. »Es … gibt einen Weg, dich von deinen Stimmen zu befreien.«

Sie spürte, wie ihr der Schweiß von der Stirn in die Augenwinkel floss, und verwünschte ihre dünnen Augenbrauen.

Plötzlich neigte Vincent seinen Kopf und sagte scharf: »Nein, hör auf mit deinem blöden Gesabbel. Ich werde jetzt diesen Platz verlassen.«

Selma, die zuerst dachte, die letzten Worte würden sich auf sie beziehen, merkte, dass Vincent offenbar zu jemandem gesprochen hatte, der unsichtbar, aber für ihn hörbar war.

Er kam näher und hielt sich mit den Händen die Ohren zu.

Noch fünf Meter trennten Selma von Vincent und sie spürte, wie etwas Feuchtes zwischen ihren Schulterblättern hinunterrann.

Noch zwei Meter.

Plötzlich fiel etwas herunter. Selma hatte den Blechdeckel fallen lassen, an den sie überhaupt nicht mehr gedacht hatte. Vincent blickte auf und sagte: »Das ... das ist ja ein normaler Blechdeckel ... du ... du hast mich betrogen.«

Selma sah, wie seine Hand sich langsam in seine Hosentasche schob.

»Vincent!« Sie wollte eigentlich mit fester Stimme sprechen, aber die Worte kamen zittrig aus ihrem Mund. »Vincent! Glaubst du etwa, ich würde mit dem Original durch die Gegend rennen? Das echte Gold ist im Museum unter größten Sicherheitsvorkehrungen. Ich bin tatsächlich eine der Nachkommen des Apostels. Das kann dir unser Archäologe bestätigen. Ich habe im Namen des wahren Gottes zu dir gesprochen.«

Vincents Hand fiel wie leblos herunter.

Gaston hatte die Augen geschlossen. Er traute sich nicht hinzusehen.

Noch ein Meter. Jetzt standen sie sich gegenüber. Selma nahm Vincent vorsichtig bei der Hand und führte ihn wie ein Kind die Stufen vom Tempelplatz hinunter.

Ein Mann in Zivil kam auf sie zu, nahm Vincent in Empfang, öffnete das Uniformhemd, zog das Unterhemd nach oben und zerschnitt mit einem scharfen Messer die Klebestreifen, die die Munition festhielten.

Ein anderer Mann half ihm und zusammen machten sie Vincent von seiner Sprengladung und den Kabeln los. Besonders das Teil, das aussah wie ein kleines Handy, wurde äußerst vorsichtig behandelt.

Es berührte Selma eigenartig, wie die Männer Vincent fast zärtlich anfassten und die explosiven Gegenstände mit den bunten Drähten behutsam in einen mitgebrachten Behälter legten.

Vincent ließ alles mit sich geschehen, als sei er gar nicht mehr richtig anwesend.

Als Selma sah, dass keine Gefahr mehr bestand, stolperte sie die letzten Stufen auf Gaston zu und sank in seine Arme.

Erstaunt merkte sie, dass sie am ganzen Körper zitterte, obwohl eine große Hitze über dem Platz lag.

»Ich zittere ja«, murmelte sie erstaunt.

»Kein Wunder bei dem, was du gerade durchgemacht hast. Es war großartig, Selma. Du hast genau das Richtige gesagt und das Richtige getan. Das mit den Blutkanälen wusste ich zwar, aber dass du das eine Heiligtum mit dem anderen ausgetrickst hast – super. Und die Idee, dass wir selbst der dritte Tempel sind, war genial.«

»Stammt von Paulus. Mir fiel es ein, während ich mit Vincent redete.«

Gaston führte sie langsam zu dem Polizeiauto, weil er befürchtete, sie würde im Nachhinein noch umfallen. Die Tür war offen und Selma ließ sich dankbar auf die Rückbank fallen. Gaston setzte sich neben sie.

Zuerst sagte sie nichts und hatte die Augen geschlossen, dann öffnete sie sie und sagte leise: »Ich bin froh, dass alles vorbei ist.«

»Und ich erst«, sagte der Archäologe und nahm ihre Hand. »Zwischendurch habe ich die Augen zugemacht, weil ich es fast nicht mehr ertragen habe.« Er machte eine Pause und fuhr dann fort: »Übrigens, wieso warst du dir so sicher, dass die Bundeslade in den Blutkanälen steckt?«

Selma lächelte leicht: »Ich war mir überhaupt nicht sicher. Vielleicht ist sie ja tatsächlich in Äthiopien, aber bei einem Verrückten kann man nicht mit *vielleicht* und *eventuell* kommen.«

Neben ihnen stand plötzlich Gavriel Elieser und reichte Selma die Hand. »Ich habe nicht verstanden, was Sie gesagt haben, aber es war großartig. Ich danke Ihnen. Wir sprechen morgen weiter. Ich komme in Ihr Hotel. Und ruhen Sie sich etwas aus.«

Er sagte etwas zu dem Fahrer des Fahrzeugs. »Er wird Sie direkt in Ihr Hotel bringen. Schalom.«

»Schalom«, murmelte Selma und schloss wieder die Augen vor Erschöpfung.

Jemand klopfte an das Fenster. Gaston erkannte den alten Rabbi vom Tempelinstitut und kurbelte die Scheibe tiefer herunter.

»Danke«, sagte er zu Selma. »Jebarächa Adonai, der Herr segne dich.«

»Wer war das?«, fragte Selma.

»Das war Rabbi Jizchak vom Tempelinstitut. Er war beeindruckt von der Idee, dass der dritte Tempel schon gebaut ist und dauernd gebaut wird.«

»Ja, es war irgendwie irre. Die Idee kam mir, als ich mich mit Vincent unterhielt. Ich hatte das zwar gelesen, aber die

Verbindung zwischen diesem Wort des Paulus und diesem bescheuerten Umstand wurde mir plötzlich klar.«

»Mir ist auch etwas klar geworden«, sagte Gaston.

»So? Was denn?«, fragte Selma und gähnte.

»Mir ist klar geworden, dass ich nicht mehr in dich verliebt bin.«

Irritiert blickte Selma zu Gaston hinüber.

»Ich glaube, es ist mehr als eine bloße, vorübergehende Verliebtheit. Ich liebe dich wirklich.«

Selma wusste zuerst nicht, was sie darauf erwidern sollte, dann sagte sie: »Können wir das morgen früh besprechen, bei einem gemeinsamen Frühstück?«

Gaston lächelte. »Gute Idee.«

»Am besten, du schreibst mir deine Gedanken auf eine nette Karte, die kann ich mir dann immer ansehen. Das beruhigt und wenn ich dann …«

Aber Selma kam nicht mehr dazu, den Satz zu vollenden, weil sie von Gaston geküsst wurde.

Als sie sie sich voneinander lösten, sagte sie leise: »Ich werde mich wohl doch nicht zur Päpstin wählen lassen.«

Der Fahrer startete den Motor und fuhr langsam los, gleichzeitig fielen mehrere Schüsse, die über den Tempelplatz hallten. Selma zuckte zusammen, während sich Gaston umdrehte, dem Fahrer befahl, zu halten, aus dem Auto stieg und zurücklief.

Als er wieder zu Selma kam und sie ihn fragend anblickte, sagte er mit tonloser Stimme: »Man hat Vincent erschossen. Er ist tot.«

»Was? Wer hat das getan?«

»Vermutlich die Leute, die Vincent mit Munition ausgestattet haben. Das Risiko war für sie zu hoch.«

»Was für ein Risiko?«

»Das Risiko, dass die Israelis Vincent zum Reden bringen, damit er ihnen den Ort und die Leute verrät, die dahinterstecken.«

»Mörder!«, flüsterte Selma.

»Na ja. Wenn Vincent geredet hätte, würde es wieder auf der anderen Seite Verhaftungen und Schlimmeres geben. Die Israelis sind nicht gerade zimperlich. Und auch dort gibt es Familienväter und Ehemänner.«

Selma schwieg.

»Also war alles umsonst. Ich konnte ihn doch nicht retten.«

Gaston setzte sich neben sie.

»Bist du verrückt? Es war nicht umsonst. Was glaubst du, was hier jetzt los wäre, wenn der Felsendom zerstört worden wäre? Eine Katastrophe, die die gesamte arabische Welt erschüttern würde. Womöglich wäre es der Anfang eines neuen Krieges geworden. Und du hast das verhindert, Selma.«

Der Archäologe gab dem Fahrer ein Zeichen und der Wagen setzte sich wieder in Bewegung.

Selma rappelte sich aus dem Polster hoch. »Ich muss ihn noch einmal sehen, bevor wir weiterfahren«, sagte sie und rief dem Fahrer zu: »Stop, please!«

Das Auto hielt und der Fahrer verdrehte die Augen in gespielter Verzweiflung.

»Aber Selma«, versuchte Gaston sie zu hindern, »du bist völlig fertig und …«

»Hilf mir lieber, dorthin zu gehen.«

»We'll come back«, rief sie dem Fahrer zu. Lemaire fügte sich, wenn auch widerstrebend, aber er spürte Selmas Entschlossenheit. Stumm begleitete er sie zu der Gruppe Uniformierter und rief nach dem Inspektor, den er kannte.

Eine junge Frau im verschwitzten hellblauen Uniformhemd mit drei Streifen auf dem Ärmel drehte sich um: »Der Inspektor ist nicht zu sprechen, er wird …«

Als sie Selma erkannte, fragte sie: »Was wollen Sie von ihm?«

»Ich will nur Vincent, den Attentäter, sehen. Ich habe gehört, dass er tot ist. Bitte, es dauert nicht lange.«

Noemi wandte sich um, boxte sich durch und kam dann zurück. Sie winkte Selma und Gaston zu und führte sie zu einer Krankenbahre, auf der eine Gestalt lag, deren Gesicht mit einem Tuch bedeckt war.

Selma stellte sich daneben und nahm das Tuch ab.

Ein paar Sekunden lang blickte sie in das bleiche Gesicht, dann legte sie ihre rechte Hand auf Vincents Stirn und sagte leise: »Ich segne dich und wünsche dir Ruhe und Geborgenheit bei Gott. Amen.«

Dann schob sie das Tuch wieder über Vincents Kopf und sagte zu Gaston: »So, jetzt bin ich bereit, ins Hotel zu fahren.«

Schweigend gingen sie zum Auto zurück und der Fahrer startete zum dritten Mal. Niemand sprach während der Fahrt ein Wort. Der Tod hatte mit seiner kalten Hand ihr Herz gestreift. Plötzlich sagte Selma: »Ich muss mir unbedingt noch ein Bild vom Tempelplatz besorgen.«

»Wieso denn?«

»Ich habe es Frau Erdmann versprochen. Erklär ich dir später.«

»Es werden bald viele Bilder von dir auf dem Tempelplatz in allen Zeitungen erscheinen.«

»Und Frau Erdmann wird mich fragen: ›Wer ist denn der junge Mann in dem ausgebeulten Hemd?‹«

Sie lachte, aber es klang mehr wie Husten.

Als sie das Hotel erreicht hatten und Selma wie benommen aus dem Polizeiauto kletterte, ergriff Gaston ihren Arm und begleitete sie auf ihr Zimmer.

»Ich hoffe, du nutzt die Gelegenheit nicht aus«, sagte sie mit schiefem Lächeln und wischte sich über die Augen.

»Das weiß man bei Franzosen nie, Madame.«

Ende

Danken möchte ich

den Mitarbeitern des Pergamonmuseums und den Mitarbeitern des Jüdischen Museums in Berlin, besonders denen im Restaurant,

Dr. Eldat Alfred Horwitz für die jüdische Sicht der Dinge,

Ali Suliman und Hany Abu-Assad für die palästinensische Sicht der Dinge,

Regina und Norbert Wagener aus der Flotowstraße,

den Tieren im Berliner Zoo,

der St. Sixti Schwesternstation, besonders Regina Bauer,

Dr. Peter Mundhenk für die Hilfe bei den aramäischen Texten,

Anja Brielmann, meiner Lektorin, für die Anregungen beim Weiterentwickeln des Stoffes,

Dr. Merawi Tebege, Erzpriester der äthiopischen Gemeinde St. Michaelis in Köln-Longerich,

und meiner Frau Ingrid, die kritisch und hilfreich das Manuskript begleitete.